友を待つ

本城雅人

祥伝社文庫

目次

1

朝涼みのつんとした静けさの中で、網戸に張り付いた蟬《せみ》の鳴き声が響く。

瓦間慎也《かわらましんや》は、滑りが悪くなった衣装箪笥《だんす》の引き出しを浮かし、勢いをつけて両手で押した。

今度はうまく閉まったが、反動で積んであった箪笥の上の雑誌が床に落ちた。

六冊あった雑誌を一冊ずつ拾っていく。どの順番で積んでいたのか分からず、適当に端を揃えて置き直した。

これですべて完了した。他はいっさい手を触れていないから、瓦間が侵入したことは気づかれないだろう。

玄関で脱いだスニーカーに足を突っ込み、音を立てないようにノブを回してドアの隙間から覗くように開けていく。

外に人の気配はなかった。

来た時は空を覆っていた雲が千切れ、太陽が顔を出した。日差しはまだそれほど強くはないが、じりじりと紫外線が肌を照りつけてくる。

いつしか汗ばんでいた額《ひたい》を瓦間はポロシャツの袖で拭った。そこに風が吹き、木の枝葉が揺れた。

誰かに見張られているのではと身構えたが、それは気のせいだった。

裏側から路地に出た。地面に映る影の短さに時計を確認すると午前九時半を回っていた。約一時間、あの部屋にいたことになる。

しばらく歩くと、駅を結ぶ大通りに出た。夏休みの午前中とあって若者が多く、目の前にはTシャツに短パン姿の中学生が横に広がって歩いている。

デニムのポケットに手を入れ、抜き去ろうとしたが、大声で談笑する彼らに道を塞《ふさ》がれる。仕方なく車道から群れを追い越した。

そこからは電車を使って自宅に戻った。旅に出ていた瓦間には二週間ぶりの帰宅だった。オートロックもない寂れたマンションのエントランスに入ろうとガラス扉の取っ手を摑む。ガラス扉にグレーの車が歪《ゆが》んで映っていた。

瓦間は扉の取っ手を摑んだまま振り向いた。

そこには見たことのないセダンが、夏の午前中の景色に溶け込むように停まっていた。


朝、チャイムの音で目が覚めた。

Tシャツにスウェットパンツのまま、裸足《はだし》で玄関に出てドアスコープから覗く。管理人が立っている。再びチャイムが鳴った。

「瓦間さん、朝早くからすみません、管理人です。開けていただけませんか」

少し悩んだが、無視したところで時間の無駄だろう。

「何ですか」ドア越しに声を掛ける。

「ちょっとお話ししたいことがありまして」

「俺はないけど」

少し時間を置いてから「下の方が水漏れしてると言うんで」と聞こえた。

「水なんか使ってない」

扉を閉じたまま声を出す。

「築三十年の古いマンションですから、いろいろあるみたいで」

少しの間を空けて管理人が言う。瓦間は解錠した。

ドアを半開きにすると、スコープでは死角になっていた両脇からスーツ姿の男二人が出てきてドアを押さえられた。思っていた通りだ。管理人は決まりが悪そうに俯《うつむ》いている。

「瓦間慎也さんですね。目黒《めぐろ》署のものです。お聞きしたいことがあるので、署まで同行していただけませんか」

狭い隙間から二人が同時に警察手帳を見せた。

「理由を述べよ」

瓦間は刑事を睨《にら》みつけた。それまで無理やり笑みを作っていた刑事の眉間《みけん》に小皺が寄った。

「あなたには、一昨日《おととい》の八月十八日、目黒区上目黒にあるアパートの女性宅に侵入した疑いがかかっています」

「知らんな」

「あなたがアパートに入った時の姿が監視カメラに映ってるんですよ、これ、あなたですよね」

そう言ってポケットからプリントアウトした写真を出す。ポロシャツにデニム姿の男の写真だった。

黙っていると、刑事たちは「よく見てください」と写真を目の前まで近づけてくる。若干、若い方の刑事が強引にドアを全開にした。

「おや、どこかで見た靴だな」

玄関に置いてあったグレーにエンジのマークの入ったニューバランスを見て、得意げに口にする。写真にも似たスニーカーが写っている。

「このアパートになにか用でもあったんですか？　それでしたらその理由も署で聞きますが」

「女の下着を盗むくらいだから、そういう趣味があんだろ」

若い方の刑事の口調が急に変わった。

「署で聞くつもりでしたが、あなたが拒絶するなら、ここで容疑を説明しても構いませんが」

年上の方が温厚な口調でそう脅しをかけてきた。騒ぎを聞きつけたのか廊下の奥の部屋から若い主婦が顔を出した。

「あんたら目黒署ということは、雑魚《ざこ》だな」

瓦間が言うと、刑事の一人が「なんだと」と気色《けしき》ばんだ。

「分かったよ。着替えてくるから待ってろ」

瓦間は部屋に戻った。見張っているつもりなのか、刑事たちはドアを開けっ放しにして勝手に玄関まで入ってくる。

「瓦間さん、窓から逃げても無駄ですよ。裏には他にも捜査員がいます」

「ここは三階だ、そんな命知らずなことをするか、馬鹿」

言い返してから、背を向けて着替えを始めた。刑事の視線が背中に刺さっていたが、気にすることなく寝汗をかいたTシャツを脱ぎ、さらにスウェットと一緒にトランクスまで下ろした。

「自慢の体を見せつけたいのかもしれませんが、我々は興味ありませんので、早く着替えてください」

「そんな歳じゃねえよ」

筋トレをして鍛えた時期もあったが、最近はたまにジムに行って、ランニングと水泳を適度にこなすくらいだ。世の中の中年男の体形よりは幾らかマシだが、四十七歳になったのだ。体の方々に油断が見られる。瓦間は時間をたっぷりかけて衣装ケースから新しい下着と服を出した。

薄い色のデニムを出して足を通す。上は最初は半袖を出したが、白の長袖シャツに替えた。さらに数日分の着替えをボストンバッグに詰め込み、玄関に向かう。

「もう少しだ。待ってろ」

そう言って脱いだ衣服を洗濯機に投げ込んでから玄関に戻った。

「用意がいいんですね。まるで何度か逮捕された経験がおありのようだ」

刑事は口を丸め、事前に調べてきたことを口にした。

無視してスニーカーに足を突っ込みかけたが、考え直して靴箱から紺のローファーを出す。

「このスニーカーも預からせてもらいます」

意気込んでいた方の年下の刑事がニューバランスに手を伸ばそうとしたが、瓦間はその腕を押さえた。

「そういうのは令状を取ってからにしろ」

腕を摑んでいると、刑事はまた眼《ガン》を飛ばしてくるが、もう一人から「やめとけ」と合図されしぶしぶ手を引っ込めた。

2

片側三車線の環状八号線は、日曜の午後十一時を過ぎたというのに、ヘッドライトの光線が絶えることなく行き交っていた。

携帯電話にイヤホンを装着した新見正義《にいみまさよし》は、世田谷区瀬田《せたがやせた》五丁目の歩道橋を駆け上がり、環状八号線の内回り側の歩道に移動した。

生垣になっている中央分離帯の向こう側、外回り車線の歩道では、二人の男が距離を二十メートルほどあけて、東名《とうめい》のインターの方角に向かって北上している。

前を歩くゴルフシャツを着た男が牛久保寛男《うしくぼひろお》という外務官僚である。その後ろを追いかけるのが週刊タイムズの後輩記者、小林博己《こばやしひろみ》だ。後ろを振り向いた牛久保が、少し早足になった。

「小林、牛久保はおまえのことを気にしている。追い込み過ぎるな」

新見は携帯電話に向かって注意した。

〈分かってます〉

そう聞こえてきたが、小林も逃すまいと必死なのだろう。反対車線の二人の距離は縮まらず、イヤホンからは激しい小林の息遣いまでが漏れてくる。

八月十九日、新見は小林とともに、午後九時前に牛久保の自宅マンションに来た。エントランスのオートロックの外からインターホンを押すと、妻らしき女性からゴルフに行っていると伝えられた。

十時五十五分に裏口を張る小林から、牛久保を乗せたタクシーが着いたと連絡があった。だがスポーツバッグを片手に降車した牛久保は、裏口にたどり着く途中で身を翻《ひるがえ》して、環八方面に戻ったという。

「気づかれたのか」

〈い、いえ。僕は見えないところに隠れていたんですけど〉

小林は弁明したが、おそらく油断して姿を見せてしまったのだ。でなければ夜遅く帰宅して自宅に入らないはずがない。

牛久保には、三日前にも新見と小林で元外務大臣・岩倉省仁《いわくらあきひと》の利益供与事件をぶつけている。当然、向こうも警戒して戻ってきたはずだ。

「小林、接近し過ぎだって」

さらに近づいた小林に、新見はもう一度注意した。

〈すみません。暗くて見えにくくて〉

「大丈夫だ。俺が反対車線から見てるから。ほぼ真横だ。一回俺を確認しろ」

生垣の上から見えるように左手を高く上げたのだが、小林はテンパっているのか、ちらりと横を向いただけでまた顔を前に戻した。

牛久保の視界に入っているのはこの先の信号だろう。この状況では歩行者用信号が赤に変わるギリギリのタイミングで渡りたいと考えるのが追いかけられる側の心理だ。だがその信号は牛久保が歩く場所からまだ百メートルは先にある。

週刊タイムズの新見班が摑んだネタは、外相経験もある大物・岩倉省仁が、サハリンのインフラ合弁事業に日本のゼネコンが参入できるように口利きをし、その見返りとしてゼネコンから六百万円を得たという収賄《しゅうわい》疑惑だった。ただし当時から六年過ぎているため、収賄としての時効は成立している。

また岩倉は高齢を理由に去年の衆院選挙前に国会議員を引退した。記事を書いたところで、国会で追及されるほどの大スクープにはならない。

それでも新見たちは、岩倉がサハリンの州幹部と会った席に、当時秘書官だった外務省ロシア課企画官の牛久保寛男が同席していたという情報を摑んだ。外務官僚が、元外相の不正を黙認したとなれば、外務省にも批判が集まり、大物政治家と官僚との癒着《ゆちゃく》が問題視されるだろう。

両側六車線の幹線道路の向こうを歩く二人の距離は、気がつくと十メートル近くにまで迫っていた。

信号までは五十メートル。赤だった車道の信号が青に変わって車が流れ始めると、牛久保の歩く速度は遅くなった。まだ信号までは距離がある。新見の読み通り、彼は次に歩行者用信号が青になるのを待ち、点滅から赤になるギリギリのタイミングを計って、反対側に来る気なのだ。

「牛久保は次の信号で渡る気だ。小林はそこで一旦離れろ。こっちで俺が捕まえるから」

しかし返事はなかった。小林を見る。常に声が聞こえる状態にしておけと言ったのに、彼はイヤホンを外してしまっている。

小林は週刊タイムズに入って三年目の記者だ。入社して以来、新見とは別の班だったが、過去二年間にスクープはなく、編集部から追い出されかけていたのを新見が「うちに来るか」と拾った。

彼になにか才能を感じたわけではない。ただ、要領は悪くても、いつも目を血走らせて仕事をしている姿が若い頃の自分と重なった。

だからこそ、今回のネタ、元外務大臣で派閥の領袖《りょうしゅう》まで務めた岩倉省仁の取材で、新見は小林に「書き」という重要な役目を与えた。

意気に感じた小林は、この一週間、寝る間も惜しんで証言集めに奔走《ほんそう》した。だが今はその気負いが裏目に出ている。

牛久保が後ろを見た。小林が思いのほか近くまで迫っていることに驚いているようだ。牛久保はまた立ち止まり、挙動不審者のように顔を方々に向けた。まずい——牛久保までがパニックになっている。

「小林、牛久保から離れろ。このままでは危険だ！」

叫んだが、声は届いていなかった。小林はまた一歩、二歩と歩み寄る。距離は二、三メートル、さらに近づく。もう手を伸ばせばバッグを掴めそうな距離だ。

左右を咄嗟《とっさ》に確認し、牛久保はバッグを胸に抱きかかえて環八を走って渡りだした。外回り車線に車は一台もいなかったが、内回り車線はそれなりに走っている。

牛久保は生垣になっている中央分離帯を乗り越えた。

首を左に向けて、内回り車線を確認していた。追い抜き車線を一台の車が通り過ぎ、次の車まで距離はあった。だがその車は真ん中の車線を結構なスピードで飛ばしてきている。

——死ぬ気か。

新見は車道に飛び出した。三車線ある手前の車線で、両手を高くあげ、向かってくる車に合図した。運転手に気づいている様子はなく、スピードは弱まらない。

車はＳＵＶだった。太いエンジン音が地面を叩きつけるように響き、耳まで迫ってくる。

牛久保は真ん中の車線でヘッドライトの眩《まぶ》しさに驚き、足を止めた。

――おい、そんなところで止まるな。

轢《ひ》かれると思った新見は、前に出ていき「牛久保さん。早くこっちへ」と叫んで手を伸ばした。

新見までが、眩しさに目がくらんだ。牛久保の腕を摑んだ感触はあった。持てる力で摑んだ腕を引っ張り、抱え込んで後ろに投げるようにして倒れこんだ。牛久保が先に地面に倒れ、その真上に新見が乗っかかった。

そこで初めて急ブレーキの音が聞こえた。

間に合わない――顔を伏せ、目を瞑《つむ》った。

軋《きし》むブレーキ音は鳴り止んでいた。自分が轢かれたのか、無事なのかも分からなかった。そっと目を開ける。

別の世界に落ちてしまったかのように薄暗く感じた。それは、自分の体の上を、車のバンパーが覆っているからだった。そっと顔を動かすと、新見の体より五十センチほど手前でタイヤは停止している。

間一髪、助かったようだ。車高のあるSUV車でなければ牛久保の上に乗っていた新見は、無事では済まなかっただろう。

「大丈夫ですか」

運転席から若い男性が飛び出てきた。非は新見たちにあるのに、男性は狼狽《うろた》えていた。

「すみません、僕らが飛び出したんです。そちらに責任はありません」

立ち上がって新見は謝った。真ん中の車線で止まっているため、早く移動しないことには次の事故が起きる。後ろの車は減速してはクラクションを鳴らし、車線変更して抜いていく。

「僕たちは大丈夫ですので、すぐに車に戻ってください。本当にご迷惑をおかけしました」

もう一度頭を下げた。そしてアスファルトの上で突っ伏していた牛久保の腕を取った。

「牛久保さん、週刊タイムズの新見です」

名乗ったが牛久保は顔を見ることもなかった。腰が抜けてしまったのか、なかなか立ち上がれない。

路上にスポーツバッグが、さらにその傍らには眼鏡が落ちていた。新見はそれらを拾ってもう一度声を掛けた。

「今回は明らかにいき過ぎでした。我々のせいで牛久保さんを大事故に遭わせるところでした」

渡そうとしたが、牛久保は受け取ろうともしなかった。

「牛久保さん、立ってください。ここにいたら危険です」

新見がそう話した時には牛久保の丸まった背中が震えだし、嗚咽《おえつ》が聞こえてきた。

「戻りました」

翌日の正午前、新見が編集部に入ると、すぐさま「新見、お疲れさん」と編集長から声を掛けられた。

途中、隣の班の若手が携帯電話のゲームアプリで遊んでいるのが目に入った。主に芸能ネタを扱う班だ。

「抜かれてゲームやってるようじゃ、今週も週刊時報《じほう》にやられるぞ」

注意すると彼は慌ててゲーム画面を閉じた。

心の中では同じ班でもないのに煩《うるさ》い先輩だと鬱陶《うっとう》しく思っているのだろう。だが班長クラスの新見に口答えする意地もない。何度も抜かれてやり返す気のない記者など、新見班ならとっくに外している。

「さすがだな、新見。外務官僚から証言を聞き出したとはたいしたものだ」

朝の電話で報告していた編集長が新見の席まで近づいてきた。

前回の牛久保は「私はなにも知らない」「話すことはなにもない」と全面否定だった。だが昨夜は、三途《さんず》の川を渡りかけた恐怖が押し寄せてきたのだろう。新見に抱えられて歩道にたどり着いた時は、咽《むせ》び泣きのまま「すべて話します」と態度を一変させた。新見は普段から取材で利用している赤坂《あかさか》のホテルに部屋を取り、連れていった。

　牛久保は、岩倉省仁が外相時代に築いたロシア人脈を利用して、サハリンのインフラ合弁事業に日本のゼネコンを入れるよう口利きしたことを認めた。「ダダ社」というロシアの情報会社が仲介役に入り、岩倉が以前から同社と関係していたことも認めた。

　それらは、新見たちが取材してきたことの裏付けに過ぎなかったが、現役の外務官僚の口から、ロシアの情報会社の名前を聞けたのは大きな意義がある。

　キリル文字で「дада」と書く会社の存在を、新見は今回の取材で初めて知った。

　表向きは民間企業だが、社員の中にはKGB出身者もいて、西側諸国や中国、日本における情報収集、要人との接触に当たっていたようだ。

　だがあまりに力を持ち過ぎたせいで、現大統領から国家反逆罪の嫌疑をかけられ幹部は逮捕、会社はすでに解散している。

　何人かの社員は国外に逃亡した。今回、新見たちが岩倉省仁の疑惑を知ったのは、ダダ社の元社員から、そのことを記した文書が流出しているとの噂を聞いたのがきっかけだった。

　こうした闇に隠れた事件を掘り起こしていく調査報道こそ、週刊誌の使命だと新見は思っている。

　かつては「調査報道＝新聞」だったが、今は週刊誌の方が結果を出している。ただしその闘いの勝者は週刊タイムズではない。販売部数で一強状態にある週刊時報の独壇場だ。普段はスクープでもやられっぱなしだが、今回のネタは久しぶりに時報に地団駄を踏ませるチャンスである。

朝の三時まで話を聞いたことで牛久保から具体的な供述は取れたが、もう少し取材が必要で記事にするのは先になるだろう。

牛久保の証言によって、岩倉のダダ社を通じたロシアコネクションはよりはっきりする。両者の関係はいつから始まったのか。サハリン事業以外にも岩倉がダダ社を使って利益を得たことはないのか。他にも関わっている者はいないか。その文書のコピー、可能ならオリジナルを手に入れたい。

そこまで詰めていかないことには翌週、週刊時報にさらに大きなネタでやり返されるかもしれない。勝ったと思って喜んでいたら、相手においしいところを持っていかれるきっかけを与えただけだった――そうなるのがこの世界では一番の恥になる。

そこに古谷健太郎《ふるやけんたろう》が顔を見せた。

「新見さん、牛久保が全部喋ったそうですね」

「おお、健太郎、戻ってきたか」

昨夜、取材相手と深酒したのだろう。息が少々アルコール臭い。

今回のネタを取ってきたのがこの古谷健太郎だった。ゼネコンをやめた男を別件で取材していた健太郎が、ＫＧＢを彷彿《ほうふつ》させる情報会社がロシアに存在し、その社に岩倉が深く関わっていたと聞いてきた。

　週刊タイムズには「ネタは取ってきたものが勝ち」という不文律がある。

　だが新見はその不文律を破って「この記事は小林に『書き』をやらせてやってくれ」と健太郎に頼んだのだ。

　ロシアの情報会社が廃業に追い込まれ、そこから流出した秘密文書に日本の政治家の名前が出ているというネタは、去年、他班にいた小林が班会議に提出した情報だったからだ。小林は必死に売り込んでいたが、他班の班長は「根拠が弱い」と調べることなく却下していた。

「小林には無理ですよ」

　新見が頼んだ時、健太郎はむくれた。「健太郎にはもっと大事なネタを任せるから呑《の》んでくれ」と頼み、無理やり納得させたのだった。

　不服だったくせに、牛久保の供述を取ったとの知らせを聞いた健太郎は、心から喜び、取材が立て込んでいるのにわざわざ会社にきた。

　この雰囲気が新見は好きだった。意見をぶつけ合って揉めたとしても、ネタが実を結んだ時は編集部一体となって喜び、負けた時は悔しさを共有する。毎週、抜いた抜かれたという勝負の結果が明白に出る週刊誌記者のメンタルは、団体スポーツの選手のそれとよく似ている。

「それにしても牛久保はよく喋ってくれましたね。自分も外務省をクビになるかもしれないのに」

「なんとかな、だけど牛久保が関わったと言ってるわけではない。岩倉に同伴したのを認めたのと、岩倉とダダ社との関係が事実だと話してくれただけだ」

「喋ったことがバレたら岩倉省仁は黙ってないでしょう。議員を引退しても、岩倉はまだ外務省への睨《にら》みが利きますし」

「牛久保のことより健太郎はどうだった。インタビューの話はつけてきたか」

ネタを取り上げた代わりに、健太郎には次の内閣改造で初入閣が期待される政界のプリンス、成岡遼一《なるおかりょういち》のインタビューを任せた。

「はい、昨日の夜に成岡議員と会って、明後日《あさって》の十五時に議員会館で時間をくれることになりました。取材時間は三十分ですが」

「おお、一気に決めたな」

「そりゃ、新見さんにここまでお膳立てしてもらえれば、新人記者でもうまくやりますよ」

健太郎は謙遜《けんそん》したが、相手は議員になってから週刊誌の個別取材はいっさい受けていない人気政治家である。秘書を通してインタビューを申し込んだのは新見だが、すぐさま成岡本人と会って、直近の空いている時間を押さえてくるのも容易にできることではない。

「誰がお膳立てしようが、実現させるのが優秀な記者なんだよ。ほとんどは挨拶だけして、近々やりましょうとうやむやにされる。政治家なんてのはみんな口が達者だからな」

「そんなことしたら、週刊時報に先に取られてしまいます。せっかく成岡遼一が議員になって初めて週刊誌に喋ってもいいと決心してくれたのに」

「大学教授時代はテレビに出てたのに、今はさっぱりだものな」

マイクの前で語るのは、国会や委員会での採決後に行われる囲み取材くらいしかない。

「どういう心境の変化かは分かりませんけど、女性から大人気の政治家ですからね。合併号明けから久々の完売が期待できるんじゃないですか」

各週刊誌とも先週は夏の合併号で休みだった。次号はどの社もネタを詰め込んでいるはずだが、成岡遼一の独占インタビューなら話題性で見劣りすることはないだろう。合併号になると記者も一週間休みを取れるが、岩倉省仁のネタを追いかけていた新見班は、三日休んだだけで通常通り働いた。

「もちろんネットニュースが飛びつくように仕向けてくれるんだろ」

「当然です。政治家の野望なんて聞いてもちっとも面白くありませんから、プライベートを徹底的に攻めるつもりです」

「自分から総理大臣になりたいと言う男ではないしな」

「首相どころか大臣とも言いませんよ。私生活にしたって、専攻の日本文学、あとは海外文学もよく読んでいるくらいしか知られていないですからね。できれば女性問題一点に絞りたいくらいです。四十代後半に入ったのにどうして独身なのか。交際している女性はいなくても、過去のガールフレンドくらいは語らせます」

健太郎は気合が入っていた。「本当にこっちではないんですよね」右手の甲を左の頬にくっつける。

「それは間違いない。秘書に確認してるから」

健太郎にはまだ教えていないが、秘書からは好きな女性有名人の名前も聞いている。

「なにもかもが完璧なスペックの持ち主ですから、なかなか一人に選べないのかもしれませんね。僕みたいなモテない週刊誌記者には羨《うらや》ましい限りですよ」

「大丈夫だよ。仕事してる時の健太郎の熱さは、成岡遼一に負けてないから」

そう持ち上げると、「僕はむさ苦しいって言われるので、成岡遼一みたいにクールと言われるにはどうすればいいか、よく観察してきます」と笑いを取った。

元副首相である成岡勝彦《かつひこ》を叔父に持つ成岡遼一からは、政治のきな臭さはあまり感じられない。それは元大学教授ということもあるが、細身のイケメンでそれなりに背もあるという容姿も大いに関係している。地元企業、農協、業界団体などに頼らなくても、彼は過去二度の選挙で圧勝だった。

「新見さんの方は大変だったみたいですね。小林に聞きましたよ。あわや牛久保と一緒に車に轢かれそうになったとか」

　健太郎は小林に電話をしたようだ。自分から話すつもりはなかったが、知っているのなら隠すことはない。

「寸前で車は止まってくれたけど、命知らずのことをしたと思ってるよ」

「新見さんが道路に出ていかなければ、牛久保は轢かれてたんでしょ？　良かったですよ。週刊誌が取材相手を追い詰めて交通事故死させたら、世間から大バッシングを受けてたでしょうから」

「そうだな」

　新見の判断が遅れていれば、目の前で牛久保は撥《は》ね飛ばされていた。いや車高が低い車なら新見がぶつかり、骨折は免《まぬが》れなかっただろう。頭にでも当たっていたら無事で済んだかどうか。思い出すたびに身震いがする。

「健太郎の言う通り、やはり小林には荷が重かったな」

「みたいっすね。小林のやつ、電話で泣いてましたよ。自分のミスで新見さんを死なせてしまうところだったって」

「動揺してたけど、もう大丈夫だ」

　あの時は歩行者用信号が青になってから小林は走ってきた。暗がりでも血の気が引いているのは分かった。タクシーの助手席で、彼は何度も手で目を拭って泣いていた。

健太郎にはそう言ったが、実際はその後にホテルに移動しても小林はまったく使い物にならなかった。

質問しろと命じても声が出せない。仕方なく新見が口火を切って聞いたが、小林は肝心のレコーダーの録音ボタンを押すこともできず、その時はさすがに腹が立ち、「しっかりしろ」と注意した。

「少し小林を追い詰めすぎたかもしれないな」

反省を込めて漏らした。ターゲットを追い込むなと指示を出したが、実際に追い込まれていたのは小林だったのだ。

八人いる班員を毎週ネタ毎に振り分けて仕事をする新見班に移ってきてから、小林には煩いほど週刊誌記者のイロハを叩き込んできた。

——なにも言わずに四年死ぬ気で働け。週刊誌で四年働いたら、その後、どんな仕事でもできる。

異動が決まった直後には、会議室に呼んでそう伝えた。

四年死ぬ気で働けばどんな仕事でもできるは、新見が入社した時に二人の先輩から言われた言葉であり、新人が入ってくると新見は必ず伝えている。

けっして週刊誌の仕事が世の中でもっとも大変だと驕《おご》っているわけではない。

それでも週刊誌が記事にする内容には、酸いも甘いも人の生き様のすべてが含まれている。喜びや悔しさ、大きな過ちで人生を棒に振ってしまう者の愚かさ、罠に陥《おとしい》れられた者の哀れさ……取材で学んだ人間の悲喜こもごもが、仮想体験として自分の人生に生かされるのだ。

三十七歳になる今日《こんにち》まで週刊誌一筋の新見だが、今から文芸局や営業局に異動になっても、その部署で長く働く連中にすぐに追いつける自信は持っている。

――分かりました。新見さんの下で頑張ります。

その時の小林は、唇を結び、強い決意を表情に見せた。そして新見班に来てからは、歯を食いしばって取材に飛び回っていた。それこそ新見が若い頃に先輩から言われた「おまえは目から血を流して働いている」という目つきで。

ただ、ガムシャラに仕事をしたからといってすぐに結果が出るほど、週刊誌の仕事は甘くはなかったということだ。

「やっぱりネタは取ってきたものの勝ちだ。健太郎に『書き』を頼むべきだった」

他の部員に聞こえないよう、新見は健太郎の耳元で囁《ささや》いた。

仕事を取られた直後は小林のことをよく言わなかった健太郎も、「あいつも頑張ってましたからね」と庇《かば》った。「二年もいて『足』ばかりやっても、うちでは評価されないわけですし、小林をなんとか一人前にしたいという班長の気持ちは分かります」

週刊タイムズでは五班がそれぞれの記事を分担し、ネタを持ってきた者が「書き」と呼ばれる執筆者になり、残りは「足」と呼ばれる談話や情報を集める補助役となる。

週刊誌で仕事をしている以上、誰だって「書き」をやりたい。スクープを取って脚光を浴びるのは「書き」であり、「足」は脇役でしかない。

新見も新人の頃は、ただひたすら「足」をやらされたので、その歯痒《はがゆ》さはよく分かっている。もっとも当時いた班は、週刊タイムズ史上最強と呼ばれるエースコンビがいて、自分に「書き」をやらせてほしいなどとは口が裂けても言えなかった。

確かに去年、ロシアの秘密文書の件を班会議に出したのは小林だ。だがそれが本当に「ネタ」と言えるレベルまで達していたか、今は疑問が残る。

毎週校了翌日の班会議までに、各記者が五本のネタを提出するのがノルマだ。そして新見たち班長がおよそ四十本出た中で使えそうなのを持って、編集長、副編集長、各班長で行われる誌面会議で検討する。

一人の記者が出した五本のうち、採用されるのは一つあるかどうかなのだが、記者はその五本を集めるのに毎週、頭を悩まし、骨を折る。

とくに若手は、ノイローゼになりそうなくらい思い悩むが、新見は机で考えるくらいなら外に出ていけと指示を出す。どんな人間でも、じっくり聞けば話の一つくらいは持っている——週刊タイムズでは昔からそう言われてきた。

それこそ道行く人を摑まえて話を聞けば、おもしろい話の一つくらいは出てくる。それを単なる噂話で終わらせるか、それともさらに深く切り込んでいけるか……そこに記者としての差が出るのだ。

心慌意乱《しんこういらん》した小林の行動に落胆した新見だが、同時に自分の部下を見る目の甘さにも深く反省している。

「来週は成岡遼一のインタビューでいって、再来週号では岩倉と外務省幹部でトップを張れますね。二発あれば、週刊時報に少しは借りを返せるんじゃないですかね」

健太郎は、自分が関わるネタが二週続けてトップを張れることに嬉しそうだ。

「来週までにはなんとかモノにしたいな。もう少し煮詰まったら、岩倉にもどうにかしてぶつけてみるつもりだ」

表にまったく出てこなくなった岩倉には、まだ接触できていない。それでも牛久保の証言をもって事務所に質問状を送れば、反論するなり、なにかしらの反応を示すかもしれない。一番の目的は独占インタビューをすることだ。

「牛久保寛男の名前は書くんですよね」

先日の班会議でも、健太郎は「今さら岩倉に狙いを絞っても時効が成立して広がりません。それなら現役外務官僚が汚職を黙認していたと書いて、牛久保の首を取りに行くべきです」と主張していた。

「いいや、牛久保の名前は出さないでいく。俺たちに協力すると、すべて話してくれたんだからな」

「外務省の官僚で、元岩倉の秘書官だったとは書くんでしょ」

「それを書いたら特定されてしまうじゃないか」

まるで新見を命の恩人と慕うかのように、牛久保は素直だった。新見の感覚では今回の証言に虚偽はない。

話し終えた時は外務省を退官せざるをえないことも覚悟したようだった。妻と中学生の娘が二人いる牛久保は、「私の家族も外を歩けなくなりますね」とポツリと呟《つぶや》いた。新見は「最後まで協力してくれたらそんな目には遭わせませんよ」と約束した。

彼だって秘書官を務めた岩倉の命令だから同行したのだ。ほとんど通訳として使われたのであって、岩倉のように私腹を肥やしたわけではない。

「新見さんならそう言うと思ってましたよ」

健太郎は完全に納得しているようではなかったが、そう話した。

「甘いと言いたいんだろ？」

「違いますよ。頭がいいんですよ。そっちの方が最後は得すると思ってんでしょ。もしまだ時効前の事案が出てきて特捜部が動けば、第二弾、第三弾が打てますし、そのためにはずっと牛久保を手の内に入れといた方がいいって」

半分は新見のことを認めているが、半分は自分ならその方法は採らないと言っているように聞こえた。

週刊誌記者には二つのタイプがいる。

「親しき仲にもスキャンダル」だと、たとえそれが取材協力者や知人であろうが、疑惑が生じればすべて記事にして、でかいネタにする記者。

もう一方は、逃げ道を残してやり、その人間をネタ元にして次のネタへと取材の域を拡げていく記者。

新見が新人時代に従事した二人の先輩は、仕事への情熱はよく似ていたが、タイプは真逆だった。

どちらかと言えば、新見は「親しき仲にもスキャンダル」とすべてを記事にする先輩に憧れ、その人がしていたように、その週に知ったすべてをその号に注ぎ込んだ。だが次第に、相手の逃げ道を残してやるもう一人の先輩記者に似てきた。

なにせ毎週のように週刊時報にスクープを打たれているのだ。その時に備えて、やり返せるネタ元を取っておかないことには、チーム全体が意気消沈し、そのうち負けることに慣れてしまう。

健太郎とは、これからどのように岩倉省仁に切り込んでいくか相談した。すると編集長が険しい顔で電話を受けているのが目に入った。

タレコミを聞いているようでもなければ、抗議を受けている感じでもなかった。

「確かにかわらましんやは、うちの記者だったこともありますが、在籍していたのはずっと昔のことですよ」

瓦間という珍しい苗字に新見は反応した。

自分が世話になった先輩コンビの一人、「親しき仲にもスキャンダル」が信条で、当時のタイムズを引っ張った伝説の特派記者である。

「どうしたんですか」

編集長席に小走りで近寄り、声を掛けた。編集長は送話口を手で塞《ふさ》いで、振り向いた。

「瓦間さんが逮捕されたらしいんだ」

編集長も瓦間が在籍していた時にタイムズにいた。確か瓦間より一つ後輩だ。記者としては、比較できないほど力の差はあった。

「逮捕って容疑はなんですか」

「目黒でOLのアパートに不法侵入したらしい。窃盗じゃないかって言ってる」

「なにを盗ったんですか」

「若い女の家となればあれしか考えられないだろ」

「下着ですか？　嘘でしょ？」

とても信じられなかった。瓦間が逮捕されたとなれば、取材の行き過ぎで警察官とトラブルを起こしたとか、名誉毀損《めいよきそん》で訴えられたとか、百歩譲って窃盗したとしてもそれは極秘情報を取るためであり、若い女性宅に侵入して下着泥棒するなんて、信じられない。

「誰からですか」

新見は小声で、編集長が持っている受話器を人差し指で差した。

「け・い・さ・つ」編集長は口だけ動かし、送話口の手を離して、再び会話を続けた。

「解雇ですから、その後はいっさい仕事をさせてません。解雇はもう十年も前です。瓦間がうちをクビになった後の仕事ですか？　ちょっと待ってください」

編集長はまた受話器を顔から離し、「瓦間さんって、うちやめた後、どこで働いていたっけ？」と新見に尋ねる。

「実話ボンバーですよ」

「もしもし、実話ボンバーという雑誌です」受話器を戻した編集長に、新見は「最近は知りませんよ。うちをやめた直後の話です」と伝える。編集長はそのまま電話の相手に言った。

話の内容から判断すると、警察の方から問い合わせがあったようだ。

「そうなんですよ。だから週刊タイムズではなく、肩書きをつけるなら実話ボンバーの記者ですよ。瓦間がうちの名前を出したんですか？　うちにいたのは事実ですけど、十年も前にやめた記者をそう言われても……」

編集長は困惑していた。

瓦間は十年前に不祥事を起こしてやめている。それなのに彼は、週刊タイムズの記者だったと名乗ったようだ。

実話ボンバーというゴシップ誌でフリーランスの記者をやっていた瓦間とは、現場で何度か遭遇したことがある。最後に会ったのは六年前、いや新見が結婚する直前だったから七年前か。

昔のように飯を食いに行くこともなければ、深く話すこともなかった。瓦間は「にい坊、元気か」とフランクに声を掛けてきたが、「元気ですよ」と返した程度だ。

育ててもらったという感謝の気持ちはずっと持っている。しかし、どうしてあのような大事なことを自分に話してくれなかったのか……そのわだかまりは、指の先に深く刺さった小さな棘《とげ》のように新見の心に入り込み、なにかと擦《こす》れ合うたびに心をいたぶってきた。そういう気持ちになるのが嫌だから、新見はもう一人の世話になった先輩とも会っていない。

編集長の電話はまだ続いていた。向こうが話したがっているのではなく、編集長がこのまま終わらせたくないという雰囲気だった。

「在籍していたのは認めますが、瓦間が言ったことをそのまま発表するのはどうか待ってください」

編集長は週刊タイムズと無関係にするのに必死だ。

「それに彼は特派記者ですし」

正社員ではなかったという意味だ。だが週刊タイムズでは正社員の記者も、年俸契約の特派記者も同じ仕事をさせられる。

身元引受人になってほしいと言われているのか。それなら一緒に仕事をしていた新見に替われと言われそうなものだが、そんな様子はない。

雑誌局長までが異状を察して近づき、近くの記者に事情を聞いていた。

「絶対にうちの名前は出ないようにしてもらえよ。瓦間は懲戒解雇ではないけど、そうしてもいいくらいの厳しい処分でやめさせたんだから」

編集長に厳命する。編集長は言われた通り電話の相手に懇願《こんがん》していた。

「彼がうちで書いた記事ですか？　もう昔のことですからねえ」

電話の相手から要求が出たようだ。

「局長、向こうが瓦間さんの書いた記事を送ってくれと言ってますけど、どうしますか。署名原稿はあまりないと思いますけど」

送話口を押さえて、編集長が雑誌局長に確認する。

「それで済むのなら、送ってやれ」

「分かりました。瓦間が関わったもので、大きなネタだったものを送ります」

編集長が相手に伝えた。局長が他班の班長に「何人か連れてって、資料室から瓦間が書いたスクープを集めてこい」と命じた。

「我々も調べますが、なにか新しいことがありましたらまた連絡ください」

編集長は電話を切った。

「どういうことだ。なぜ十年前にやめた特派がうちの記者だと名乗るんだ」

立腹している局長に、編集長は首を左右に振った。

「目黒署の副署長だったんですが、瓦間が『元週刊タイムズの記者と言ったから』としか答えてくれません」

「下着泥棒って本当なんですか、瓦間さんはそんな人じゃないですよ」

割って入るように新見が尋ねた。だが編集長からは「警察がそう言ってるんだからしょうがないだろ」と叱られた。

瓦間とは入社してから五年間、一緒に仕事をした。自分とは十歳違いだから、今は四十七歳、やめた時が三十七歳だ。

今の自分と同じ年齢だが、渋みなのか、それともいくつもの厳しいネタをモノにした実績からなのか、瓦間の顔にはスクープ記者として得た皺が勲章のように深く刻まれ、実際の年齢差以上に歳の開きを感じた。

仕事ぶりだけでなく外見にも憧れた。軽くパーマがかかった髪を耳が隠れるほど伸ばしていた瓦間は、いつもその髪を風に靡《なび》かせて仕事をしていた。少し気取り過ぎの感もあったが、瓦間が取るすべての行動が様《さま》になっているように見えた。

新見が知る限り瓦間は独身のはずだ。少なくとも週刊タイムズにいた十年前は特定の彼女はいなかった。だが女にはよくモテ、遊び相手はいくらでもいた。

当時は締め切りを終えると、打ち上げや祝勝会と称して夜の街に繰り出した。行くのは居酒屋がほとんどだったが、たまに瓦間の奢《おご》りで高級クラブに行くことがあり、どこの店でも女の関心は瓦間が独り占めしていた。ホステスが酔ってまとわりつき、瓦間はタクシーに乗せて一緒に帰ることもあった。女はけっして嫌いではなかった。かといって下着を盗むような屈折した性癖は持っていないと断言できる。それくらい当時の新見は、年がら年中瓦間と一緒に宵《よい》っ張《ぱ》りで仕事をしていた。

「で、瓦間はうちの元記者という以外、なんて言ってるんだ」局長が聞く。「下着泥棒を認めてるのか」

「雑談には応じていますが、犯行については黙秘してるそうです」と編集長。

「黙秘してるなら冤罪《えんざい》かもしれないじゃないですか」

新見が口を挟むが、「証拠があるから逮捕されたんだろうが」と局長に遮《さえぎ》られた。

「私もそう思います。警察の話しぶりからすると有罪に持っていけるだけの証拠があるんでしょう。現行犯ではないようですが」

普段は「警察発表だろうがまず疑え」と記者に注文をつけている編集長でさえ、完全に信じ切っている。

もはや二人からは、数々のスクープを抜いた瓦間慎也の偉業は消え、会社の顔に泥を塗った厄介者としての印象しか残っていないのだろう。

「まったくなんてことをしてくれたんだ。他誌が知ったらすぐに書いてくるぞ」

局長は憤然としていた。編集長も「時報が知ったら今週号で突っ込んできますよ」と眉根を寄せた。元週刊誌記者が下着泥棒——週刊時報の元記者が同じことをしたのなら、新見も間違いなく記事にする。

内線電話がかかってきた。資料室に行った記者だった。編集長は「すべてコピーして今言う番号にファックスで流してくれ」と瓦間が逮捕された目黒署のファックス番号を伝えた。おそらく記者が〈今時、ファックスですか〉と言ったのだろう。編集長は「向こうがファックスだって言うんだからしょうがねえだろ」と怒鳴りつけている。

瓦間がどんな記者だったのか警察も知りたいのだ。警察相手にそこまで親切にすることはないと思うが、事が事だけに仕方がない。

「編集長、次に警察から連絡があったら伝えてくれませんか。僕が面会に行っても構いませんから」

「そうだな、その時は新見に行ってもらうしかないな」

編集長は厄介な仕事を引き取ってもらったかのように安堵《あんど》した顔をした。

「それに自分も少し調べてみます」

「新見は、成岡遼一のインタビューに、岩倉省仁の件も抱えてんだろ。時間はあるのか」

「大丈夫ですよ。成岡の件は健太郎に任せてますし、岩倉の取材は他のメンバーに割り振ります」

実際は小林が使えなかったことで、「書き」にふさわしい人選は浮かばないが、誰にやらせるにしても自分が指示を出せばいいだけだ。

「それに瓦間さんと直接、仕事をしたことがあるのは今の編集部では自分だけですし」

「新見は瓦間の弟子だものな」

普段なら自分から使いたい言葉だった。

しかし、下着泥棒と聞いた後では、胸を張ってそうですと答えるわけにはいかなかった。

3

急に窓の外が陰った。

係長席に座る長谷川《はせがわ》涼子《ようこ》はスマートフォンをタップして時間を確認したが、まだ午後五時半だった。

暗くなったのはどうやら雨雲が来ているせいのようだ。刑事部屋の窓ガラスに大粒の雨が打ち付けてきたと思ったら、もう雷が鳴っている。涼子にはそれが胃腸の弱い四歳の息子のお腹の音に聞こえた。

この日は保育士の都合で、七時までには迎えに来てほしいと言われている。まだ十分時間はあるのだが、外が暗くなって慌てるのはいつものことだった。

約束した迎えの時間を過ぎ、息子の大樹《だいき》に寂しい思いをさせたことがこれまで幾度もある。

大樹は同じ歳の男児としては体が小さく、人見知りの激しい甘えん坊だ。それでいて大人の気持ちは察するので、涼子が遅れたことで保育士が不機嫌になるのも感じ取ってしまう。迎えに行った時はだいたい、大樹一人だけが残っている。

心細さを必死に隠している大樹の顔を見るたびに、次からは早く行こうと心に誓うが、一カ月もしないうちに、抜け出せない仕事が入って遅れてしまうのだ。

ダメな母親だなと嫌な気持ちになりながら涼子は机に頬杖をついた。だがネガティブな気分では自分一人で子育てできないと、両手を真上に伸ばし、大きく息を吐いて気持ちを入れ替えた。

午前中、「住居侵入罪」で逮捕した被疑者を検察に身柄送致した。

昨日の取り調べでは少しは話した瓦間慎也だが、検事の前では、嫌疑がかかっている下着の窃盗罪だけでなく、逮捕された住居侵入罪に関しても、完全黙秘している。

担当検事からは冷めた目で見られた。これでは警察の顔も丸潰れだ。それでも「住居侵入罪」に関しては証拠が固まっていたこともあり弁解録取書の作成には問題なく、その後は裁判所に送り、十日間の勾留《こうりゅう》請求が認められた。

この十日間で、裁判で有罪に持ち込むだけの供述を取らなくてはならない。もちろん住居侵入だけでなく、彼が井上遥奈《いのうえはるな》という女性宅に侵入した目的である下着の窃盗容疑でも逮捕状を取る。そうでないと最悪罰金刑で終わりだ。それでは被害女性は落胆し、また忍び込まれるのでは、と不安で夜も眠れない日々を過ごさなくてはならない。

被害者は昨日、涼子が聞き取り調査をした。

井上遥奈、二十九歳。

住居は東京都目黒区上目黒の築四十年の木造モルタルアパート。２ＤＫと一人暮らしの女性が住むには広すぎる部屋に住んでいた彼女は、昼間は通販会社でテレホンアポインターの仕事をし、夜は週に三回、縫製の専門学校に通っていた。

犯行日時は三日前の八月十八日、午前八時四十分頃。特定できたのは、アパートの入り口の防犯カメラに瓦間が入っていくのが映っていたからだ。瓦間は八時三十九分にアパートの正面玄関から入り、一階の最奥《さいおう》である105号室に侵入、箪笥《たんす》から下着のセットを盗んだ。彼女はその日、七時半に出勤。土曜日だったことから、犯行は計画的だった可能性が高い。帰りは裏口から出たのか、瓦間がカメラに映ったのは一度きりだった。

下着の件を問い詰めると、瓦間は「俺は人格を疑われることは断じてせん」と舞台役者の台詞《せりふ》回しのような張り上げた声で否定した。

しかし住居侵入に関しては、認めてはいないが、否認もしない。ただ黙るだけ。

今のところ確認できたのは下着の一セットだけだが、他にも紛失しているものがあれば伝えてほしいと被害者には伝えたので、今後出てくるかもしれない。

その被害調書が完成した昨日午後七時、まずは住居侵入罪で瓦間を逮捕した。逮捕を告げても、瓦間慎也の不遜《ふそん》な態度は変わらなかった。

きょうは取り調べを部下に任せ、まずはこの男の人となりを知ろうと、涼子は副署長経由で取り寄せた週刊タイムズ時代の記事をチェックしている。

瓦間慎也は十年前、取材相手から利益供与を受けていたことが発覚し、週刊タイムズを解雇された。

週刊タイムズの編集長の話では、その後は実話ボンバーで働いていたそうだ。実話ボンバーの編集部にも確認したが、「瓦間さんはタイムズをやめた後四、五年はうちの編集部にフリー記者として加わっていましたが、ここ五年ほどはコラムを一本書いてもらってるだけです」と言われた。

実話ボンバーも相当迷惑がっていたが、本当に迷惑なのは週刊タイムズの方だろう。タイムズにいたのは十年も前の話なのに、瓦間は「元週刊タイムズの記者だ」と名乗った。こうして過去記事を眺めていると、あの男がどうしてそう名乗ったのか合点《がてん》がいく。

週刊タイムズは総合週刊誌として認知されている。一方の実話ボンバーは、ヤクザ抗争、ドラッグ、風俗記事、ヘアヌード写真などが載っている低俗なゴシップ雑誌である。そんな雑誌の記者だったと言われるのは、あの男の気位《きぐらい》の高さが許さないのだろう。

捜査員が任意同行を求めた時、この男は反政府活動家のような傲慢《ごうまん》な態度だったそうだ。

実際、大学時代に参加したデモで機動隊員と衝突し、公務執行妨害で逮捕された過去がある。また週刊タイムズでも取材相手とトラブルとなり、傷害で訴えられたことがある。

今さら十年も前の会社名を出すとは、よほど昔の自分に誇りを持っているのか。違う雑誌にいることくらい、警察が調べればすぐにバレるというのに。

涼子には、器が小さな男によくある見栄《みえ》っ張りな性格に思えた。涼子の別れた夫が、まさにそうした小心者で、整理解雇に遭い、小さなコンサルタント会社にしか再就職できなかったのに、自分は昔、外資系コンサルで働いていたと人前でひけらかしていた。

もっとも今回の事件、発生から発覚までの経緯が、通常の窃盗事件とは少し異なる。

きっかけは「不審者がアパートに侵入したのを見た」という公衆電話からの匿名の通報だったが、110番通報ではない。警視庁の代表番号に掛かってきたのだ。

警視庁の代表番号は公開されているので、インターネットを見て掛けてくることは珍しくはないが、通常は通信指令課が用件を聞き、それが住居侵入の捜査情報であれば所轄に回す。

ところがその電話はなぜか目黒署刑事課ではなく、涼子が以前所属していた警視庁捜査三課に繋がった。女性のアパートに駆けつけたのも三課の捜査員である。

三課の捜査員はアパートで女性が帰ってくるまで待機し、その間、目黒署への連絡は一切なかった。帰宅した女性は、三課の刑事から泥棒が入ったと聞き驚いた。すぐに部屋に入って調べた末、押し入れの中の衣装簞笥からブラとショーツのセットがなくなっていると伝えた。

その後にようやく目黒署に連絡が入った。それが午後七時二十分、警視庁への通報からすでに十時間以上経過していた。

すぐさま捜査にかかり、部屋の指紋や監視カメラの映像から瓦間の名が割れた。下着が入っていた衣装簞笥の指紋とも一致した。だが肝心の下着がまだ見つかっていない。

瓦間の住居も家宅捜索したが、出てこなかった。上司からは「コインロッカーにでも隠しているんじゃないか」と言われたが、部屋から鍵らしきものは出ていないし、そもそも下着泥棒が盗んだ物を身近に置かないなんてことはあるだろうか。同性としてあまり考えたくないが、女性が身に着けたものに触れることで、その手の性犯罪者は興奮するのだ。

取り調べを担当していた佐久間《さくま》という巡査が刑事部屋に戻ってきた。

「どうだった」と聞くが、佐久間は「進展なしです。まったくいけすかない男です」と渋い顔をした。昨朝の瓦間の連行には彼ともう一人を行かせたが、もう一人は瓦間の挑発に乗って熱くなったというので、今は佐久間と女性刑事を当てている。

涼子は腕時計を見た。午後五時四十分、以前に頼んでいた足立《あだち》区の保育所は、連絡すればいくらでも時間を延長できたが、目黒署への異動が決まって探した今の保育所は、休日保育をしてくれるのはありがたいが融通は利かない。オタク風の風貌をした男性保育士に、もし迎えに行くのが遅れたらどうなるかと尋ねたら、「少しくらいなら待ちますけど」と平気な顔で言われた。少しくらいならって、もし母親が引き取りに来なければどうする気なのか。雑居ビルで営む認可外保育所とあって、なにが起きても不思議はない。

七時までに迎えに行くには一時間余しか時間はないが、涼子は「私がやるわ」と机に散っていた瓦間の過去記事をまとめた。その中から一つだけ、自分がかつて読んだ記憶があるものを一番下にして、刑事部屋を出た。

取調室に入ると、瓦間は着席していた。この日も昨日と似た白のシャツにジーンズ姿だ。長めの髪が鬱陶しい。部下によると任意同行と言っただけなのに、瓦間は逮捕されることも想定し、数日分の着替えをバッグに詰めたそうだ。

涼子が部屋に入った時に視線は合ったが、その後瓦間は視線を宙に向け、こちらを見ることはなかった。口笛でも吹きそうなほど余裕がある。

「相変わらず、大事なことは一つも喋らないそうね」

そう言って対面する席に腰を下ろした。

瓦間は目の玉だけを動かした。だが一瞥《いちべつ》しただけでまた視線を逸《そ》らす。けっして疚《やま》しいことをした人間の目の動きではない。明らかに挑発している。

「きょうはふざけないでね」

昨日は思わせぶりなことを供述しても、すぐさま冗談だとかわしてきた。

「ふざけてなんかいないさ。あんたがあまりに美人なんで目を合わせにくいだけさ」

法令線が深く入った唇が動いた。昨日は堪《こら》えたが、時間がないとあって抑えることができなかった。

「それがふざけてるっていうのよ」

涼子は手のひらで机を叩いた。隣に息子の大樹がいたらきっと泣きだすくらいの大声だった。調書作成係の巡査は呆然としていたが、肝心の瓦間は怯《ひる》んでもいない。

「うちの捜査員が自宅に行った時、あなた、『理由を述べよ』と偉そうなことを言ったみたいね。今時、そんな時代劇みたいな言葉を使うのかって捜査員は笑ってたわよ」

反応を窺《うかが》うつもりで、涼子が挑発した。

「理由を言え、というよりはいいだろ。お巡りさんは偉い。だから俺は尊重した」

「あなた、警察を馬鹿にしてんの」

「馬鹿になんてしてない。だが警察がやることがすべて正しいわけではない」

こういう会話はテンポよく返してくる。二十代の頃、元革マル派の中年男による万引き事件を担当したことがあるが、その男が最後までこうした切り口上だった。

「あなたの活躍を調べさせてもらったわ。さすがに自分から元タイムズ記者だって名乗っただけのことはあるわね。結構な数があって、全部読むのに苦労したわよ」

コピーを一枚ずつ机に置いていく。

大臣経験もある国会議員の秘書給与流用事件、野党幹部の年金未納問題、政界の黒幕と言われた医療法人理事長の脱税事件、大手証券会社ディーラーの詐欺事件……政治や経済事案が主だったが、役者の不倫や、スポーツ選手が別居した妻にＤＶで告発されたという記事もあった。

手には取らなかったが、瓦間はひと通り目を通していた。だがまた視線を宙に戻す。

「こういうのも書いたんでしょ」

涼子は一つだけ手に残していた記事を机に出した。

警察官僚の危険な情事

記事にはそう見出しがついていた。

「あなた、こんな下品な記事も書くのね」

十年以上前に読んだ時もそう思った。週刊誌はこうした記事まで書くのかと――。男は警察官僚だが、女はキャリアでもなんでもない普通の女性巡査だ。

週刊タイムズの元記者だと聞いた時、まっさきに浮かんだのがこの記事だったが、まさか書いた当人とは、副署長からコピーを渡されるまでは思わなかった。

警察官僚は妻帯者だったが、別居していると記事中に書いてある。それなのに二人が、男の妻に隠れて不貞を続けているかのように、誤解を招く見出しなのだ。

瓦間が視線を落としたタイミングで涼子は発した。

「この記事、警察への仕返しから生まれたんでしょ？」

記事にされた女性巡査から聞いた。相手の警察官僚がそう説明したそうだ。

「あんたらが俺たちの仕事を妨害したからだ」

瓦間は記事が報復であることを認めた。

「あなたたちは二課長に質問をぶつけ、事実とは違うとごまかされたそうね。結婚詐欺で逮捕された男が、無実で釈放されたという小さなことだったそうだけど」

「事件に大きいも小さいもない。うちの若いのが目から血を流しながら取ってきたネタだ。潰されて遺憾千万《いかんせんばん》なのは当然だ」

二課長は週刊タイムズに否定した誤認逮捕を、後日、記者クラブの新聞記者には認めた。

不倫相手として書かれた女性、上山秋穂《かみやまあきほ》によると、週刊タイムズの記者は「どうして嘘をついたんだ。警察は新聞記者と談合してんのか！」と警視庁に抗議してきたらしい。

「この記事にされた女性巡査は、あなたたちに嘘をついた人とは関係ないんだけどね」

「キャリアの二課長と不倫していたのは事実だろ」

「この相手の子、私の同期よ。この記事のせいで警察をやめたわ」

「同期で仲が良かったから謝れとでも言いたいのか」

木で鼻を括ったような物言いだ。

「結婚している男を好きになったんだから、あなたにしてみたら女も悪いってことになるんだろうけど、罰を受けたのはこの子だけだったことは忘れないでね。二課長も注意は受けた。だけど今も警察にいるからね」

言ったものの瓦間はそれがなんだという目をしていた。そのしたり顔が余計に涼子の神経を逆撫でする。

上山秋穂とは警察学校で同部屋だった。

——子供の時から少年課の刑事になりたいと思ってたのよ。

目を輝かせた秋穂がそう語った記憶が今も鮮明に残っている。

警察官なら安定して一生続けられるのではないかと安易に考えて受験した涼子とは、仕事への熱意が違っていた。秋穂の影響を受け、涼子も刑事になりたいと考えを改めた。

柔剣道は涼子の方が優れていたが、成績は断然、秋穂が上だった。

あんなことがなければ、彼女は被害者にも加害者にも思いやりをもてる少年課の刑事になっていたのではないか。

だが、配属された警視庁捜査二課の刑事総務係で、彼女は一人の男に夢中になった。その男が記事にある、捜査二課長のキャリア官僚である。

惚れたのは秋穂の方だ。別居はしていたが離婚の成立していなかった男は、最初は秋穂の誘いを断ったそうだ。

——澤田《さわだ》課長に一緒にご飯行きたいと言ったんだけど、今度にしようとうまくはぐらかされちゃったのよ。

それでも彼女は諦めなかった。豊満な体つきで愛くるしい顔立ちの彼女は男性警察官から人気があった。

次に会った時、彼女は色香を含んだ目で「彼がね……」と何度もそう繰り返した。できたな——その頃は男を知らなかった涼子でも気づいたくらいだ。

それから三カ月もしないうちに、二人の関係は週刊タイムズの記事によって終わりを告げた。

だが監察官からの聞き取り調査に、男は深い関係はないと嘘の報告をした。それだけでなく「彼女から交際している男性のことで相談を受けた」とシラを切った。秋穂はその言葉に深く傷ついた。監察官にそう伝えたということは、正式に離婚してもきみとは一緒にならないと言われたようなもの——秋穂はそう受け取った。

男からの指令だったのだろう。彼女も「私から相談があると頼んだ」と監察官に答えた。

結局、秋穂だけが一身上の都合を理由に辞表を書くことになった。

——私がやめることで澤田さんが残れるならそれでいいのよ。

二人で出かけたそば懐石の個室で、彼女はハンカチで涙を拭ってそう言った。

実家に帰って三年後に結婚したが、長続きはしなかった。たまにメールを送るが返事は来ない。五年前に涼子が挙げた式にも直前で体調が良くないと欠席のメールが来た。

じっと記事を眺めていた瓦間が沈黙を破った。

「あんたの言う通りだ」

「なにが言う通りなのよ」

「俺の見極めが甘かった。こんなことをして男の方だけ訓告で済むとは思わなかった」

「今頃、反省しないでよ」

言われたところで腹の中の怒りは収まらなかった。

「いつかやり返してやりたいとは思ってる」

「そんなの口だけでしょ？　十年以上もなにもしてないくせに」

「それは男が警察庁に戻り、地味な仕事になったからだ。再びあの男が捜査に戻ってきたら、借りを返してやるという気持ちは忘れていない」

この男の自信はどこから来るのかと不思議に思う。そのキャリアはとっくに警備部の対策官として警視庁に戻ってきているのよ――そう伝えてやっても良かったが、言ったところで、下着泥棒で捕まった男には汚名返上のチャンスもないだろう。

「私の友達のことはもういいわ。だけどあなたのやってることは所詮は中途半端なのよ」

「俺の仕事をあんたらにとやかく言われたくはない」

殊勝と感じた相好《そうごう》は消え、また憎々しい顔つきに戻っている。

「中途半端でなくても、失敗したことくらいは認めなさいよ。この記事を書いたせいで、あなたはその半年後に、誇りにしている週刊タイムズをやめなきゃいけなくなったんでしょ」

「言ってる意味が分からんな」

「この記事に載ってる大物が関係してるんでしょ」

そう言って机に広げたうちの一つ、「政界の黒幕　医療法人理事長が巨額脱税」と見出しのついた記事に人差し指を乗せた。

「確かあなたに関する記事は『週刊タイムズ記者が脱税王から利益供与』だったかしら。忘れたと言うなら、今から週刊時報に頼んで、コピーを取り寄せてもいいけど」

瓦間と同僚記者の二人が、医療法人の理事長から一千万円の金を受け取っていたという記事である。

借りたと主張したようだが、理事長は脱税で逮捕された前科があり、しかもその脱税事件は週刊タイムズのこのスクープ記事が発端だった。つまり、彼らは自分たちが逮捕まで追い詰めた人間から借金をし、その事実をこともあろうかライバル誌である週刊時報にスクープされたのだ。

記事が出た直後に、秋穂から電話があったから、そのことはよく覚えている。

――あんなことをされて澤田さんが黙ってるわけがないじゃない。

彼女はまるで、最愛の男が恨みを晴らしてくれたかのようにテンションが高くて、なかなか電話を切ろうとしなかった。澤田からはメールをしても返事はないと言いながらも……。

「相手の力を甘く見たのね」

「まるで俺たちが警察に仕返しされて仕事を失ったみたいな言い方だな」

「そうじゃないの？」

「どうかな」

権力に屈した悔しさを隠し、痩せ我慢しているように、涼子は感じた。

「あなた、タイムズ時代は政治家や権力者の不正を暴くジャーナリスト気取りだったんでしょ。それなのに脱税王から金を借りるなんて、自分のことになったら急に脇が甘くなるのね」

皮肉を込めた。「まさか、お金は返したからいいとか言うんじゃないでしょうね」

瓦間は黙っていた。だが目つきは変わらない。じっと涼子に睨《にら》みを利かせてくる。

「あなた、自分に都合が悪くなるとだんまりになるのね」

「いまさら弁解したところでどうにもなるわけではない。だから言わないだけだ」

まだ強がっている。

「利益供与と認めるわけね」

「返すつもりだった。その週刊時報にも、俺と同僚の談話が載っている」

「借用書もなかったんでしょ」

「向こうが要らないと言うから渡さなかった」

「全然説明になってないわね。それと同じことを政治家や私ら公務員がやったら絶対許さないくせに。それとも税金で給料をもらってないから、自分らはいいとでも言うのかしら」

「そんなことは言わん」

そう言い張るが「ちゃんと説明しなさいよ」と突っつくとまた黙った。「取材の時はすぐに説明責任を求めるのに、まったく情けないわね。元週刊タイムズの記者だと名乗っといて」

「俺は記者だと答えただけだ」

「週刊タイムズって言ったじゃない。今は実話ボンバーで仕事をもらってるくせに。ゴシップ誌の記者というのはあなたのプライドに反するのかしら？」

「俺はボンバーではフリーで仕事をしている。特派として所属したことがあるのは週刊タイムズだけだ。俺が記者だと言ったら、あんたらが『どこに所属してた』と聞いてきたから、そう答えた」

「その週刊タイムズだけど、あなたのことを聞いても十年以上前にやめた記者だから関係ないって突っぱねたそうよ。もし弁護士を呼んでほしくてタイムズの名前を出したのなら、それは残念だったわね」

「こんな事件で弁護士なんて呼ぶか。気遣い無用だ」

大袈裟に鼻から息を吐いた。涼子にはそれもまたこの男の強がりに見えた。

「こんな事件って、立派な犯罪だからね。住居侵入だけでも懲役三年以下、あなたの場合、窃盗も加わるから五年くらい簡単になるわよ」

「だったら早くぶち込めよ」

呆れるほど口達者だ。スマートフォンの時計を見た。六時二十七分。あと十分ほどで切り上げ、署を出ないことには七時までに保育所に着けない。

彼が弁護士を呼ばないことには疑問だった。普通はこの手の偉ぶった人間ほど、まず弁護士を通せと主張する。弁護士を呼ぶことで、警察の追及が弱まると勘違いしているのだ。

「だとしたら週刊タイムズにとってはずいぶん迷惑な話よね。自分のところの会社名が出ないかヒヤヒヤして、編集長は頼むから元週刊タイムズの記者が下着泥棒したなんて発表しないでくれって、土下座でもするほど下手《したて》に出たみたいよ」

また無視になった。

「世話になった古巣の週刊誌に、申し訳ありませんって謝っといた方がいいんじゃない。私が伝言してあげるから、なにか言いなさいよ」

スマートフォンを見る。数字が変わり六時三十分になった。ママが来ない——大樹の切ない目が目に浮かぶ。そろそろタイムリミットか。

もういいわ、と切り上げようとしたところで瓦間が口を開いた。

「ともをまつ」

言葉は明確に聞こえたが、頭の中には意味どころか、文字すら浮かばなかった。

「あんた、今なんて言ったの？」

聞き返すが、返事はない。「今なんて言ったのって聞いてるのよ！」

大声で質《ただ》した。じっと顔を見ていると瓦間も強い視線をぶつけ返してきた。口の周りに無数の細かい皺が寄り、男にしては、やけに赤い色をした唇が動いた。

「刑事さんがなにか言えといったから答えただけだ。友を待つ、それだけだ」

今度はしっかりと文字が浮かんだ。

だが友を待つって、いったい誰を待つと言うのか。

涼子の頭は混乱する一方だった。

4

閉じたところですぐに開いてしまう観音開きの扉を、石橋勲《いしばしいさお》はドライバーで取り外した。

蝶番《ちょうつがい》のネジ穴が潰れ、木も傷んでいるため丁寧に行わないと板にヒビが入ってしまう。閉じないのは長年の使用による木の重みで扉の重心が下がってしまっているからだ。

一九〇〇年代前半に英国で作られたアンティークのキャビネットである。

脚はボリュームのあるブルボーズレッグで、正面や天板、さらに側面にまでアールヌーボー風の彫刻が入っている。

残念なことにこのキャビネットは、一流の職人の仕事ではなかった。

一流の家具職人は、使っていくうちに扉の重心が垂れていくことまで想定して作る。父が作った家具がそうだった。外枠は四角だが、扉は中心部分が〇・五ミリほど上がるように平行四辺形にする。そうすることで使っていくうちに扉は少しずつ重心が下がり、より密閉されていく。

石橋は扉を外して定規で測った。やはり閉じる部分が下に落ちるようにたわんでいた。蝶番の調整で済む場合もあるが、これくらいたわみが酷《ひど》いと、上下面を斜めに削るのが一番綺麗に仕上がる。

測った数値を頭に入れてから、石橋はカンナがけしていく。

削った部分を塗装し、ドライバーで蝶番に取り付ける。ゆっくり閉じると、観音扉は隙間なく閉まった。思いの外、手間をかけずにうまくいったようだ。自分の仕事に満足していると、奥で作業している二人が議論しているのが聞こえてきた。

「どうしたんだよ、二人とも」

汗だくになった顔を、首に巻いているタオルで拭いてから石橋は近づいた。

男は横山和夫《よこやまかずお》で石橋より十歳若い三十七歳、女は沢野恵《さわのめぐみ》で、三十二歳になる。立場上、ここでは石橋が社長で、彼らは従業員だが、家具職人としてのキャリアは二人の方が長い。

「勲さん、和夫さんがこのテーブルの修理、白糊《しろのり》で仕上げるべきだって言うんですよ。でもそうしたらすぐに剝《は》がれてしまうでしょ」

ほとんどノーメイクで、髪をゴムで後ろに結んでいる恵が口を窄《すぼ》めた。

すぐさま隣の和夫が「そりゃ俺だってとことん直した方がいいと思ってますよ。でもそれだと五万円以上はかかるし、このお客さん、若い人だったからそんなお金は取れないですよ」と反論した。

和夫と恵の二人はこの工房では新品の家具作りを担当していて、修理は石橋の仕事である。

だが無垢《むく》板しか扱わない石橋家具工房では、それほど多くの注文があるわけではない。ここ数日、修理依頼が立て込んで入ったことから、このダイニングテーブルの修理は恵に任せていた。

父の時代は無垢家具も売れたが、今は廉価で軽い合板を使った造作家具がどの家具店でも主流だ。

それでも父の時代からの常連客がたまにここに買いに来てくれるし、ホームページを開設してから、重厚な手作り家具が好きな客が遠方から訪れるようになった。

自分の借金、さらに父の時代に取引先の倒産で抱えることになった工房の借金がいくらか残っているが、自分が引き継いでからは滞《とどこお》ることなく二人に給料は払えている。

「この客、修理価格についてはなんて言ってたんだ」

恵に聞いたのだが、注文を請け負ったのは和夫だったようで「お任せしますとしか言われなかったんで、あとで見積もり出しますと伝えました」と説明した。

「それなら聞いてみたらいいじゃないですか。安い方法でしたら一万円ほどで済みますけどでもそれだと接着剤でくっつけるだけなので、また割れてきます。五万円くらいかかりますけど完全に修理した方が長く使えますよって」

恵は接着剤だけの修理には断固反対のようだ。

接着剤といっても簡単ではない。ヒビが入って少し欠けている天板に、酢《さく》ビと呼ばれる接着剤を入れ、端金《はたがね》という工具で圧締《あってい》して張り合わせるので、結構な腕がいる。だがまた割れてくるという恵の言い分はもっともだった。

「ちょっと見せてくれよ」

石橋は置いてあったダイニングテーブルを眺めた。

高級木材のマホガニーを使っており、自分が持っているテーブルより雰囲気が出ている。

おそらく七、八十年くらい前に、英国で作られたものだ。マホガニーは百年使い込んでシミも色ムラもすべてが味わいになり、ようやく本物の家具に育つと言われている。そういう意味ではこのダイニングテーブルはこの後、さらによくなっていくだろう。

「これ、相当な代物《しろもの》だな」

木の表面を撫でて石橋が言うと、恵が「外苑《がいえん》あたりのアンティーク家具屋さんに行けば七、八十万円はするんじゃないですか」と言った。和夫も異論はないようで「下取りに出したいって言うのなら俺がほしいくらいです」と笑みを浮かべた。

「よし、俺がやる」

「いいですよ、勲さん、俺が請け負った仕事ですから、恵にやらせますよ」

「いや、恵に本格的な修理を頼むと、それなりの値段を取らなきゃうちの採算に合わない。恵は昨日注文が入った新しい家具の製作に当たってくれよ。俺はキャビネットの修理が早く終わったんで、ちょうど手が空いたんだ」

実際は他にも修復する家具が待っているが、そう買って出る。

「それよりこのテーブルの持ち主、安くしてくれって言わなかったってことは、相当家具好きなのか、それとも家族から譲ってもらった大切な物だと思うんだよ。一万円というわけにはいかないから、そうだな、二万円でやるって連絡しといてくれるか」

「そんなぁ、たった一万円しか変わらないじゃないですか」

本格的な修理なら五万円以上は取ると主張していた和夫が言うが「いいんだよ、俺がやるんだから」と説いた。恵はじゃあすぐに電話しますと携帯を取り出し、注文書に書かれてある番号に電話した。

「その金額でお願いしたいそうです」

すぐにそう言ってきた。石橋は自分の持ち場まで、和夫の手を借りてテーブルを運んだ。

修理箇所はテーブルの天板が五ミリほど欠けているだけだ。だがそこからテーブルの中心に向かって小さなヒビが入っている。このまま使い続ければヒビはさらに奥まで進む。石橋はのこぎりを使ってヒビの先まで約二センチ、細長い二等辺三角形になるように切り取った。

工房の裏にある廃材置き場に行く。貴重なマホガニーはここにはないので、似た色のものを探したが、なかなかこれというものが見当たらない。

ただでさえ、和夫は有能な木取り職人で、板を無駄にしないようにカットし、複数の板を上手に目合わせしていくのに長《た》けているため、石橋家具工房には他の工房より捨てる木が少ないのだ。

この目合わせの作業で、家具の美しさの七、八割が決まると言われている。昔は父がやり、父が体調を悪くしてからは和夫の父が担当した。そして二人が亡くなってからは和夫が引き継いでいる。石橋もたまに挑戦するが、和夫に言わせると「勲さんが木取りをしたら、うちの家具の儲けは半分になりますよ」と笑われる。

探しているうちに、マホガニーと木目が似たラワンの廃材を見つけた。昔の日本住宅に使われていたラワンだが、今は希少性から手に入らなくなった。このラワンは近所の一戸建てが取り壊しになった時、頼んで譲ってもらった一部だ。

それを切り取ったのより、コンマ数ミリ大きめな二等辺三角形に切り、糊を入れてカットした場所に楔《くさび》にして押し込んでいく。

圧締し糊を固める。はみ出た部分はカンナで目地払いし、一八〇番と二二〇番のサンドペーパーで磨いた。

凹凸なく収まったが、木目が完全に繋がっているわけではないため、このままでは木を継ぎ足したのが一目瞭然だ。

石橋は筆と染料を使って、マホガニーに合わせて木目を描いた。

自分でも満足するくらい自然に木目が繋がった。いよいよ最後の仕上げだ。

父の丁寧な文字で「シェラックニス」とラベルが書かれた瓶を取り出した。今はどこも化学物質の「ウレタンニス」を使っているが、石橋の工房が使っているのは樹液を吸った虫から排出される天然のこのニスだ。

ウレタンニスでは木の呼吸を止めてしまう。シェラックニスを使えば木の表面から液体が染み込んでいき、それが飽和状態になったところで上からワックスを入れると、贅沢な光沢が出るのだ。家具職人の間ではこのシェラックニスを「フレンチポリッシュ」とも呼んでいる。

「うわぁ、見事に完成しましたね」

二時間ほど作業に没頭していたせいで、背後に恵と和夫がいたことに気づかなかった。

「相変わらず勲さんは器用ですよね。どこを直したのかもよく見ないと分かりませんよ」

二十年もこの工房で働いている和夫にまで感心された。

「センスがない分、丁寧な仕事でごまかすしか俺には取り柄がないからな」

「なに言ってるんすか、センスがなければ古いものを修理なんてできませんよ」

確かに新しいものを作るのも難しいが、古いものを修復するのも手の込んだ作業になる。ただ直すのではなく時代感という枠組から離れないよう、特段気を遣う。

「職人は作りっぱなしはダメだ」が口癖だった父親は他店で断られた修理品も受け入れた。

それがどれだけ大変な労力を必要とし、意義のあることか、石橋は四十二歳でこの工房に戻って初めて知った。コスパはけっしてよくないが、家具好きの客は、古いものを大切にしている職人の元に戻ってきて、そして新しい家具を注文してくれるのだ。

「それにいつも思いますけど、勲さんは筆使いが見事ですよね。元週刊誌の記者とは思えません」

恵が言うと、和夫が「意外という意味で喩《たと》えるなら、『元アメフトのクォーターバックとは思えませんね』だろ？」と笑って言い換えた。

　どちらも石橋が経験していたことだ。週刊誌の記者は二十二から三十七歳までの十五年間、アメリカンフットボールは大学の四年間だけだが、どちらかと言うと後者の佇《たたず》まいの方が強く残っているのではないか。身長は一八七センチ。大学時代に九五キロまで増やした体重は、筋肉が脂肪に変わっただけで今も変わらない。

「このテーブル、ほかに問題点は？」

　石橋が尋ねると、恵は「広げるとちょっとガタつくんですよね」と説明した。普段は正方形だが、天板の下に伸長用の板が隠れているため、来客がある時には倍の大きさに広げることができる。

　確かに引っ張り出す時に引っかかった。古い家具にはありがちなことだ。

　恵は下に隠れた板を調整し直した。今度はスムーズにスライドした。

「おお、気が利くな。これはお客さんも喜んでくれるよ」

　石橋もこうした気配りは大好きだ。「親父もよく言っていたよ。頼まれていないことまでサービスすると、この職人に作ってほしいと思うファンは増えるって」

「先代やうちの親父の時代だったら、床に傷がつかないよう脚にゴムを貼ったりしてましたけど、今そんなことをしたら、お客さんから余計なことはしないでほしいと怒られてしまいますけどね」

和夫の言う通りだ。父の頃の修理は、サービスと称して、机に勝手にペン立てを作ったり、キャビネットに鍵をつけたりもした。

「昔は便利にしてほしいと言われたみたいだけど、今はできるだけオリジナルに忠実にと言われるからな」

便利さを求めるなら、無垢家具より、合板の家具の方がいい。こうしたダイニングテーブルでも石橋家具工房では四十万円は取るが、合板ならその三分の一で作れる。

「もう八時になったか。俺のせいで二人とも帰らずに待っていてくれたんだな」

石橋は右手に嵌《は》めているミリタリーウォッチで確認した。

左利きなのでそうしている。父も和夫親子も恵もここで働く職人はみんな右利きのため、道具も右利きが使いやすいように調整されている。その点も経営者である石橋が、家具作りより修理に専念している理由である。

「いいえ、私たちも仕事に集中していたらこの時間になってたって感じです、ねえ、和夫さん」

「最後の十五分くらいは勲さんの作業の見学に夢中になってましたよ」

二人とももっと手際よく終わらせられないのかと苛ついていたのではないか。それでも不満は言わず、この五年間、石橋が一人前の家具職人になるのを見守ってくれている。

「仕事に没頭した分疲れただろうから、ゆっくり休んでくれ」

「あと一時間作業したら帰ります」

二人とも工房がある神奈川県海老名《えびな》市に別々にアパートを借りているが、夕食は一緒に摂るはずだ。

二人は五、六年ほど前から付き合い始めた。和夫は独身だったが、交際当時、恵には市役所に勤務する夫がいた。二人が不倫関係だと知った時は少し心配した。石橋も他人の女房を好きになったことがあるため、口は挟まなかった。

しばらく内密の関係が続いていたが、三年前、ようやく恵の離婚が成立した。いずれは和夫と再婚するだろう。

二人とも有能な職人だから、将来は自分たちの家具工房を作りたいと夢を語り合っているに違いない。

それには石橋を置いていかなくてはならず、気のいい二人は独立を躊躇《ためら》っている……。

二人が正式な夫婦になれば、石橋は自分から送り出そうと思っている。とはいえ父を慕って職人になった和夫は、独立しろと言ったところで簡単には従わないだろうが。

敷地内にある自宅に休憩に戻った。木造平屋建ての素っ気ない家だが、父が作った家具が置かれているので、部屋に入ると途端に見栄えがする。ワードローブ、飾り棚のキャビネット、ライティングビューロー、ダイニングテーブルと椅子、洋服を入れるチェスト……どれも立派ではあるが、まったく手直ししていないので、修理するとなるとこの日手がけたキャビネットやテーブル以上に時間を要するだろう。

シャワーを浴びてから、新しいTシャツに着替えた。朝八時には作業場に出て、夜は夕食を挟んで十時か十一時、時には夜通し作業している石橋には、家にいる時が一番落ち着ける。

夕飯は米だけ炊いて、買ってきた惣菜をおかずにすることが多いが、この日は、カップ麺で済ませた。

体に良くないのは分かっているが、これを食っていると頑張ってやろうというパワーが漲《みなぎ》る。

週刊誌の記者時代、ライバル誌に抜かれた時は、ビールとカップ麺をコンビニで買ってきて、相方と並んで食った。

編集長やデスクがやけ酒を飲みに行っても、石橋と相方は出かけなかった。

負けた時に悔しさを体に染み込ませなかったらまた負けるぞ――二人ともその考えで一致していた。

石橋は都立高では野球部のエースとして西東京でベスト8まで進出した。大学ではアメリカンフットボール部に入って関東一部リーグで活躍した。同じ大学の同級生だった相方は、学生デモにも参加していた変わり種だったが、負けず嫌いという点では体育会系育ちの石橋より上をいっていた。

スープまで飲み干した容器をプラスティック用のゴミ箱に捨ててから仏壇を開けた。供物もないが、食後は必ず手を合わせる。

五年前に心臓麻痺《まひ》で急逝《きゅうせい》した父、石橋が十五歳の時にガンで死亡した母、そして千佳《ちか》の遺影を並べている。

父と同じ五年前に亡くなった千佳は、父とは何度も会っているが、入籍していないから両親とは赤の他人だ。

大学の四年間で別れたのに、十年前、取材に向かっていた東京駅でばったりと再会した。

風の噂で、故郷の北海道でサラリーマンと結婚したと聞いていた。彼女は結婚がうまくいかず、大学時代に過ごした御茶ノ水《おちゃのみず》で一人暮らしを始めていた。それから彼女と十五年ぶりの交際が始まった。別居していたとはいえ、夫が離婚に応じなかったから、他人様《ひとさま》から見れば不倫関係だった。

当時の石橋は男の元に乗り込んででも離婚させ、千佳と一緒になる気でいた。ところがそれどころではなくなった。北海道にいた頃から体調がすぐれなかったという千佳に、病院で検査を受けさせたところ肝臓ガンが判明したのだ。

――肝機能も著しく低下しているので、移植をしなければ余命は一年くらいかもしれません。

医者からそう宣告された。北海道の彼女の両親はドナーとして不適格で、当時は臓器移植法が改正される前だったため、海外での移植しか良い方法はなかった。

海外移植は出国直前にある理由で断念せざるをえなかった。

それでも彼女はその後も放射線治療や抗ガン剤治療に耐え、五年も生きてくれた。ひどいもので、最初は離婚に反対していた夫も、彼女の病気を知るやすぐに同意した。

石橋は闘病生活をしている彼女に、何度も籍を入れようと言った。それなのに彼女は「今のままでいいの」と従わなかった。きっと自分の命の限界を知り、石橋を寡夫《かふ》にしないよう思いやってくれたのだ。フットボールに夢中だった頃から、石橋がしたいことを自由にさせてくれ、陰から応援してくれる心の優しい女性だった。

口煩《くちうるさ》い両親と一緒にされて、さぞかし迷惑しているかもしれない。それでも千佳なら天国で両親とうまくやってくれている気がする。

五分ほど休憩してから工房に戻ることにした。ちょうど和夫たちも帰った頃だろう。

予定になかったダイニングテーブルに取り掛かったこともあり、今日中に終わらせたい作業が残っている。修理は自分がこなし、恵には和夫と一緒に家具作りに集中してもらわないことには、小さな工房はすぐに潰れてしまう。

つま先が丸みを帯びたワークブーツを履き直してから玄関を出た。

敷地内にあるので、石橋は自宅の鍵はかけない。泥棒に入られたところで、父が作った重くて古い家具を持っていく物好きなどいないだろう。

家の前には大きな楠《くすのき》が聳《そび》え立っている。八年前、東京練馬《ねりま》にあった手狭な工房を、この海老名に移した時からある大木だ。

玄関は体の大きな石橋には狭いため、いつもこの常緑樹の下で紐を結ぶ。

夏は強い太陽を遮《さえぎ》ってくれ、冬場はこんもりと覆う葉が庇《ひさし》となって雪や冷たい雨から守ってくれる。

左側の靴紐を締め、大きな輪を作って蝶結びにした。輪になった部分を固結びする。こうすると解《ほど》けにくくなる。重たい家具を移動させることもあるため、解けた紐に気づかずに一方の足で踏んでしまうと大怪我《おおけが》に繋がりかねない。

右側の紐を結んでいると、暗がりに足音が迫ってきた。

和夫が戻って来たのかと思って顔を上げたが違った。もう何年も会っていなかった、昔のままの若々しい相貌《そうぼう》がそこにあった。

「おっ、にい坊、どうしたんだよ、いきなり」

週刊誌記者時代の後輩、新見正義だった。

再会したのは会社をやめて以来だから十年ぶりになる。何年ぶりだよと声を掛けようとしたが、とてもそんな懐かしさに浸る雰囲気はなかった。

「バシさん、瓦間さんが逮捕されました」

その男こそ、飽きるほど一緒にカップ麺を食ったかつての相方である。

「逮捕って、今度はなにしたんだよ」

驚きはしたが、仰天するほどではなかった。またかと思った程度だ。

瓦間は大学時代に参加したデモで機動隊員と衝突して一度逮捕されている。記者時代にも取材相手との諍いがエスカレートし、傷害罪で警察に連行された。相手が先に手を出した証言が出たことで無罪になったが、それに近いトラブルは他にも起こしている。

相変わらずだなと冗談でも飛ばしたかったが、険しい面持《おもも》ちの新見から「独身女性のアパートに侵入して、下着を盗った容疑です」と言われて今度こそ耳を疑った。

「冗談はよせ、あいつに限って……」

「僕だって信じられませんよ。でも警察が逮捕したのは事実です。今は住居侵入罪だけですが、窃盗での逮捕も時間の問題のようです」

いくら言われたところで、その罪状は自分が知る瓦間慎也とは一致しない。

「瓦間は犯行を認めているのか」

「否認してます」

「だったらなにかの間違いではないのか」

そうに決まっている。新見はまた耳を疑うようなことを口にする。

「瓦間さんはバシさんを待ってるようです」

「どうしてだよ、俺は五年前に会ったきりだぞ」

　正確に言うと四年十カ月だ。伝えたわけでもないのに千佳の葬儀後、「線香を上げさせてくれ」と夜にこっそり現れた。千佳の半年前に鬼籍に入った父にも焼香して帰った。

「本当です。だから僕はバシさんに会いに来たんです」

「俺に会いに来いってことか」

　だとしたらすぐに支度をしようと思ったが、新見から「違います。瓦間さんは、身元引受人も弁護士も要らないと突っ撥ねてるそうです」と言われる。

「それならどうして俺を待ってるなんて言うんだ」

　そう尋ねた。新見は、石橋と瓦間の下で、歯を食いしばって仕事をしていた時と同じ顔でこう話した。

「刑事に『友を待つ』って言ったそうです。それだけを伝えてほしいって」

　友を待つ——いかにも瓦間が言いそうな気取った台詞《せりふ》だ。

　だが下着泥棒で逮捕された後に言ったとなると、それが瓦間の声になって、耳まで届いてはこなかった。

5

実家の家具工房を引き継いだ先輩を、新見正義はすっかり山男のようになったなと感じた。

大きな体は週刊タイムズにいた十年前と変わらないが、当時の石橋はいくら徹夜が続いてもきちんと髭を剃り、人と会うことから始まる週刊誌記者の仕事に、よく気を遣っていた。

それが今は口を覆うほど髭を伸ばしっぱなしにしている。そうかと言ってけっして不潔というわけではなく、どこか温かい印象を受ける。そう感じるのは丸い目のせいだろう。新米記者だった頃、新見はこの目にずいぶん助けられた。

もう一人の先輩だった瓦間は話しづらくて、まともに会話をしたのは配属されて一カ月ほど過ぎてからだ。石橋ほど丁寧ではなく、指示も雑だった。それでも週刊誌記者がどうやってネタを取ってくるかを教えてくれたのは石橋同様で、だからこそ新見は二人に同じだけの恩義を感じている。

彼らが目をかけてくれたのは、新見が理不尽な言いつけにもめげずに、コメントやネタを必死になって取ってきたからだろう。少しでも手を抜き、他誌にスクープを抜かれてもへらへらと笑っていたら、とうに追い出されていた。それまで何人もの新入社員が二人がいた班に配属されたが、大概一カ月もしないうちに、二人が見切るか、ないしは新人の方が仕事の厳しさに音を上げてやめていったそうだ。

「バシさんがこんな立派な家具に囲まれて生活していたなんて想像もつきませんでした。でも当たり前ですよね。実家が家具工房だったんですから」

座ってくれと言われたダイニングセットのテーブルの天板を撫でながら、新見は言った。

自宅は大きな地震でも来たら崩れてしまいそうな平屋だったが、室内は立派な家具が揃っていた。ダイニングテーブルだけでなく、椅子も飾り棚も本棚も、すべてが手作りの温もりを感じるいい雰囲気が出ている。

「自分でも工房を継ぐことになるとは思わなかったけどな」

「継いで何年になりますか」

「五年だよ、ようやく職人に迷惑がかからない程度には、仕事ができるようになった」

「五年でこういう家具が作れるとしたら、相当な才能があったってことですね。バシさんは昔からセンスありましたものね。挿絵を描いたこともあったし」

挿絵の発注を忘れた若手が編集長に怒られた時、石橋が「俺がやりますよ」とイラストを描いたこともある。ページの端に置く小さなカットだったが、プロと比べても遜色なかった。風体《ふうてい》のせいで大雑把《おおざっぱ》に見えるが、手先は器用で、繊細な心の持ち主だった。

「俺は修理専門だよ。家具を一から作るとなるとなかなか簡単にはいかないんだ。木は材料費が高いから失敗は許されないしな」

石橋のことだから自分で出来ると思っても他の職人に任せているのではないか。週刊タイムズ時代もそうだった。瓦間と石橋の二人で特ダネを摑んできたら、「書き」を瓦間に任せ、石橋は率先して「足」をやっていた。瓦間はスター記者だったが、同じだけの結果を出した石橋には、縁の下の力持ちといったイメージが強く残っている。

「にい坊は昔と変わらないからびっくりしたよ。あっ、タイムズの副編集長をにい坊なんて呼んだらいけないな。正義にさせてもらうよ」

班長の大半に付いている「副編集長」という肩書きを付記した名刺を眺めて言われた。だが石橋から「副編集長」と呼ばれる方が尻がむず痒い。

「僕ももう三十七になりましたからね。でもにい坊より、少年と呼ばれていたのが懐かしいですよ」

石橋からはたまに「新見くん」と呼ばれたこともあったが、基本は瓦間と同じで、一人前の仕事ができるまで「少年」呼ばわりだった。新見が童顔で頼りなく見えたからだと思っていたが、当時は新人は一様に「少年」で、編集部から去るまで苗字で呼ばれたことがない若手もいた。

「しかし、よくこの工房が分かったな。俺が家業を継いだことは連絡しなかったのに」

「女房が神奈川のクラフト展でバシさんを見たんですよ。忙しそうにしていたんで声を掛けられなかったそうですけど」

「去年、相模原《さがみはら》で行われたイベントか？　女房って由美《ゆみ》ちゃんだよな？　由美ちゃんが取材に来たのか」

「由美はもうとっくにうちの会社やめて、専業主婦ですよ。でも息子が小学生になってから、趣味で革細工の学校に通ってるんです。ブックカバーくらいしか作れませんけど、先生のお手伝いで参加したみたいです」

「声を掛けてくれたら良かったのに」

由美は編集総務にいたので石橋もよく知っている。ずっと片思いしていたのを石橋に気づかれ、「もやもやしてるくらいなら告白しちまえよ」と背中を押された。

それが今から十二年も前のことだ。そして七年前に結婚したが、その時には瓦間も石橋も会社を解雇されていた。双方の両親ともに披露宴を開きたがっていたが、そうすれば会社の上司を呼ばなくてはならない。上司は、週刊タイムズに迷惑をかけて去った瓦間や石橋が来るのを望んでいないし、そもそも呼んでも二人は来ないだろう。それなら披露宴を開いても意味がないと、式だけを教会で挙げた。

石橋は冷蔵庫からウーロン茶を出した。

「いくら考えても想像ができん。あの瓦間が若い女の家に侵入なんかするか?」

コップに注ぎながら、新見が伝えたことを聞き返してきた。

「侵入だけではないですよ。下着泥棒です」

「余計に信じられん」

「警察もあまりに瓦間さんが取り調べに協力的ではないので困ってるみたいで。泥棒は冤《えん》罪《ざい》で、瓦間さんはそれをバシさんに晴らしてほしいと願っているんじゃないですかね」

「どうして俺に頼む?」

「それは」少し言い淀んでしまったが、石橋の顔を見て続ける。「警察に『友を待つ』と言ったんですよ」

「なにが友だ。待つとしたら有能な弁護士だろ」

「弁護士よりバシさんの方が頼りになると思ってるんじゃないですか」

「馬鹿言うな。家具屋の俺になにができる」

「瓦間さんの友といえば、バシさんしか考えられません」

週刊誌の記者になったのも、瓦間が新聞記者志望だった石橋を、強引に誘ったからだと聞いている。

二人は名コンビだった。そして結果を出していた。今は相手にならない週刊時報との闘いも、当時は結構いい勝負をしていた。いや、政治家の汚職など社会を騒がす大事件は週刊タイムズのスクープが発端になったことが多かった。

「だいたい瓦間の友人は俺だけとは限らん。瓦間と最後に会ったのも五年前だ。その前も二年くらい会っていなかった」

「それ以前はどうだったんですか。瓦間さんが実話ボンバーの仕事をしていた頃は？」

「年に二、三回ってところかな。アメフト雑誌で世話になっていた俺は、時間はいくらでもあったが、瓦間はタイムズにいた時と同じようにあっちこっち動き回っていた」

「女性関係はどうでしたか」

「相変わらず適当にやってたよ。だけどあいつにとっての女は、酒のついでみたいなものだった。普段は政治家だろうがヤクザだろうが、まったく怯まないのに、女はからっきしで、酔わなきゃ誘えないんだからしょうがないわな。女も大概ホステスだったのは正義も覚えてるだろ」

瓦間が女を苦手にしているのは新見も感じていた。ただしそれはプライベートだけで、取材となれば別だった。女性政治家を質問攻めにした末に、政治資金の不正使用を認めさせたこともある。

「おかしなことを聞きますけど、瓦間さんって変わった性癖とかあったんですか」

「女の下着に興味があるかってことか」

「そりゃ男だったら少しはあるでしょうけど」

「ないない。あいつは朝起きて、横に女がいて仰天するような男だぞ。下着を脱がしたかも知らないでやってるよ」

「それで余計に執着するようになったとか」

「よしてくれよ。あいつは色校チェックでもグラビアページはほとんど見てなかった」

「今も独身みたいですけど、ちゃんと付き合った女は過去にいたんですかね。僕は知らなかったですけど」

石橋は鼻に皺を寄せて考えていたが、「俺が知る限りいない」と答えた。

「本当ですか」

「瓦間が本気で惚れたのは、大学時代に学生運動をしていた時の女だけだよ」

その話なら、だらしなく酔った瓦間から幾度となく聞いた。

——あの女だけは思い通りにならなかった。

いつも同じ台詞《せりふ》だった。

女性の影響で瓦間はデモに参加したらしい。そこで調子に乗り、逮捕された。その時、女性から「あなたは足手まといになる」とクビにされたそうだ。その女性に認められたいと瓦間は大学時代からタイムズ社の月刊誌編集部でバイトを始め、卒業と同時に週刊タイムズの記者になった。

「やっぱり下着泥棒なんてありえん。なにか事情があって忍び込んだんだよ」

「被害者は二十九歳のテレホンアポインターです。夜は縫製学校に通ってます」

「普通の女性でも、誰かと問題を抱えていたかもしれないだろ」

「例えばどんなですか」

「どんなって、不倫とか」

「だからって家に忍び込んでいいものではないでしょ。仮に国家的犯罪を暴こうとしたとしても、不法侵入は許されません」

瓦間は反権力の塊みたいな男だった。政治家、官僚、黒幕と呼ばれる人間、ゼネコン大手など、相手が大きいほど瓦間は悪事を明かしてやろうと燃えていた。

「それに現場は古い木造アパートです。そこで不倫するような男に大物はいないでしょう」

「アパートでお忍びなんて話は、俺も聞いたことがないな」

「それに女性が、下着がなくなっていると被害届を出したそうですから」

「それがきっと勘違いなんだよ」

石橋は頑《かたく》なにそう言う。新見だって間違いだと信じたい。侵入したとしてもなにか事情があったから。だが現役の記者である自分が口に出して言うには、それを証明する事実が足りない。

それでも世話になった先輩のために、瓦間が冤罪と言い張るのであれば、晴らす役に立ちたいと新見は思っている。親友である石橋も心配するだろうから誘ってみよう、そう思って神奈川県の海老名まで来たのだった。

だからといって、二人に対して生じた十年前のわだかまりまでが、完全に消えたわけではなかった。

十年前、新見がまったく知らないところで、瓦間と石橋は、医療法人の理事長から一千万もの大金を借りていた。

――新見、週刊時報にこんな記事が出てるぞ。知ってるか。

取材中に編集長から電話があり、信じられない思いでコンビニに週刊時報を貰いに行き、ページをめくった。まさか、あの人たちに限って……。ショックの度合いで比較するなら、今回の下着泥棒以上だった。

――どうして僕に話してくれなかったんですか。

謹慎を言い渡されて会社を出ていこうとする二人の行く手を、新見は塞《ふさ》ぐように立って言った。

――にい坊悪かった。

石橋は謝ったが、瓦間はなにも言わなかった。

――瓦間さん、なぜ黙ってるんですか。僕も一緒に取材した仲間じゃないんですか。

瓦間が自分を見た。一切の言い訳もなかった。無造作に手が伸びてきて、新見は横にどかされた。

座っているダイニングチェアーからは隣の部屋が見えた。古い英国調家具で統一されたなかに雰囲気にそぐわないものが目に入った。

「ちゃんと仏壇があるんですね。僕にもお線香を上げさせてくれませんか」

「そうしてくれるか」

隣の部屋に移動し仏壇の前に正座した。マッチで蠟燭《ろうそく》に火を灯《とも》し線香を立てる。鈴《りん》を一つ鳴らし手を合わせた。

遺影は三枚あった。気難しそうな面差しの老父、髪を後ろでまとめた女性は円《つぶ》らな瞳が石橋に似ているので、石橋が高校生の頃に亡くなったという母親だろう。

左端には色白で、控えめな佇《たたず》まいの女性の遺影があった。

「安藤《あんどう》千佳さんですね」

瞑目《めいもく》を終えてから、そう言った。

「知ってたのか」

背後から石橋が答えた。

「調べましたよ。僕だけ寝耳に水だったんですから」

「そりゃ気になるわな」

「バシさんの大学時代からの彼女だったそうですね」

「ああ、四年間付き合った」

「肝臓の病気だったとか」

「ガンだ。医者の言う通りならすぐに死んでもおかしくなかったが、千佳は五年も生きた」

「移植手術が出来ていたら今も元気だったかもしれませんね。当時は臓器移植といえば海外だったから、お金が必要だったんでしょ」

「知ってるなら改めて言うな」

温和な石橋の顔が少し強張《こわば》ったが、謝る気にはなれなかった。

「どうして僕には教えてくれなかったんですか。付き合っていたことすら僕は聞かされなかったんですよ」

「再会して一カ月かそこらで病気のことを知ってしまったからな。話せば心配かけるだけじゃないか」

「だけど瓦間さんには話したんでしょ」

「瓦間と千佳は一応、大学の同級生だ」

違うでしょ、バシさんの親友だからでしょ――心の中で消そうとした二人へのわだかまりがいっそう強くなる。

「僕が新人の頃、バシさんと一緒にヤクザの組長と酒を飲みながら取材したのを覚えていますか」

「正和《せいわ》会系の組長だろ？　もちろん覚えているさ。あれは痺《しび》れたな」

　地上げの捜査が組長まで迫っていた時、石橋と二人で組長に直当《じかあ》てした。

　組長は地上げ情報を警視庁のマル暴刑事から仕入れていたと証言した。そしてその刑事が得点をとるため自分たちを売ったと主張し、携帯電話に入っていた刑事の電話番号を接写させてくれた。

「あの時、組長の愛人の店でラフロイグが出てきました。ダブルくらいの量のロックでした。シングルモルトは初めて飲んだんで、ピート臭にびっくりしましたけど」

　あとで泥炭だと知ったが、あの時は正露丸《せいろがん》のような臭いに顔を背けそうになった。息を止めて胃に流し込むと、喉がカッと燃えた。

「ラフロイグは今はディスカウントストアに行けば四千円くらいで買えますけど、当時は高価な酒だったんで、僕は飲んでいいものか迷いました。そしたらバシさんはいきなり手を伸ばして、半分くらい一気に飲んだ」

「そりゃ飲まなきゃ、組長の顔が立たんだろ」

「だから僕も飲みました。でも帰りに『飲んで良かったんですか』って聞いたのを覚えてますか」

　警察に嵌《は》められたといっても、間もなく逮捕される男なのだ。そういった連中からは絶対に奢《おご》られるなと研修で教えられていた。

「覚えてるよ」

「バシさん、こう言いました。酒なんかたいしたことない。グラス一杯、五千円取ろうが、あとで払って返せばいいんだって。だから僕は今もその教えを後輩に伝えています。酒くらい出されても遠慮するなって」

「いい教えだ」

「瓦間さんからも同じことを言われました。もらって消える程度のものなら構わない。だけど残るものはダメだと」

「そんな俺たちが消えない現金をもらってたから、正義は驚いた、そう言いたいわけだな」

けっして怒っている風ではなかった。懐《ふところ》の大きな先輩のままだ。

「安藤千佳さんが助かるには移植しかなかったと言われたならそれも仕方がないです。海外移植って当時はそれだけで一千万円、その後の治療も考えると、その何倍も必要だとか。だから伊礼辰巳《いれたつみ》に頭を下げて金を借りた。僕でも同じ立場だったらそうしたと思います」

その伊礼辰巳というのが医療法人の理事長である。週刊タイムズではその数年前、瓦間が中心となり、伊礼の脱税を告発する記事を書いている。

「それに今だから話しますけど、お二人がやめた後、僕はこっそり安藤千佳さんにも会いに行ったんです。千佳さん泣いてました。自分が健康だったら、バシさんから仕事を奪うことはなかったと。東京駅で偶然再会した時、バシさんは気づかなかったのに、千佳さんから声を掛けたそうですね。そのことを彼女、すごく悔やんでました」

病魔が根深く進行していたのか、遺影の写真より痩せ細っていた。

「違うよ」石橋は胡坐《あぐら》をかいた膝を手で押さえて、首を左右に振った。「俺が千佳を救いたいと思ったのは、関係が復活したからじゃない。もし前の旦那とうまくいっていたとしても、彼女が重病だと聞いたら、なんとかしたいと思った」

「そこまで好きだったたってことですか」

「未練があったからな。大学四年で自然消滅してから、何人かの女と付き合ったが、違う女を知れば知るほど、千佳が一番良かったと後悔し通しだった」

「バシさんが本気にならないから、彼女から身を引いたんですよね」

瓦間が学生運動の女の話をしだすと、石橋も競うように安藤千佳のことを持ち出した。普段は言うこともやることも男っぽくて憧れた二人の先輩が、女の話題になると未練がましくてまったく冴えない男に変化した。仕事では完璧だった二人から人間味のようなものが漂ってきて、新見はその手の話を聞くのが嫌いではなかった。

「千佳は両親が病気で、大学を卒業したら北海道に帰らなきゃいけなかった。なのに俺は、彼女が好き勝手させてくれることに甘えて、東京の新聞社ばかりを受験したんだ。千佳は俺に結婚する気はないと感じ、それで身を引いたんだ」

石橋は下唇を噛んだ。

「その後になって千佳さんがいいと気づいたってことですね」

「そこで気づいていればまだ追いかけられた。でも新聞社を落ちた俺は、瓦間に誘われてタイムズの記者になった。仕事が楽しかったから、女は二の次だった。いや、二の次じゃないな。千佳くらいの女はまた見つかると思い上がってたんだ。まったく大馬鹿野郎だよ。大昔ならいざ知らず、好きな男に、好きなことを思う存分やってほしいと願ってくれる女なんてそうそう見つかるわけがない」

「罪滅ぼしでもあったわけですね」

「もう二度と彼女を失いたくないという思いが強かったわけだ。自分の元で死なせるなんてもってのほかだった」

「バシさんの優しさは彼女にも伝わってましたよ」

「それで仕事も失って、千佳を苦しめたんだから同じだよ。クビを告げられた時は、これからは千佳のそばにいられると、せいせいした気持ちはあったけどな」

新見にはそれが強がりに聞こえた。石橋もまた根っからの週刊誌記者だ。さらにそのことで大親友の瓦間まで一緒に会社を追われたのだ。石橋の性格なら、自分がクビになったことより、瓦間がやめさせられたのが居たたまれなかったのではないか。

「借りた金、結局、伊礼辰巳に返したんですよね」

「会社から『懲戒解雇をしない条件に金は返せ』と言われたからな。瓦間は懲戒でもいいと言ったが、千佳からも返してほしいと頼まれ、俺は臓器移植を諦めた」

「その後も治療にお金はかかったでしょうから大変だったでしょうね」

五年生きたと聞いた。それは石橋に幸福を与えたが、その分、費用も重く伸《の》し掛かったことだろう。

「抗ガン剤ってとんでもなく高《たけ》えんだ。一回の治療が百万近いからな」

「どうやってお金を工面したんですか」

「細々と借りては返しての繰り返しだった。まだ借金も少し残ってる。移植してもその後は同じくらいかかってたし、したからといって元気でいた保証もないしな」

それでも手術ができなかったことは、石橋の心に大きな悔いを残しているはずだ。記事を書いた週刊時報を恨んでいるのか。いや恨むとしたら石橋と瓦間を守らなかった週刊タイムズの方か。

「今、思えば、バシさんにも瓦間さんにもずいぶん奢ってもらいました。僕がご馳走してもらっていなければ、治療費の足しになったのに申し訳ないです」

五年間、毎日のように食事や酒の払いは二人に出してもらった。一軒ごとに二人は「俺が出す」と競い合っているようだった。

「役に立つより足手まといの方が多かったのに、賞金も分けてもらいましたし」

当時はスクープを書くと必ず会社から賞が出た。編集長賞は二万円、雑誌局長賞は五万円だった。いずれも三では割り切れない。五万円の時は瓦間と石橋が二万円ずつ取って、新見は残りの一万円だった。だが二万の時は、二人は五千円ずつ取って、新見に一万円くれた。

一度、社長賞で十万円出た時も、二人は三万円ずつで、新見に四万円くれた。さすがに「これはまずいですよ」と返そうとしたが、「喧嘩になるからこれでいいんだ」と、喧嘩などしたことないくせに、二人からそう言われた。

「そんなの、はした金さ」

「高額な治療費を考えたらそうかもしれませんけど」

「正義にこうして久々に会えたのは嬉しいし、千佳に顔を見せてくれたのも感謝している。だけど俺に言われたところでなにも協力できん」

「瓦間さんはバシさんを望んでるんですよ」

「それは正義の思い違いだって。瓦間は俺ではなにもできないのは分かっている」

「週刊タイムズ史上最高のチームは二人がいた時です。そのことは瓦間さんだって誇りに思っているはずです」

僕も思っています、その言葉は口に出さずに飲み込んだ。

「いつの話をしてんだよ。十年前だぞ。週刊誌の仕事だって今とは全然違うだろ」

「基本はなにも変わりませんよ」

「正義だって瓦間がなぜそんなことを言ったのか、本音はまったく読めてないんだろ」

「そうですけど……」

編集長から「瓦間が友を待つって言ったそうだ」と伝えられた時も、最初は刑事の聞き間違いではないかと疑った。

「うちは零細の家具工房なんだ。俺一人が抜けただけでも、来月の従業員の給料を払えなくなる。悪いが今は勘弁してくれ」

そう言われてしまうと新見はそれ以上説得することはできず「分かりました」と答えた。石橋は胡坐のまま、「すまん」と頭を下げた。

それでも「もし気が変わったら連絡ください。僕はしばらくこの件を独自で調べてますから」と言い、新見は座布団から立った。

仕事に戻ると言う石橋と一緒に玄関に出る。

「工房でも見ていってもらいたいところだが、俺も作業が残ってるんで、ここでいいか」

「結構です。バシさんの顔が久々に見られてよかったです」

玄関に長い紐が垂れた石橋のブーツが見えた。足を入れて、紐をフックにかけながら結んでいくので、履くまでに結構な時間を要した。

そのブーツは甲に、波を打つような深い皺が何本も入り、それがいい味となって出ている。石橋が好きだった米国のオールデンというブランドの、コードバンと呼ばれる馬の尻の革で作られたものだろう。

実家が英国家具を作っているというのに、石橋はラルフローレンなどアメリカのものが好きだった。それが大きな風体によく似合っていた。

一方、スマートな体の瓦間はフランスのブランド靴を履いていた。自分のスタイルに強いこだわりを持っていて、着るシャツはだいたい白で、冬はウールのコートに、マフラーを羽織るように緩く巻いていた。

——にい坊、ちゃんとした恰好をしないと取材相手にも舐められるぞ。仕事の九割は、服装で決まるんだ。

就活で着ていたぺらぺらのスーツに、合皮の靴で仕事をしていると、瓦間からそう注意された。

——瓦間の言う通りだ。スーツはまだいいとしても、俺たちは歩いてなんぼの仕事なんだから、靴くらいはもう少しまともなのを履けよ。

二人から言われたこともあって、一年目の冬のボーナスでは、石橋に付き合ってもらいオールデンを買いに行った。「コードバンは雨に弱くて手入れが大変だぞ」と言われたので、普通の牛革を選んだが、それでも五万円もした。

翌年の冬のボーナスでは瓦間が愛用していたフランス靴を買った。

――歩き方がいいと思ったら、靴のせいか。

そう言ってからかってきた瓦間は、後輩に真似をされたのが嬉しそうだった。

だが仕事で歩き回ったせいで、どちらの靴も二、三年で底はすり減った。高い靴はもったいないと、それ以後は一万円くらいのものしか買っていない。

副編集長の肩書きがついた去年、記念にいい靴でも買おうと、妻と一緒に伊勢丹《いせたん》に見に行った。

オールデンもフランス靴も十万円に値上げされていた。

二人に従って若い頃に買い集めておけば良かったと、その時は少し後悔した。

6

古巣の警視庁は、相変わらず捜査員が忙しなく部屋を出入りしていた。

長谷川涼子は奥に座っている課長席に向かった。かつての上司、中山《なかやま》捜査三課長が背中を丸めて書類に判をついている。

中山は涼子にとって恩師のような存在だ。警視庁では最初はスリ犯を扱う七係、その後は窃盗捜査を担当する五係に移ったが、そこで主任に抜擢《ばってき》してくれたのが中山である。

警部補試験に受かった時も、「これからは大きな仕事をしろよ」と言われた。窃盗犯罪認知件数が都内で多い目黒署の係長になれたのも、おそらく中山の推薦があったからだ。

近づくと中山が気づいた。細い目をさらに細めて歓迎されると思っていたが、「どうした」と言っただけで、「悪いがちょっと上に呼ばれてるんだ」と部屋を出ていった。

少し調子が狂ったところに、望月《もちづき》というリーゼント風の髪型をした巡査部長が寄ってくる。

「主任、どうしたんすか、怖い顔して」

望月は同じ班にいた時も、涼子を軽く見ていて、使いづらい部下だった。

「課長に用があって来ただけよ」

相手にしたくないので顔も見ずに邪剣にあしらったのだが、望月はまるで応《こた》えていない。

「下着泥棒の週刊誌記者、難航してるらしいっすね。取り調べもまともに応じないとか」

「どうして、あんたがそこまで知ってんのよ」

「そりゃ、長谷川主任が所轄に赴任して初めての大きな事件でしょ。こっちでもみんな心配してますよ」

「この程度の事件、いくらでもやってるわよ」

空き巣も下着泥棒も着任してから経験し、すでに解決している。

「そうでしたね。主任はここでも優秀でしたものね」

へらへらと笑う顔にさすがに我慢ならなくなった。

「それより望月、どうして通報がここにかかってきたのよ。不審な人間がアパートに侵入したのなら普通は所轄に回されるものでしょ」

「電話が混線したんじゃないですか」

「じゃあ、どうしてあんたが女性のアパートに行くのよ」

「俺がたまたまあの近くにいたからですよ」

「あの付近でなにしてたの」

「居空きのアジト探しです」

仮に本当に現場近くで他の捜査をしていたとしても、本庁の刑事が住居侵入された家に直接駆けつけることは常識的にありえない。だが口達者な男だけに、ここで突っ込んでも適当な理由を言い返してくるだけだ。

「望月、それ以上、冗談はやめてくれる。インテリぶった記者を相手にしているせいで、私はずっと気が立ってるのよ」

「主任、昔からそういう時がありましたよね。毎月一回、周期的に」

た。
これ以上相手にする気にはなれず、喫茶室で中山課長が戻るまでの時間を潰すことにし
睨《にら》みつけると「おおこわ」と望月は去っていった。
「なんですって」

苛立っているのは瓦間慎也の取り調べが難航していることもあるが、それを上回るほど腹の立つことが、昨夕起きたためだ。

涼子は迎えに行くと約束した七時を十五分過ぎて保育所に着いた。男性保育士は残っていたものの、息子の大樹がいなかった。

「旦那さんが迎えに来て連れて帰りましたよ」

「まさか大樹を渡したんですか」

急いでタクシーに乗り、かつて涼子も住んでいた品川《しながわ》区のマンションに行く。息を切らして階段で三階まで上がり、モニター付きのインターホンを押すと、「どなたですか」と大樹の声がし、それが愛くるしい笑い声に変わった。

ほっとする気分にもなれなかった。父親の添田裕史《そえだゆうじ》がわざと大樹に出させたのだ。大樹には返事はせず、「あなた、どういうことよ」とインターホンに向かって声を張り上げた。

「鍵は開いてるよ」

添田の声に涼子は力を込めてドアを開け、急いでパンプスを脱ぎ、中に入った。

リビングでは、四歳の息子と元夫がゴムボールでサッカーをやっていた。大樹が顔を向け「ママ」と叫んだが、すぐに添田がドリブルをしたため、大樹は「待て〜、待て〜」と転びそうになりながらも足を伸ばして追いかける。

涼子は二人の間に割って入り、屈んだタイミングで飛び込んできた息子を抱え上げた。大樹は自分の体がボールから離れたことで「あっ」と手を伸ばした。

「どういうことよ、説明して」右腕を息子の太ももの下に回して涼子は言った。

「なんだよ。大樹がサッカーをやりたいって言ったから遊んでるだけじゃないか」添田はにやついた顔で言う。

「そんなこと言ってんじゃないわよ。どうして勝手に引き取りに行ったのよ」

「俺にも息子を迎えに行く権利はあるだろ」

「あなたがやったのは誘拐よ」

「おいおい、どうして父親が誘拐犯になるんだ」

一年前に女性問題が理由で離婚が成立した添田とは、月に一度大樹と会わせる約束になっている。面会日に迎えに行きたいというから保育所のＩＤも渡した。だがここ二カ月、彼は約束した養育費を払っていない。涼子は弁護士を通じて面会の中止を求めていた。

目を吊り上げて怒っているのに、この男はなにも応えていなかった。

「なぁ涼子、大樹もこんなに楽しんでるんだ。やっぱり俺たち、やり直した方がいいんじゃないのか」

大樹を抱く涼子に向かって手が伸びてきた。肩に触れる直前に、涼子は身をよじった。昔は夫婦だったのが信じられないほど、今は体に触れられると思うだけでも虫唾《むしず》が走る。

「その話なら断ったはずよ。私はあなたと暮らすなんて考えてないから」

どうしてこの男と結婚したのだろうか。名の知れたコンサルティング会社の社員だったから？　一流大学を出ていたから？　それとも、同期の秋穂から「涼子も男と付き合ったら私の気持ちが分かるよ」と言われたからなのか……。

その言葉が、自分が女としてダメ出しされているように聞こえ、涼子は無理やりに相手を探した。

添田は三人目の男だ。それまでの男は、公務員だとあやふやな答えに終始していた涼子の仕事が警察官だと明かすと急によそよそしくなったり、自分の都合のいい時だけ呼び出したりする勝手な男ばかりだった。

だが添田は少し違って感じた。今までの男のように知り合ってすぐに誘ってきたりはしなかった。しばらくはメールで連絡を取り合っただけだったが、それも適度な間隔で送られてきた。

頭の回転がよく、話し上手だった。警察官であることも自然に受け入れてくれたし、広い世界で生きてきた大人と感じた。だから五年前、二十九歳の時、涼子は結婚を決めた。

大人と感じたのは、女として無知で未熟だった涼子の誤解でしかなかった。大樹が生まれてからというもの、添田の態度は一変した。上司とうまくいかずに大手コンサルをやめた後、間もなくして先輩が起業した小さなコンサルに入ったが、給料が減ったというのに金遣いは変わらなかった。

必死に隠そうとする女の形跡も、稚拙《ちせつ》な犯罪者が証拠隠滅したのと同じで、涼子には簡単に見抜けた。

仕事と子育ての両立に忙しく、気にする暇もなかった。それが忙しさで体が潰れそうになったある時、開きっぱなしになっていた彼の携帯を手に取り、女に送ったメールを読んでしまった。目にしただけで恥ずかしくなるほど、添田が女に破廉恥《はれんち》な命令をする内容だった。我慢してきたものが瓦解《がかい》した。

「きみは保育所の約束をしょっちゅう破ってるそうじゃないか。今日だって保育士さんも困ってたぞ」

涼子が黙っていたせいで、添田は余計に調子づいてきた。

「今日はたまたまよ」

瓦間が「友を待つ」などと意味不明な言葉を口にしなければ七時には間に合った。

「そうかな。仕事熱心なのはいいが、それでは大樹が悲しむ」

「あなただって、私が頼んだ時は忙しいって、全然行ってくれなかったじゃない」

「これからは時間があるから大丈夫だよ。大樹の迎えくらい俺がやる」

時間があるのではなく、仕事がなくなったのだ。添田は最近、二度目の職場もやめた。それが養育費が未払いになった言い訳だった。

「無職のあなたの面倒まで、私に見ろっていうの？　そんな余裕はないわよ」

「そこまで頼んでないさ。しばらく貯金でのんびりして、次は自分で起業するから大丈夫だ」

「ケチらないで養育費を払ってよ」

「振り込まなかったのは金がないからじゃない、きみがまったく話し合いに応じてくれないから、仕方なしに一時停止したんだ」

しばらく言い争いになったが、最後は大樹に無理やり帰り支度をさせた。タクシーに乗せてからの大樹は、今にも泣き出しそうな顔で我慢していた。

あの男がどんな仕事をしようが、今の涼子にはどうでもいいことだ。好き勝手して自分で関係を壊したくせに、急に父親面し、子供の感情を利用して元に戻そうとする神経に腹が立つ。自分勝手な都合で女子供を振り回す男は、涼子が職務として捕まえなくてはならない泥棒より許せない。

大樹との生活に添田を入り込ませないためにも、日常をちゃんと考え直さないといけないだろう。生活費は官舎暮らしなのでなんとかなるが、二十四時間安心して任せられる保育所を探さないことにはどうにもならない。そうはいっても目黒近辺の人気のある保育所はどこも順番待ちで、対策はなにもないのだが。

官舎に戻った時は八時を回っていた。車の中で眠った大樹を起こさないように、そっと布団に寝かせた。あまりにいろんなことがあり過ぎて、大樹の栗色がかったきれいな髪を撫でているうちに、涼子も眠ってしまった。

警視庁の喫茶室で一時間ほど時間を潰して再び三課を訪ねるが、中山三課長は戻っておらず、仕方なく目黒署に帰る。

刑事部屋に到着すると、すぐに部下の佐久間が午前中の捜査状況をあげてきた。

「被害者の井上遙奈にもう一度会ってきました。やはり下着の上下が一セット盗まれただけだそうです」

「ちゃんと川野《かわの》も連れていったよね」

女性の部下の名前を出す。

「当然ですよ」

通報でアパートに駆けつけた警視庁捜査三課の捜査員は望月ともう一人、いずれも男性だったそうだ。当然、捜査員は詳しく状況を聞くが、盗まれたのは下着なのだ。女性は説明するのも恥ずかしく、それじたいがセクハラのようなものだ。

「井上さんは課題の縫製で徹夜したと不機嫌でしたけど」

「防犯カメラの映像は見せた？」

アパートの入り口のカメラの他に、近くのコンビニのカメラにも瓦間は映っていた。

少し猫背でデニムのポケットに指先を入れたその映像の方が、アパートの防犯カメラより鮮明で、瓦間の風体の特徴を捉えていた。

「やはり見たことがない男だと言ってました」

瓦間は目黒駅から来て、コンビニの前を通り、アパートの表から入った。そしてディスクシリンダー錠をピッキングして室内に侵入している。

しかし帰りはどちらのカメラにも映っていなかった。アパートの裏側は一軒家が建っているので、瓦間はその敷地を通って裏通りに出た公算が高いとみている。一軒家との境になる金網はブロック塀との端に隙間ができており、念のために瓦間と同じ背恰好の捜査員が試したところ、簡単にすり抜けることができた。

「佐久間。調書を読んでずっと不思議に思ってるんだけど、彼女どうして衣装簞笥《だんす》を押し入れに入れていたの」

押し入れの下の段にある簞笥の一番上の引き出しから下着が盗まれたと話していた。

「それなら川野が聞いてましたよ。母親からもらった簞笥で、古いものなので押し入れに隠してたそうです」

　そういう理由なら分からなくもない。涼子も今の官舎に移ってからは、廉価なカラーボックスは、押し入れに収納している。

「洗濯物はなんて言ってた？」

　彼女は、昼間は仕事を、夜は縫製学校に通っているわけだから、洗濯は部屋干しするか、あるいは休日にまとめて済ますかのどちらかだろう。この手の犯罪では箪笥の中や部屋干ししていた下着より、洗濯機に入れたものが狙われやすい。

「盗まれてないって言ってました」

「洗濯機の中には入ってたの？」

「前の日にコインランドリーで乾燥したので、洗濯機の中はタオルが一枚入っていただけだったようです」

「瓦間は洗濯機を覗いてから箪笥に移ったのかしら。でもそうなると他に何枚か盗られてもおかしくないでしょ」

「いいえ、上下のセットが一組だけときょうも話してました」

「どうしてその一組だけ気づいたのかしらね。よほど気に入っていたとか」

「新品だったからだそうです」

「えっ、盗まれたものって新品なの？」

「そうらしいです」

「タグは？」

「ついていました」

「あなたたち、それを聞いて変だと思わなかったの？」

「思いましたよ。ですが、こっちはなにも言えませんよ」

ますます瓦間の目的が下着以外だったのではないかと疑念を持つ。下着を盗むような変質者は新品には目もくれないはずだ。

「そのこと、瓦間には？」

「聞きましたけど、下着って言っただけで怒り出して、またいつもの台詞《せりふ》です」

俺は人格を疑われることは断じてせん、だろう。顔まで浮かぶ。

「係長は、瓦間は犯人ではないと言いたいのですか」

「侵入したのは事実でしょ。指紋もあったし、そうでなければ瓦間も否定するわけだし」

井上遙奈はここ数年、あのアパートに誰も入れていないと言った。工事や点検なども受けていないそうだ。

「それでは係長はなんの目的で侵入したと言いたいんですか。被害女性は下着がなくなったと証言してるんですよ」

「それをこれから捜査するのよ」

「それは分かってますけど……」そこで一瞬沈黙した佐久間だが「この後、どうしますか？　午後の調べは係長がやります？」と聞いてきた。

涼子が本部に行っていた午前中、管内の目黒線、不動前《ふどうまえ》駅近くの一軒家で空き巣事件が発生した。部屋は荒らされただけで、今のところ現金や宝石類は盗まれていないようだが、犯人を逃がしたままでいれば次の事件に繋がるため、その捜査も並行してやらなくてはならない。

「私は空き巣の現場に顔を出さなくてはならないから、佐久間と川野でやってくれる？」

「分かりました」

空き巣に入られた不動前の一軒家には、鑑識と捜査員が残っていた。開けっ放しにしていた台所の窓から侵入したが、物色しても金目のものがなかったらしく勝手口から出たようだ。涼子は過去にその手口を使っていた前科者から当たるように指示した。

空き巣は五割が常習者で、再犯率が他の犯罪の倍近い。台所の小さな窓を狙ったとなると再犯の線が濃く、常習犯だけでも相当絞れる。

現場検証を終えると、携帯電話が鳴った。警視庁では話せなかった捜査三課長の中山だった。

〈長谷川。もう署に戻ったか〉

「課長もお忙しそうだったので、またの機会にしようと思いまして」

〈今からなら時間はあるんだ。すぐにカイシャに来てくれないか〉

「では三十分ほどで向かいます」

地下鉄を乗り換えて桜田門《さくらだもん》駅まで行き、庁舎に入る。刑事部捜査三課に行くが、中山は不在で、庶務の女性から別のフロアの会議室に行くように言われた。その階には刑事部は入っていない。警備局が入るフロアだ。

指定された会議室のドアを叩いた。

「長谷川です」

どうぞと中山の声がした。

いつもは穏やかな中山が硬い表情をして座っていた。その隣に着席している男と目が合い、「あっ」と声が出た。

かつての捜査二課の課長で、今は警備部の対策官を務める澤田直文《なおふみ》警視正。長身ですっきりした顔立ちに、少し白髪が目立つようになった頭は、当時と同じようにきちんと横分けされている。

丸みを帯びたセル巻き眼鏡でやわらかく見せているが、冷酷で非情な男だ。涼子はこのキャリアを睨んだことがある。

十年前、不倫と報じられた上山秋穂の相手が、この男だった。

7

石橋勲は作業場のシャッターを開け、自分が任された修理家具を外に持ち出した。中はエアコンをかけているが、三人で作業をするため、暑がりの石橋には外の方が仕事がしやすい。

修理を依頼されたのは、十年程前にこの工房で作ったライティングビューローと呼ばれる机とチェストが組み合わさった家具だった。石橋も同じものを持っている。週刊誌の記者時代、仕事を持ち帰った時は、その机で原稿を書いていた。

注文主は、このライティングビューローに、印鑑や貯金通帳、銀行の貸金庫の鍵などを保管できる「隠し扉」をつけてほしいと頼んできた。

最近は何十キロもする金庫ごと持ち去る外国人窃盗グループがいて、そういった注文が増えている。

隠し扉は父の時代から作っていたので要領は心得ているつもりだが、さて問題はどのようなものをつけるかだ。

江戸時代、大坂から蝦夷《えぞ》に長い航海に出る船頭が、乗船員から金を守るために作った船簞笥に始まった隠し扉だが、今は種類も豊富にある。

二重底にしたもの、また引き出しの中にさらに引き出しがある仕掛けもある。蕎麦屋の岡持のように溝《みぞ》にはめ込んだ扉を外して開ける倹飩《けんどん》式も、素人《しろうと》では簡単に見破ることはできない。

ライティングビューローの机を開いた。中は両サイドがブックスタンドで、真ん中は真鍮《しんちゅう》のつまみがついた三段の引き出しになっていた。

その引き出しの一つを抜く。この大きさなら貯金通帳やパスポートまで入るだろうから、この引き出しを改良するのがいいだろう。

問題はその方法だ。倹飩式がいちばん簡単だが、客は単純過ぎてあまり喜ばない気がした。

しばらく家具から離れて頭を捻った。この日も天気が良く、太陽が昇るにつれて気温も上昇しているが、工房の周囲は常緑樹を数多く植えているせいで日陰が多く、風が気持ちいい。おかげで考えがまとまってきた。

手はかかるが、やはり引き出しを作り直し、正面の扉はダミーにして、横板の底に爪をかけて引くと、引き出しが出てくる仕組みがいいだろう。石橋の部屋にある父が作ったライティングビューローも、同じ仕掛けになっている。手前の真鍮のつまみは引っぱっても動かないが、その代わりにロックがかかるように改良して、つまみを回すと解錠できるようにする。

さっそく設計図に取り掛かった。細かく数字を書き込んだ図面を仕上げてから、次に横から引き出しを開けた状態の図をデッサンした。客からは「すべてお任せします」と言われているが、こうして図面で見せておけば客も安心できるだろう。客の感動している顔が浮かんできて、いっそうやる気になった。

「勲さん、ちょっと確認してもらえますか」

デッサンを終えたタイミングで、開けっ放しにしていたシャッターの中から、作業場にいる恵に呼ばれた。

彼女はメイプル材を使った白っぽいダイニングテーブルを完成させていた。

石橋家具工房でのオーダー品は英国調のものが多いので、こういった明るい家具は珍しい。

「いいじゃないか。すごく綺麗に仕上がってる」

丁寧に面取りされた天板を触り、石橋は感心した。

「ちょうど倉庫にメイプルが残っていて良かったですよ。今買ったら、お客さんの予算で作れたかどうか分からなかったですから」

北米産のメイプルは木材の状態では真っ白なのだが、使い込んでいくとナチュラルな風合いに変色していく。

「恵は倉庫に残っていることが分かっていて、勧めてくれたんだろ」

「気づいてくれてたんですか」

以前に注文だけして、その後連絡がなくなった客がいた。総額の一部を内金としてもらっていたが、それだけでは材料費も回収できない。そのことを恵は覚えていたのだ。

「なんだかお客さんには申し訳ないですけどね」

「そんなことないよ。向こうが求めていないのに無理やり勧めるのはよくないけど、このお客さん、部屋を明るくしたいって言っていたんだろ?」

「新婚なので明るい色の部屋にしたいというリクエストでしたから、メイプル材を使ってフレンチカントリースタイルはどうですかって提案してみたんです」

「俺や和夫ならメイプルもフレンチカントリーも浮かばないよ」

これがうちのスタイルですからと主張し、ウォールナット、オークなど濃い色の木を使った英国調の家具を勧める。だが頑固な職人気質だけでは、今は商売が成り立たない。

「でも仕上がりはうちの形にしました」

「そうだな。うちの工房らしい出来だ」

客と話し合っていた時は軽い雰囲気のものを作るのかと思ったが、色は明るいものの重厚感のある立派なテーブルだ。

「うちには勲さんの家や、和夫さんのマンション、それに和夫さんの実家にもたくさんのコレクションがあるので、見本には困りませんから」

けっしてコレクションしているわけではなく、創業当時の売れなかったものを父や和夫の父が引き取って使っていただけだ。

もっとも日々の生活にも四苦八苦していたのに、父たちは家具に彫刻を入れたり、直線でいいところでも微妙に曲線を交ぜたりなど、手の込んだ仕事をしていた。それらは実物の教科書として大いに役立っている。写真に撮ってカタログ代わりにすることもあれば、敷地内の石橋の家に案内して見せることもある。実物を見ると大概の客はオーダーを決める。

「今回のことを教訓に、うちも他の木を仕入れてみるかな。今は桐も中国産やアメリカ産があって、手に入り易くなったしな」

「そうすればお客さんのニーズにも対応できて、注文は増えると思います」

「うちの場合、和夫の歩留《ぶど》まりがいいから、木を余らせることなく、有効に使い切っているしな」

「あの人は勲さんと違って細かいですからね。お金でもなんでもそうです」

恋人を褒めたのに、愚痴っぽい言葉が返ってきた。確かに和夫は少し倹約家過ぎる面があるし、恵も気が強いため言い争いはたまにある。それでも一緒になることを決心して、前の旦那と別れたのだ。そう簡単に関係が破綻することはないだろう。

「世帯を持つなら少しくらい細かい方がいいんだよ。じゃないと俺みたいに独り者になっちまうから」自分を例に出して和夫を擁護《ようご》した。

独り者という言葉が恵に気を遣わせたのか、彼女は黙ってしまった。

千佳のことは恵も知っている。週刊タイムズをやめ、大学のOBの紹介でアメフト雑誌に世話になっていた頃、練馬にあった工房からこの海老名に移転した。空気も景色もいいから、千佳の体調がいい時は連れてきて、二人にも紹介した。

父が心臓麻痺で急逝して、石橋が工房を継ぐことになった時、千佳の容態が悪化し入院した。

和夫と恵も見舞いに行ってくれた。女性同士とあって、恵はずいぶん千佳を元気づけてくれたようだ。

石橋との再婚には最後まで首を縦に振らなかった千佳だが、当時は不倫関係だった恵には、「そこまで好きなら早く別れて和夫さんと一緒になった方がいい」とアドバイスをしていたらしい。

作業場の奥では和夫が、数枚の板を並べては組み合わせを替えながら、木目を確認していた。

客からオーダーされた六脚用のテーブルに使う木を選んでいる。

豪邸のダイニングルームに置かれているような大きいテーブルなので、六枚ほどの板を接《は》ぎ合わせて天板を作らなくてはならない。職人の腕の差が出る作業であるが、和夫がやると接ぎ目が分かりづらく、それほどの枚数を使っているようにはとても見えない。

うまく接ぎ方がイメージできたのだろう。目元が緩んで「よし」と小さく声を出した。

三人の仕事がすべて一段落ついた。石橋は朝から迷っていたことを二人に切り出すことにした。

「申し訳ないんだけど、俺、明日一日、休ませてもらっていいかな」

仕事は残っているが、その分、今朝は六時から開始した。もちろんそれだけでは修理の依頼は終わらず、夕方までに隠し扉に使う木材を切っておき、さらにもう一つくらいは簡単な修理も終わらせるつもりでいる。徹夜も厭《いと》わない。

理由を言ったわけでもないのに和夫から「昨日いらした勲さんの後輩のことですね」と言われた。

「正義と会ったのか」

「ちょうど工房を出ようとしたところで声を掛けられたんです。石橋勲さんはいますかって」

「顔のキリッとした真面目そうな人でしたよ」恵が続いた。

「週刊タイムズの記者だよ」

入社した頃の印象はどこかのボンボンで、これまでの新人同様、長続きしないだろうと思った。どうせやめるだろうと逆に開き直り、石橋も瓦間も厳しく接した。それが功を奏したのか、優秀な週刊誌記者へと成長した。

「なにか取材でも手伝うんですか」

「ちょっと昔の相方のことでな。ほら瓦間って覚えてるだろう」

和夫に視線を向けると、「もちろんですよ。練馬の工房の時は、しょっちゅう勲さんの部屋に泊まりに来てましたものね。手伝わせてくれと家具作りに参加したこともありました」と懐かしそうに目を細めた。

「好奇心旺盛な男だったからな」

瓦間の自宅も都内だったが、飲み屋をはしごすると、飲み足りないと石橋の家に泊まりに来た。翌日が休日だとそのまま工房にいたし、合併号で一週間空く夏休みを、石橋の部屋で丸々過ごしたこともある。

「瓦間さんと一緒に事件を追いかけるんですか」

「まさか、和夫は俺が週刊誌をやめて何年経ってると思ってんだよ」

瓦間が捕まったことは言わないでおく。

「家具職人よりはキャリアは長いでしょ」

十五年と五年なのだから三倍も違う。

「ほんのちょっと手伝うだけだ。二人には迷惑をかけないようにするから」

「仕事なら大丈夫ですよ。新作が予定よりずいぶん早く進んでいますので、修理は恵に任せます」和夫から言われた。

「任せてください。私も古い家具を扱うのは勉強になるから修理は好きなんです」

二人からそう言われて気は楽になった。彼らに迷惑をかけないよう、明日の朝までに少しでも仕事を終えておこうと、この日は昼の休憩を取るのもやめた。

――レディー・セット・ハット。

クォーターバックの石橋が声を出すと、センターというボールを出す役の学生が、股の下からボールを出した。

受け取ると、石橋はランニングバック役の学生にボールを渡す。彼は三ヤードほど走ったところで、相手の学生に捕まった。

体育の授業なので、当然防具はつけていない。アメフトのようにタックルしなくても相手の体に両手で触れれば倒したことになる「タッチフットボール」という競技だ。

授業でやると決まった時、同級生たちは「ルールが分からない」と文句を言っていた。だが大学の体育講師で、アメフト部の監督であるジョン・カーライルが分かりやすく説明していくうちに盛り上がってきた。ジョンはウイットに富んだ会話で、学生を乗せるのが巧《うま》い。そしていざ実戦が始まると、オフェンス側の学生もディフェンス側の学生も夢中になって楕円形のボールを追いかけ、フットボールというスポーツの楽しさを堪能していた。

次のプレーも石橋はもう一度、ランプレーを選択し、同級生にボールを持って走らせた。関東学生アメリカンフットボールリーグの一部に所属する大学の正クォーターバックを務めているのだ。素人の学生に渡すくらいなら、同じアメフト部の選手にパスを投げるか、自分で走った方が楽にタッチダウンが取れる。

だが授業前、ジョンから「イサオ、大学の仲間がフットボール部の応援に来たくなるように、みんなを楽しませてあげなさい」と言われた。そのためできるだけ多くの学生がゲームに参加できるよう気を配り、ランをさせたり、パスをしたりしている。たまにはわざと長い時間ボールを持って、ディフェンス役の学生に追いかけられ、捕まったりもした。

ボールを受け取った学生は七ヤード走って、相手の学生に体をタッチされた。レフリー役のジョンが「ファーストダウン」とコールした。

次はパスを選んだ。スパイラルの利いたいい回転のボールだったが、普段、アメフトのボールを触っていない学生は一度胸に入れてから落とした。仕方がない。楕円形のボールが結構なスピードで飛んでくるのだ。しかもすぐ近くにはディフェンスの学生が迫っている。アメフト部の選手でさえ捕ってから走ることに意識が先走り、捕り損なうことはよくある。

――ラスト、二分《ツーミニッツ》。

授業の終了時間が迫ったのを腕時計で確認したジョンがそう告げると、石橋に向かってウインクした。

――最後くらいはフットボール部の凄さを見せつけてあげなさい。

授業の前から最後だけは本気を出していいと許されていた。

アメフト部員はこの授業に石橋を含めて五人いた。味方はパスをキャッチするワイドレシーバーが一人だけ、あとの三人は相手チームで、最前線のディフェンスラインに二人、そして後方を守るセーフティと呼ばれるポジションに一人いる。

――レディー・セット・ハット。

相手チームのアメフト部の選手も、ラスト二分は本気だと聞かされているため猛然とダッシュを仕掛けてきた。だが彼らが突っ込んできたところで、石橋は体に触れられないように軽くかわした。

目線で読まれないよう、わざと左側ばかり見続けた。

右サイドを走ったアメフト部のワイドレシーバーの走路は頭に入っている。

前を向いて走っていたワイドレシーバーが立ち止まって、体を向けるタイミングを狙い、石橋はパスを投げた。振り向いた彼の胸元に向かっていく完璧なボールだった。だが横から手が出てきて、レシーバーの胸にボールが入る寸前で弾かれた。

アメフト部の選手がカットしたと思った。

それが違ったのだ。一七五センチくらいの背で、髪を肩につきそうなほど伸ばした見知らぬ学生だった。

たまたま彼がいたところに石橋は投げてしまったのか。その時はそう思った。

次のプレーではワイドレシーバーに難なくパスが通り、十ヤード以上前進した。

――あと十秒、ラストプレイだ。

ジョンのコールに、石橋は三十ヤード近くあるタッチダウンパスを狙った。

ワイドレシーバーは全力でエンドゾーンまで走った。

手を伸ばしたワイドレシーバーの手の中に、ピンポイントでボールが落ちるよう、完璧なパスを投げたつもりだ。

弧を描いたボールが、狙い通りに向かっていく。よし、決まった。タッチダウンだ。万歳する準備までしていた。

ところがボールがレシーバーの手に入る瞬間、背後から走ってきた学生が飛びついてそのボールを弾き出したのだ。

先ほどの長髪の学生だった。

パスは失敗に終わった。

――エンド・オブ・ゲーム。

レフリー役のジョンが笛を吹いた。

体育の授業が終わると、石橋は先に着替え終えて、廊下で待ち伏せした。

次々と体育の授業で一緒だった学生が出てくる。ようやく長髪の学生が姿を見せた。

――君、名前はなんていうんだ。

石橋が聞くと、彼は不審な目を向けてきた。

――人に聞く前に、先に名乗れ。

とんでもなく嵩高《かさだか》い物言いだった。

石橋は自信家でも自惚《うぬぼ》れ屋でもないつもりだが、同じ学部なら自分の名前を知っているとは思っていた。アメフトの最初の授業、タッチフットボールの簡単なルール説明をしたのは石橋だし、大学ではアメフト部はそこそこ有名だ。

――文学部の石橋勲だ。アメフト部ということくらいは分かっているだろ。

――瓦間慎也だ。

長髪の男は不機嫌な眼差しで言う。

――君、すごい運動神経だな。運動部に入っているのか。

――どこにも所属してない。

――サークルは？

それも入っていないという。高校の時のことを聞くと、陸上部で、走り高跳びをやっていたと答えた。なるほど最後のジャンプは高跳びで鍛えたせいか。

だが跳ぶだけでなくスピードも相当なものだ。ワイドレシーバーは五十メートルを六秒台で走る俊足なのだ。

——瓦間くん、アメフト部に入らないか、うちのチームはきみみたいなコーナーバックを必要としているんだ。

無反応だった。アメリカンフットボールの用語が分からないのだろうと言葉を噛み砕いて説明した。

——コーナーバックというのは、きょうきみがやったワイドレシーバーをマークして、パスをカットしたり、ボールをインターセプトする役目だ。NFLではクォーターバック、ワイドレシーバーの次くらいに評価されるポジションなんだ。

他にも重要なポジションはあるが、あえてそう言った。少なくとも彼と一緒にプレーしていたアメフト部の選手より運動神経は優れているはずだ。

言ったところで彼はまったく表情を変えなかった。

うちのアメフト部は去年一部のAリーグで四位だった。アメリカンフットボールの関東リーグは一部にAとBがあって、一位同士で優勝決定戦をやって、勝者が関東代表として甲子園《こうしえん》ボウルで日本一を争う。俺たちはまだ二年生だ。きみが入れば四年までに甲子園ボウルに出られるかもしれない——そう口説いたが、話している最中だというのに瓦間は石橋の脇を通り抜けようとしていた。

――興味なし。

失礼な言葉を残して、石橋の前から消えていた。


それからしばらくの間、石橋は授業のたびに瓦間を探した。

石橋も授業の出席率はよくなかったが、瓦間は石橋以上に学校に来ていなかった。たまに見かけたが、すぐにいなくなるので会話もできない。

しばらくするとまったく顔を見なくなった。同級生に聞くと、瓦間は自衛隊の海外派兵反対のデモに参加、機動隊員と小突き合いになって逮捕されたという。

どんな理由で暴力を振るったかは分からなかったが、体育の授業で見せた彼の闘争本能は、そうした習性から出たのだろう。

それでも機動隊員に手を出すなんて、頭のネジがちょっと外れている……その時はそう思った。


米国のカレッジでコーチ経験のあるジョン・カーライルの指導もあって、石橋はクォーターバックとしては年々成長していった。大学四年になると社会人チームからも誘われたが、アメフトでは食えないと、就職をすることにした。

石橋は新聞社を受けた。事件、スポーツにかかわらず、自分が書いた記事が紙面となり、結果が目に見える仕事は、スポーツと似てやりがいがありそうだと思ったからだ。

春から夏にかけて全国紙もスポーツ紙も受けまくったが、アメフト一筋で勉強しなかったため、すべて筆記試験で落とされた。

秋の関東大学リーグを終えてから勉強を始めて、一年間は就職浪人しようと決めた。

最後のリーグ戦、石橋の大学は前評判以上に活躍し、Aリーグの優勝争いをした。最終戦、小雪が散らつく悪天候のゲームで、甲子園ボウル常連の名門大に敗れた。

ゲーム後、まさか観戦に来ているとは思いもしなかった男に声を掛けられた。

瓦間だった。しかも女連れで見に来ていたのだ。

女性は学部でも有名な美人学生だった。そんな美女を、学校ではいつも仏頂面の瓦間が連れてきたことに、石橋は面食らった。

負けて落胆しているというのに瓦間も彼女もずっと明るかった。厚かましいことに瓦間は「三人で一緒に写真を撮ってくれ」と言いだした。

少しはこっちの気持ちを察しろと言ってやりたかったが、我慢して撮影に応じた。

それから一カ月くらい過ぎた年明けのある日、学食で牛丼を食っていると、カツカレーをトレイに載せた瓦間が隣に座ってきた。

——石橋くん、最後の試合は惜しかったな。

瓦間は頼んでもいないのに、その時、連れてきた女と一緒に撮った写真を焼き増しして、石橋に渡してきた。

——なんだよ。見せびらかしたいのか。

さすがにむかついた。

——初デートだったんだ。だけど一回きりのメモリアルになったけどな。

てっきり付き合っていると思ったが、ゲーム後に告白して振られたのか。この男も目付きが鋭くてモテそうな顔をしているが、さすがにあの子は無理だ。美人なだけでなく、頭もいいと評判の学生だったのだ。

——石橋くんは新聞記者志望だと聞いていたけど、どこかに決まったのか？

落ちたため就職浪人するつもりだと説明した。

——新聞社の採用人数はバブル期の半分らしいな。

——瓦間くんも新聞社を受けたのか。

——俺は新聞より出版社だ。週刊誌の記者になろうと思っている。

そう言って笑顔を見せた。

——なぁ石橋くん、一緒に週刊誌で働かないか。

この男が何を言っているのか理解できなかった。出版社は新聞社以上に人気で、しかも採用枠が少ないので簡単には雇ってもらえない。ましてや年も明けてしまっているのだ。

――俺は大学三年からある月刊誌の編集部で働いていたんだ。アルバイトだが記事も書いている。それが認められて、卒業したら週刊タイムズで採用されることになった。採用といっても正規社員ではない「特派」という契約社員だが、給料は社員と同じだけくれる。週刊誌の仕事は一人ではできない。俺は相棒がほしい。

相棒？　悪くない言葉の響きだったが、それがどうして自分なのか繋がらない。この男とは長く話したのも今が初めてだし、どこ出身で、趣味がなにかも知らない。

――どうしてその相棒が俺なんだよ。

――石橋くんは英語が喋れるだろ。俺は語学が苦手なんだ。

なんだ、その程度かよと落胆した。確かに監督のジョンは日本語も話せなくはないが、部での指導は基本英語だ。それが雑誌記者の適性とどう関係する。

おちょくられたのだと感じ、とっとと食い終えて去ろうと思った。態度で示したつもりだったが、瓦間は気にすることなく話を続けてくる。

――石橋くん、アメフトって複雑なサインがあるだろ。どれくらいあるんだ。

――俺たちは大学ノート三冊分だ。

丼を掻き込んで答えた。プレイブックと呼ばれるもので、このサインが出た時は、味方選手はどう動き、クォーターバックはどこにパスを出すか、またはランプレーにするかなど様々な作戦が書き込まれている。

――相手のサインを盗んだりするんだろ？　どういうものだ？

――相手選手の動きを観察して、ディフェンスがパスを防ごうとダッシュをかけてくることが分かったら、サインを変えてランプレーにしたりする。

――そういうのはどうやって判断する。

――動きを見ていれば分かる。人は特別なことをする時は癖が出る。だけど向こうも俺たちの癖を見て、作戦を読んでくる。

こいつ面倒くせえなと嫌になりながらも、説明していく。

――記者の仕事も似たところがあるぞ。抜き差し合いをしながら、他社より早くスクープを取るのが仕事だ。優秀な記者はライバルを騙《だま》したりもする。

そんなの知ってるさ。だから俺も新聞を目指したんだよ、心の中で呟《つぶや》いたが、言葉にはしなかった。

――だけど記者をやるなら絶対に週刊誌の方がいい。新聞が書けないことも週刊誌なら書ける。記者クラブに入っていないから縛《しば》りもない。今に新聞より週刊誌の方が強い時代がやってくる。

ぶっきらぼうな印象だった瓦間が、急に饒舌《じょうぜつ》になって週刊誌の魅力を語り続けた。

そして最後に、「考えといてくれ」と言って学食から出ていった。

その時は瓦間の本気度が分からず、からかわれたという思いは消えなかった。

だが家に帰ってからも、瓦間が言った殺し文句が耳に残り、翌日には「瓦間の誘いに乗ることにした」と電話を掛けていた。

ただし、ずっと週刊誌の契約記者をやるつもりではなく、就職浪人するくらいならまだましだ、途中でやめて新聞社を受け直そうと、軽い気持ちもあった。

電話した次の日には、瓦間に週刊タイムズの編集部に連れていかれた。編集長からは「特派なんだから卒業式を待つことはない。仕事に慣れるためにも来週から来てくれよ」と言われ、訳も分からないまま記者の仕事をすることになった。

あとで知ったことだが、週刊タイムズの編集長から熱心に誘われた瓦間は、一つだけ条件を出した。それが「もう一人仲間を連れてきていいですか」だったという。

いろいろ誘って断られた末、石橋の元に来たのかと思ったが、「最初に誘ったのがバシだ」と言われた。

最初の三カ月間は、見習いとしてお互いが先輩記者の下について、「足」をやった。夏場には、瓦間は「書き」を始めた。取材にウールのコートが必要になった季節には、石橋も「書き」をやれるだけのネタ取りができるようになっていた。

翌年から同じ班になり、コンビを組むことが多くなった。

三年ほどした冬の日、二人でおでん屋に入った。「そういえばあの試合の日も小雪がちらついていたな」とほろ酔い加減だった瓦間が、観戦に来た大学最後の試合を持ち出した。

——あれは本当にいいゲームだった。

——どこがいいゲームだ。俺たちは大敗したんだぞ。

十四対四十一と大差がついた。その結果、甲子園ボウルの出場をかけた関東の王座決定戦に出られなかった。

——力の差が歴然としているのは、俺ら素人にも見えたよ。とくにオフェンスラインって言うんだっけ？　バシを守る選手たちの体の大きさが違い過ぎて、簡単に撥《は》ね除《の》けられ、相手のディフェンス選手はクォーターバックのバシに襲いかかった。バシはボールを投げることもできずに相手のでっかい選手から何度もタックルされていた。

あのゲームで受けた衝撃はその後も石橋の体に残っていた。クォーターバックがタックルされることを「サック」という。あのゲームでは十回サックを受けて、試合後は頭がフラフラだった。

——だけどバシは何度ぶちのめされても、仲間に不満を言うことなく、守《も》り立ててた。逆に相手のクォーターバックはたまにしか倒されなかったけど、すぐ仲間を怒っていた。

けっしてフットボールが巧かったと褒められたわけではなかった。瓦間が言っていた「仲間に不満を言うことなく、守り立てる」はクォーターバックの心に響く賛辞だった。

フットボールというスポーツはたくさんの選手の自己犠牲の上に成り立っている。

――だから瓦間は俺を誘ったと言いたいのか。

――その通りだよ。

瓦間は小鼻を蠢《うごめ》かした。だが石橋は「違うな」と首を振った。

――それだけじゃないはずだ。瓦間は俺に恩があるからだろ?

――恩なんかあったっけ?

瓦間は惚《とぼ》けていたが、この男は違っていることははっきり否定するので、石橋が考えていたことで正解だ。

瓦間が機動隊員に暴力を振るって逮捕されたと聞いた時、教授会が開かれ、そこで瓦間は退学になるという噂があった。学内では一緒にデモに参加していた仲間が署名活動をしていた。

石橋も署名はしたが、直接、アメフト部の顧問を兼ねていた学部長に掛け合った。コーチのジョンまでが「彼をフットボール部に勧誘している」と口裏を合わせて助けてくれた。退学が停学で済んだのは学生運動をしていた仲間の功績だと思うが、石橋が動いたことも多少なりとは助けになったのだろう。

――じゃあ、バシはどうして俺の誘いに乗ったんだ。新聞記者志望だったのに。

逆に瓦間が質問してきた。

——瓦間の言葉が気に入ったからだよ。

——俺の言葉、なんだっけ？

また惚けた。どうだと言わんばかりの決め台詞だったのだ。忘れるはずがない。実際にその言葉は普段の瓦間の仕事にも現れていた。

——新聞は事件を追いかける、だが週刊誌は人間を追いかける。俺を口説き落とすため、そう言ったじゃねえか。

しばらく沈黙していた瓦間だが、ふっと息を漏らし、お猪口《ちょこ》を口に運んで、口角に皺を寄せた。

——ああ、それが新聞との違いだ。週刊誌の醍醐味だからな。

その後、石橋と瓦間は、週刊タイムズ最強のコンビと言われるようになり、幾多のスクープを取った。十五年間、他の記者の何倍も働き、頭も足も使って働いたのだから、スクープを取れたのも当然かもしれない。

だが自分と瓦間に、他の記者より優れた点があったとすれば、それは事件を追いかけたからではなく、人間を追いかけたから——石橋はそれだけは胸を張って言うことができる。

8

──少年、出番だぞ。もう一回、一人でぶつけてこい。

黒塗りのハイヤーが議員宿舎に横付けされたと同時に、物陰に一緒に隠れていた瓦間から指示を出された。

入社して三カ月、まだ先輩二人にくっついて仕事をしていた新見は、「はい」と返事をした。

週刊タイムズではどれだけ深く取材し、事実だと裏付けを取ったとしても、必ず最後は当事者にぶつける。

その役目のほとんどは瓦間と石橋の二人のどちらかがやり、新見がしたのは前回が初めてだった。ところがその前回、結婚詐欺師を警察が誤認逮捕したというネタだったのだが、新見は警察幹部から「捜査上のミスはない」と嘘をつかれた。

──行ってきます。

また同じミスをしたら取材班から外される。新見は息を呑んで動き出し、どう質問すれば向こうが白状するか、必死に頭を働かせた。これまでの先輩たちの仕事を見て頭に叩き込んだつもりだったが、相手が国会議員だと思うと、足が震えそうになった。

ネタも誤認逮捕より今回の方が大きかった。現職の議員が、支持者が社長を務めている不動産会社の従業員を政策担当秘書として登用し、税金から支給される秘書給与を払わずに、自分の政治団体に入れていたという内容だ。

新見はまず、持っている証拠を複数のポケットに分けた。そして足音を立てないように駆けだし、「週刊タイムズの新見正義と言います」と名乗った。急に記者が迫ってきたことに議員は焦っていた。

——事務所にインタビューを申し込んだところ、ファックスで質問状を送るように言われましたので、そうさせていただきました。ですが約束したきょうの正午までにお返事がなかったので直接伺わせていただきました。

まず直接取材をすることになったのは、そちらに原因があることを伝えた。

——秘書給与が支払われていなかったことについて、我々はあらゆる証言を摑んでいます。議員がしたことは秘書給与詐欺容疑に当たるのではないですか。

先輩二人がやっているように正面からぶつけた。

——話すことはなにもない。

議員は目も合わせずにそう答えた。

——勤務実態はあったとおっしゃりたいのですか。ではこれはどう説明されます。少なくとも今年七月までは口座に入金はありませんでした。

新見はスーツの右ポケットから秘書の口座の写しを出した。給料が支払われるようになったのは事件が発覚した先月からだ。

議員の顔が青ざめる。だがこの資料が外部に漏れているのは想定していたのだろう。言い訳を始めた。

——給与が振り込まれていないことは、私はまったく関知してない。うちの事務員のミスだ。

すべての責任を押し付けて、自分は知らなかったで通そうとした。

——秘書が不動産会社の社員だったことは？

——知らない。

次は左側のスーツのポケットから、写真を出した。

——ではこれを見ていただけますか。議員が四年前、初当選した後に不動産会社で講演した時に社員のみなさんと撮られた写真です。この右端に写っているのが、当時、不動産会社に勤務していた秘書です。

——覚えとらんよ。そんな昔のこと。

今度はズボンの右ポケットから違う写真を出した。

——ではこれはどうですか。秘書とその奥さん、それと議員の三人だけで写った写真です。日付は去年ですから、秘書になる直前ですね。

――知らんって、そんなもん。

否定したが明らかに狼狽《ろうばい》している。

――では最後にこれを聞いてください。

ズボンの左ポケットに手を突っ込み、出したレコーダーの再生ボタンを押した。くぐもった声が流れた。

〈いいな。もしマスコミから聞かれたら議員から頼まれたで通せよ。絶対に私の名前を出すんじゃないぞ〉

不動産会社社長の声だ。会社は関与していない。議員と秘書の二人の問題だと責任をなすりつけたのを、秘書が隠し録りしたのだ。

議員の唇の色が紫色に変色していった。

――あの社長、なに言ってんだ。俺は社長に頭を下げられて秘書に雇ったんだ。なにも俺から頼んだわけじゃない。

捲《まく》し立てて疑惑を認めた。さらにまだ記事にしていないことも口にした。

――今、社長に頭を下げられたとおっしゃいましたよね。どうして頼まれて秘書にする必要があるんですか。議員は国会の委員会で不動産業界の規制緩和の発言もしていますが、交換条件だったのではないですか？

議員はまた黙り、俯《うつむ》いた。

――議員がおっしゃった「頭を下げられて秘書に雇った」という内容も社長側に伝えさせていただきます。一時間後にまたお電話しますので。

――ちょっと待ってくれ。ちゃんと話すから。

議員は完全に落ちた。


――にい坊は、たいしたものだよ。あの狸《たぬき》議員を見事にゲロさせたんだからな。

瓦間の呼び方が「少年」から「にい坊」に変わっていた。

校了した夜、石橋も合流して三人で酒を飲んだ。場所は台東《たいとう》区の三ノ輪《みのわ》にある居酒屋だった。

――迫真の演技だったそうじゃないか。いろんなポケットから一つずつ証拠を見せて、最後にレコーダーを出したんだって。向こうはこの記者はいったいどれだけ証拠を持ってんだと、もう降参するしかなかったんじゃないか。

石橋からも感心された。

新見は「いえ、まぁ」と照れを隠したが、自分が考えたわけではなかった。以前、瓦間がそれと同じことをやっていたのを見たからだ。あの時は次から次へと決定的な証拠を突き付けていく瓦間の手つきがマジシャンのようで、相手の顔が青ざめていくのが痛快だった。

その後の取材で、議員は秘書の給与が未払いだったことを認めた。途中から加勢した瓦間が、「最初から金を払わないという条件で、雇ったんでしょ」と追及すると、議員はまた黙った。

委員会質問だけは、社長の依頼は受けていないと言い張った。だが「それは今後取材しますから」と瓦間が言い、その場を去った。

——議員辞職は、せざるをえないんじゃないか。

——この後、地検が動いて逮捕されるぞ。

二人とも誇らしそうだった。新見はビール、石橋はハイボール、瓦間は日本酒で、瓦間の空いたお猪口《ちょこ》に新見が注《つ》ごうとしたら「にい坊はいいんだ、きょうのヒーローなんだから」と逆にビールを注がれた。

——きょうはいい経験になりました。自分でもうまく行き過ぎだと思いますけど、お二人のやり方を見てきたおかげです。

新見が言うと、瓦間から「なにがお二人だ。にい坊は硬《かて》えんだよ」と徳利《とっくり》の首を摑んで手酌する。呼び名だけでなく態度からも距離が急に縮まった。

——ところでにい坊は何日、家に帰ってないんだ？

瓦間に聞かれた。

——四日ですかね。

指を折って答えた。夜回りしてそのまま早朝取材したので、会社に泊まり通しだ。

——四日も風呂に入ってないってことか。

——そんなことないですよ。一昨日《おととい》の晩には漫喫《まんきつ》でシャワー浴びましたし。

——そんなところじゃ汗も取れねえだろ。

臭うのかと思って腕を伸ばして脇の臭いを嗅ぐ。炭火の匂いでなにも感じなかった。

——汗流して帰れよ。

——別に大丈夫ですよ。どうせ家に帰るだけだし、一人なんだし。

——そんなんじゃ男前が台無しだ。なぁ、バシ。

にやついた顔で瓦間が言うと、石橋までが顔を緩めて、「瓦間の言う通りだ」と携帯電話を持って外に出ていった。

二人とも相当酔っぱらっているので、会話が成り立っていないだけだとその時は思った。

ところが瓦間が会計を終えて店を出ると、蝶ネクタイをした男から「お待ちしていました」と言われた。

——じゃあにい坊、汗流してこい。

また同じことを瓦間から言われた。石橋からは「経験がないんじゃ、有名人の色恋沙汰も取材できねえからな」と背中を押された。

二人に見送られ、新見は赤面しながら吉原《よしわら》の黒服についていった。

「そうですか、記憶にはないですか」

瓦間が侵入したという目黒区のアパート付近で、新見は聞き込みをしていた。

「土曜日の午前中なら私は庭掃除をしていたけど、アパートから知らない人が出てきた記憶はないわ」

アパートの裏側の一軒家に住む老婦人はそう言った。

「もう一度、写真をよく見てくれませんか。右側の男性です」

家にあった瓦間と自分が写った十年以上前の写真を見せる。

「見たことないわね」

返答はこれまでと同じだ。すでに五人ほど聞いたが、いまだ手掛かりはない。

まずはアパートの住人を当たり、それから付近の住人も当たった。そこでアパートの裏に建つ一軒家のおばあさんが、午前中はよく庭で植木の手入れをしていると聞いてやってきたが、ここも無駄足だったようだ。

「あのアパート、前にも空き巣に入られてるのよね。ほら二階の奥の部屋は通りから見えないでしょ」

その情報もすでに聞いた。それ以降、アパートは入り口に防犯カメラを設置し、そこに瓦間が映っていたのが逮捕の決め手となった。

今回、侵入された女性宅は一階の奥の部屋で、二階ほどではないが、通りからは見えにくい。

「空き巣ならどうして朝に忍び込んだの？　そこの人、夜にお仕事をしてたんでしょ」

老婦人は勘違いしているが、被害女性は夜の仕事をしていたのではない。専門学校に通い、週に三回は、帰宅が深夜になるらしい。

瓦間はそこまで知っていたのか？　本当に下着泥棒なら下調べもするだろうが、別に目黒でなくてもいい。瓦間の自宅は小田急《おだきゅう》線の経堂《きょうどう》だ。

そこに「どうしたの」と同年齢ほどの女性が声を掛けてきた。

「先週、裏のアパートに変態が忍び込んだ事件があったんだけど、この人、記者さんで取材してるみたいなの」

「うちにも警察が来たわよ」

新見がこれまで聞いて回ったどの家にも、警察が訪問していた。

「あのアパート、家族で住める広さがあるのに古いから家賃が安いんでしょ。そんな部屋、どんな人が住むかも分からないじゃない。外国人が住んでるって噂もあるし、早く取り壊してもらわないとうちらも危ないわよね」

声を掛けてきた老婦人は苦い顔をした。

　アパートは十部屋、うち四部屋が空き部屋で、六世帯中日本人が住んでいるのは他に二部屋。中国人とパキスタン人家族が一部屋ずつ住み、もう一部屋は通販業が倉庫代わりに使用していると不動産屋から聞いた。ちなみに被害女性宅は105号室だが、104は空き部屋である。

　新たに加わった老婦人にも瓦間の写真を見せたが、二人から頓珍漢《とんちんかん》な感想を言われただけで目撃した記憶はないということだった。

　いつの間にか二人は勝手に井戸端会議を始めた。新見はメモを取って聞いているが、参考になることはまったくない。


　目黒に来る前には、実話ボンバーの編集部にも行った。

　初老の編集長が対応してくれた。当然、警察からの連絡で、瓦間の逮捕は知っていた。

「まさかあの瓦間さんがそんなことに興味があったとは。うちの風俗記事も、低俗だとか、載せる価値なしって、いつも文句を言ってたんですよ」

　編集長は驚きながらも事実だと決めつけていた。

「瓦間さんはこちらではどんな仕事をされていたのですか」

「ここ数年はほとんど仕事をしてません。頼んでも忙しいと断られることが多くて、一ページの連載コラムを頼んでるだけです」

〈政界地獄耳〉というコラムで、新見も読んだことはあった。

もっとも実際に取材しているわけではなく、政治の裏話や噂話をおもしろおかしくまとめている内容。そういえば文末に（Ｋ）とあったが、現場で見かけなくなった瓦間が、取材もせずに政治コラムを書いていたとは考えもしなかった。

「結構、いい線ついていて、コラムが出た数カ月後に、本当に不正献金が発覚したりと、神懸かり的に当たる内容だと編集部でも好評だったんですよ」

編集長は瓦間のコラムを認めていたが、根っからの取材記者である瓦間が「神懸かり的に当たる」なんて聞いたら、激怒しそうだ。

「どうして瓦間さんはコラムだけやっていたんですか」

「生活のためじゃないですか。そのコラムだけでも毎週三万円、一年で百四十万円くらい払っていましたから」

「生活のためなのに、取材する仕事はやってなかったんですか」

「タイムズさんをやめて五年くらいはやってましたよ。六年くらい前が一番やる気になっていて、女性作家を起用した対談の起こしまでやらせてくれと、頼んできましたから。まさか瓦間さんにテープ起こしさせるわけにはいきませんから、司会進行と文章の構成だけを任せましたけど」

「瓦間さんが対談記事ですか」

まったく想像がつかない。面倒臭い仕事は大嫌いな人だった。

「よほど金に困ってたんじゃないですかね。あんなプライドが高い人、私も長年この世界にいますけど見たことないですから」

「やる気になっていたのが、それが突然コラムだけになったんですよね。それっていつ頃ですか？」

「五年前の九月ですかね。私が副編から編集長になった頃ですから」

「どうして対談をやめたんですかね。対談とコラムとではページ数も全然違うでしょうから、支払う原稿料だって少なくなるでしょ」

「それは分かりません。急に『来週からはやらん』と言われ、代役探しに大変でした」

編集長の話では瓦間は愛想がなく、相手を持ち上げるのも上手ではない。言葉遣いも丁寧ではないため、対談開始の頃は、ゲストや女性作家が怒り出すのではないかとヒヤヒヤしたそうだ。だがすぐにゲストと打ち解け、女性作家も瓦間を信用するようになった。その結果、思わぬ逸話を聞き出すいい企画になったという。

それは新見にも理解できる。瓦間という男は天性の人たらしの面を持っている。

だからネタ元に深く食い込み、他の記者が聞き出せないスクープを取ってきた。

取材がしつこくて、何度も自宅を訪問したり電話を掛けたりするため、取材対象から嫌われるのもしょっちゅうだったが、不思議なことに取材を重ねていくうちに良好な関係になっていた。

新見に対してもそうだった。怒っているのかと思えば急に飲みに行くぞと誘ってくれたり、逆に優しい時に、突拍子もない指令が出るから、常に緊張して仕事をした記憶がある。

今でも忘れられないのが、秘書給与を流用したあの国会議員が、自分たちが書いた記事によって辞職した日のことだ。

その日の編集部は、取材に関わっていない社員までが「政治家のクビをとったぞ」と大いに盛り上がっていた。

だが瓦間と石橋は違っていた。二人でなにか相談をしだした。「バシ、どうする?」「俺が行こうか」「いや、にい坊に行かせよう」そんな会話が聞こえたと思ったら、新見が呼ばれた。

——明日、あの議員の家に行って、独占手記を頼んでこい。

——そんなの無理に決まってるじゃないですか。うちの記事でやめることになったのに。

——それとこれとは別だよ。

行けば家族や秘書に怒鳴られ、物を投げられても不思議はない。政治家として全面的に屈したわけではなく、あの夜以降は新見の取材に応じていなかった。

冗談かと思ったがそうではなさそうだ。石橋までが同じ意見だった。

——行ってこい、にい坊。検察が動きだす前にうちに告白した方が罪は軽くなりますよと言えば、受けるかもしれない。

その時は二人が、自分が行きたくないから新見にやらせたのかと思った。三ノ輪の褒美《ほうび》がずいぶん高くついたものだと不満を隠し、新見は政治家宅に向かった。殴られはしなかったし、インターホンを押しても誰も出てこなかった。

驚いたのは、そこに週刊時報の記者が来ていたことだった。

当時から一番スクープを取っていた週刊時報がやられっぱなしでいるはずがない。彼らにやり返されないためにも二人は新見に行かせたのだ。

それ以来、新見はニュースを抜いたら、余韻に浸ることなく、次の手、さらに次の手へと向かった。二人に教えられたライバル誌にやり返されない方法——それはひたすら取材を続けることしかなかった。

目の前では、老婦人二人の井戸端会議がまだ続いていた。

すでに十分くらいはここにいることになる。もうそろそろいいだろうと離れようとした矢先に携帯電話が鳴った。新見班の現エース、古谷健太郎からだった。

ちょっと失礼しますと断って、新見は彼女たちに背を向けた。

「健太郎、インタビューが終わったのか」

腕時計を確認して聞く。午後三時半過ぎ。民自党のプリンスと呼ばれる成岡遼一への取材時間は三時から三十分間だったから、終わってすぐ電話をしてきたのだろう。

〈ばっちりでした〉弾んだ声が返ってきた。〈若菜《わかな》いずみのことも認めましたよ。ファンだし、理想のタイプだそうです〉

「マジか、すごいじゃないか」

〈最初は政治のことばかりでしたけど、そんなものはどうでもいいと、ずっとプライベートの話を聞けるチャンスを窺ってたんです。なんかいい感じで会話が弾み出したので、思い切って《クラシック音楽が好きだと聞いてましたが、コンサートに行かれたりするんですか？》と聞きました。そしたら向こうから《僕は若菜いずみさんのファンなんです》と言ってきました〉

「本当にあのヴァイオリニストのファンだったんだな」

〈僕が《若菜さんって、目を奪われるような美人ですね》と聞いたら、《あなたもそう思われますか。僕は音楽家としてだけでなく、女性としても好みなんですよ》と言われて驚愕ですよ〉

「それはすごいコメントだ」

〈思わず心の中でガッツポーズしましたね。四十七歳で若菜いずみが三十二歳と一回り以

上違いますけど、成岡遼一は見た目も若くてイケメンですから、記事にしたら最高のカップルだと騒がれますよ〉

若菜いずみのファンであることを、新見は秘書から聞いていた。だが健太郎には「若菜いずみのコンサートに行ってるらしいぞ」としか伝えなかった。

健太郎のことだから、それだけでピンときたのだろう。だが彼が優秀なのはその質問方法にある。

普通の記者なら先走って「若菜いずみのファンですか」と質問してしまう。それだと当たっていても「はい」と肯定するだけで、字面《じづら》にした時の衝撃度は低い。

健太郎はそれが分かっていて、成岡遼一の口から若菜いずみの名前が出るように仕向けた。

〈リサイタルにも行ったことがあるそうです。彼女のCDは全部持っていて、とくに委員会が遅くまで長引いて、疲れている時に聴くんですって。そうしたら明日もまた頑張ろうって気になるそうです〉

健太郎はディテールまでちゃんと取材していた。

〈若菜さんに迷惑かもしれないので僕の片思いですと書いておいてください、こんなおじさんではなく、もっと若い男性から好かれたいって思っているかもしれないですからって。そう言われて一番喜ぶのは、若菜いずみや、所属事務所かもしれないのに〉

「さすが健太郎だ、任せて良かった」

健太郎だからなんとかするだろうと安心していたが、成岡遼一もよく答えてくれた。党の顔として、とくに女性票が多い独身代議士だけに、本来なら女性の個人名は出さない。

〈すぐにテープを起こして、新見さんに送ります〉

「健太郎の記事なら心配してないから、直接木村《きむら》さんに出してくれ」

体を壊して内勤デスクを頼んでいる先輩記者の名前を出した。健太郎が黙ったので「大丈夫だよ、木村さんには健太郎の記事はいじらないでくださいと話しとくから」と言った。〈ありがとうございます〉また喜ぶ声がした。

優秀な記者というのは、自分が認めている上司なら原稿を直されても素直に従うが、取材下手で、筆先だけで面白く書いてきた記者に手を入れられると熱くなって反論してくる。

取材者としては今のタイムズでトップクラスの健太郎だが、正直、原稿はあまり上手ではない。対して木村は比喩の使い方が巧みで情景が浮かぶような原稿を書くが、取材はさっぱりだ。どちらのタイプも週刊誌には必要だが、どちらか一人を選べと言われたら、新見は文句なしに健太郎を選ぶ。

「終わったら岩倉省仁の件、頼むな」

次は元外相の利益供与疑惑の続報だ。デスク会議で、もう少しダダ社と岩倉の関係を知る者の取材を続け、さらに証拠が集まったところで岩倉本人にぶつけることに決まった。

〈すぐ取り掛かります。小林がまったく使えないんで困ってますけど〉

新見が轢死《れきし》しそうになった時は、泣くほど精神を乱していた小林だが、翌日はいつも通り出勤してきた。「おまえがヘマしたわけではない。あの一件で牛久保は俺たちに心を開いたんだから、今回のことを教訓に次は慎重に行動してくれればいい」と新見は励ました。

まだ小林の不満を言っていた健太郎だが、「いずれ班長になるんだ。その時に指示一つで動ける記者が多くいた方がいいんだから」と諭すと、〈はい。うまく使ってみます〉と通話を切った。


「ちょっと記者さん、さっきの写真もう一度見せてくれない?」

いつしか老婦人は、二人から三人に増えていた。三人目は二人より少し若めの雰囲気で、髪を茶色に染めている。

携帯電話をポケットにしまい、入れ替わりに瓦間の写真を出して、茶髪の女性に見せた。

彼女はポーチから老眼鏡を出して写真を目に近づけた。

庭掃除をしていた老婦人は「ねっ、ジュリーみたいでしょ?」と先ほども聞いた瓦間とはとても似ているとは思えない芸能人の名を出した。

　二番目に加わった婦人が「それを言うなら、ほら自殺しちゃった俳優さん、なんだっけ。沖《おき》なんとかっていう」と横を向く。「だから沖雅也《まさや》でしょ」と先ほどと同じ感想の繰り返しになった。

　その役者は瓦間と似ているかの以前に、顔じたいが浮かばない。沢田研二《さわだけんじ》と同じで、髪が長めの昭和のスターだとぼんやりと思う程度だ。写真の瓦間は、ジャケットの下にタートルネックのセーターを着ているから余計に古臭く見えるのだろう。

「違う、違う」

　三人目の婦人が二人の会話を遮《さえぎ》る。また昔の俳優を出されるだけだと思ったが、その女性は「この人、見たわよ」と言った。

「見たんですか？」

「そうよ。一週間くらい前の朝、あのアパートの前で」

　瓦間が侵入したというアパートを指差す。

「朝って、何時頃ですか」

「七時か八時かな。私がランニングしていた時間だから」

「本当ですか」

　時間を確認したつもりだが、彼女は走っていることに驚かれたと思ったようで、「私、週に二回は走ってるのよ。これでも十キロを一時間三十分で走ったこともあるんだから」と得意顔で話す。新見にはそれが早いかどうかも判断がつかない。

　女性が見たという証言は眉唾《まゆつば》だと思った。走っている途中で見かけた程度なのだ。しかも十年前の写真を見て、同一人物と断定できるはずがない。

「似た感じの人ってことですよね。でも今はこの髪型かどうかは分かりませんよ。これは古い写真なので」

　新見はそう話したが、女性は「この人で間違いないって」と断言する。

「どうしてそこまで言い切れるんですか」

「この人、ずっと前に、あのアパートに住んでたもの」

「住んでたって、この男性がですか？」

「だから知ってるのよ」

「それって、いつ頃のことですか」

「いつだったかな。ああ、五年前だわ。あなた、信じてないんでしょ？」

「いえ、信じてないわけでは」

　新見は手を小刻みに左右に振った。何月頃かと聞くと「九月七日」と日付まで言われる。

　瓦間を目撃しただけでも重要な証言になるが、このアパートに住んでいたとなると、下着泥棒という事件の本質からして違ってくるかもしれない。

「その話、詳しく聞かせてくれませんか」

新見は女性に頼んだ。

9

涼子の正面に座る捜査三課長中山も上背があって仕事ができる上司といった渋い趣《おもむき》がある。

その隣で腕を組んで座っている警備部の澤田直文対策官はさらに背が高く、三つ揃いのスーツを着ている。

年齢は涼子よりひと回り以上は上の五十歳。同僚だった上川秋穂から付き合っていることを伝えられた時は、美男なだけでなく聡明で完璧な男性に映った。

今は、陰気な男の顔にしか見えなかった。涼子の元夫と似ている。都合の悪いことはすべて女に押し付ける自己中心的な男の面だ。

「どうして警備部の澤田警視正が、ここにいらっしゃるのでしょうか」

涼子は中山に尋ねた。警備部はテロや要人警護、機動隊、爆発物処理班などを統括する部署で、警視庁では独立しているが、他の道府県本部では公安警察に含まれる。まさか目黒署で住居侵入と窃盗容疑で逮捕した瓦間慎也に、そのような疑いがかかっているのか。

　昔から知っているといっても澤田と会話をしたことはない。接点があるとしたら澤田が刑事部の二課長だった頃の一度だけだ。所轄の刑事として本庁に上がった涼子は、廊下で偶然、澤田とすれ違った。その時、頭も下げずに、じっと睨《にら》みつけた。澤田からしてみれば縦社会の警察で若い女巡査にそこまでされたことが屈辱であり、涼子がなぜそんな態度に出たのかも調べたに違いない。

「きみが納得していないようだと中山さんから聞いたんでね」

　澤田は彫りの深い顔に少しの笑みを混ぜて言った。

「瓦間慎也のことでしょうか」

「それ以外、考えられないだろう。立ってないで座ってくれ」

　涼子は対面する席に腰を下ろした。

　隣の中山は深く関わりたくないのか、それともキャリアである澤田に遠慮しているのか、口出ししてこなかった。

「ここに澤田警視正がいらしたということは、今回の事件は住居侵入事件ではなく、警備部の事案という認識でよろしいのでしょうか」

「住居侵入及び窃盗罪だろ。箪笥《たんす》の指紋や防犯ビデオの証拠があったと聞いているが」

「瓦間慎也は行動確認中だったのではないですか」

「きみはなんでも思ったことを口にする人なんだね。よくあの時は堪《こら》えたものだ」

澤田はやはり廊下で会った時のことを覚えていた。

行確中かと聞いた涼子の問いに澤田は答えなかった。だが否定しないということは、涼子の考えで当たらずとも遠からずなのだ。これで通報の疑惑も解けた。通報が三課に回ったのではない。警備部の刑事が三課に連絡したのだ。

「それなら警備部が逮捕すべきだったんじゃないですか。なんの容疑かは知りませんが瓦間を監視していたのであれば、アパートに入ったところで現行犯として捕まえればいいだけです」

「我々だって、四六時中張っているほど暇なわけではないんでね」

警備部が関わっていることは認めた。

「瓦間にまんまと撒《ま》かれたのですか」

「長谷川、口を慎みなさい」

中山に注意された。

「問題ないよ、中山さん、長谷川警部補が一言居士《いちげんこじ》なのは聞いているから」

そう皮肉を言うと、中山は「すみません」と謝った。中山は澤田と同じ階級の警視正だが、キャリアの澤田には頭が上がらない。

澤田は警察官としては致命傷と言える不倫問題を起こした。処分こそなかったが、記事のせいで彼の出世は遅れた。だが普通は外郭に飛ばされても不思議はないのに、彼はその切れる頭脳から警察庁の幹部に重宝《ちょうほう》され、今年一月の人事で警備部の対策官として警視庁に戻ってきた。確か都市犯罪対策など専門がついていたが、どのような任務かは涼子は詳しく知らない。

「これから言うことは警備部の捜査にも関わるので、注意して扱ってほしい。その意味は分かるね」

「捜査に利用できない話なら、私が聞いても意味はありませんが」

「そこまでは言っとらんよ」

他言はするな、だが捜査に使うにしても上手に扱えという意味か。はっきりと理解したわけではないが、聞きたい気持ちが先に走り、「分かりました」と同意した。

「きみの言ったことで大きな差異はない。だが我々は、彼が立ち入りそうな場所をあらかじめ調べていた。そこをチェックしたら、彼がそこに現れていたのが分かった」

要は尾行を撒かれたのだ。それで慌てて瓦間が行きそうな場所の監視カメラを調べたのだろう。

あのアパートは、瓦間の立ち寄り先の一つだと見られていたのだ。

「切れ者揃いの警備部らしからぬ言い訳ですね」

「長谷川」

中山から注意を受けたが、涼子は無視して質問を重ねた。

「瓦間の容疑はなんですか」

「住居侵入及び窃盗だと言ってるじゃないか」

「それは我々の事案ですよね。私が聞きたいのは警備部が瓦間を追いかけていた容疑です」

「それは答えられない」

「それでは納得できません」

「なら、きみらで調べればいい。瓦間慎也にも罪の自覚はあるはずだ」

憎らしいほどの笑みを浮かべて言った。「ただしきみらが捜査している容疑で間違いない」

「侵入ですか、それとも侵入窃盗ですか」

「両方だ」

すぐに答えたが、本当のことを言っているかどうかは判断がつかない。

「ですけどブツは出てないんです。しかも彼は盗んだことを頑《かたく》なに否認しています。そもそも盗まれた下着は新品でした」

「それは中山さんから聞いている」

「そんなことで起訴まで持っていけますか。検察から警視庁の捜査が甘いと笑われます」

「警視庁ではない。目黒署だ」

「同じことですよ」

　ようやくこの男の魂胆が分かった。失敗した折には目黒署にすべての責任を押しつけようとしているのだ。いや、目黒署ではない。秋穂との不倫で、澤田を睨みつけた涼子に対して。

「警視正は瓦間慎也を恨んでますよね」

「私が彼を？　どうしてだ」

　忘れるはずなどないくせに、澤田は目をわざとらしく緩めた。

「私は瓦間が脱税王から金を借りたことを週刊誌に流したのは警視正だと思ってます。瓦間もそう思ってるようです」

　瓦間はそれを認めなかった。だが再び澤田が捜査に戻れば借りを返すつもりだったとも話している。

「長谷川、いいかげんにしたまえ」

　また中山が制してきたが、「課長は関係ありません。警視正と私の問題なので」と撥ねつけた。当時、警視庁にいなかった中山でも、澤田と秋穂の関係は知っているはずだ。

「それはそうですよね。あんな記事を書かれたことで、多大な迷惑をかけられたんですから」

「その通りだ。あんな嘘八百を書かれたら誰だって怒る」

言葉に余裕はあったが、笑みは消えていた。

「嘘であったのなら、どうして秋穂はやめることになったのでしょうか」

「それは彼女の事情だろう。家族が心配で実家に帰らなきゃいけないと私は聞いたが」

嘘を書かれたら腹が立つと言いながら、よく平気でそのようなことを言えるものだ。

「彼女から相談があると誘われたのは事実だ」

アプローチをかけたのは秋穂だ。確かに澤田は一度目は断っている。

「次は応じてますよね」

「彼女がしつこかったからだよ」

またこの男は女のせいにする。

週刊タイムズに載った密会写真は、神楽坂《かぐらざか》の薄暗いバーで二人が仲睦まじく酒を飲んでいるものだった。二人はずっと手を握っていたと記事に書いてあるが、写真からは重なっているように見える程度で、握っていると断定するほどではなかった。その写真が曖昧《あいまい》だったおかげで、澤田は恋人のことで相談されたと言い逃れできた。

だが涼子は握っていたと確信している。澤田が握っているというより、秋穂から甘えている。彼女は男の前では女の弱さを武器にするのがうまかった。

仕事は真面目だったが、性的には奔放《ほんぽう》だった。警察学校の同室だった頃、彼女は自分から男性経験が両手くらいはあると話し出し、涼子は驚きで声も出せなかった。

――ねえ、涼子はどれくらい？

男と付き合ったことさえなかった涼子は恥ずかしさでいっぱいになり、うまくはぐらかして会話を終えた。秋穂が一瞬、意地悪そうな笑みを浮かべたことは見逃さなかったが。

秋穂は交番勤務時代も、地域部の先輩巡査と交際していた。その後も男は次々と替わり、ついにはキャリアまで捕まえたのだ。

バレちゃえばいいのに。バチが当たればいいのよ……そう思ったことさえある。

そう願った後ろめたさを、本能が無意識に隠そうとしたのだろう。それが週刊タイムズに書かれた後、彼女を守りたい気持ちに変わり、警察ではありえない上官批判の態度に自分を突き動かしたのだ。

「言っておくが私は、迷惑を被ったから瓦間に気をつけていたわけではない」

澤田が言った。「私怨を捜査に持ち込むようなことはしない」

「ではそう理解いたします。ですけど今のままでは我々もちゃんとした捜査ができません」

「さっきから聞いているが、きみは捜査から逃げてるだけじゃないのか。彼が罪を犯したことには変わりないんだぞ」

「逃げてません。捜査はしてます」

「だとしたらどうして起訴できないと、今から言い訳する」

「それならなんとしてでも起訴します。でもそれでは警視正は不満なんじゃないですか」

「そりゃ他に罪を犯しているのなら、それを突き止めるのが警察の仕事だろ」

正論を言ってくる。完全に澤田の術中にはまっているように思えてならない。「まっ、言われなくてもきみならそうするだろ」

澤田はわざとらしく笑った。

「長谷川は徹底的に調べればいいんだ」

中山課長が口を出した。このままでは刑事部内でも自分の評価は地に堕ちるだろう。

「そういうことだから、あまり本庁に乗り込んできてあれこれと事を荒立てるのはやめてくれ」

澤田は冷ややかな目で言った。

「別に荒立てていませんよ。三課の捜査員が関わっているから来ただけです」

「三課は所轄に回した。それで問題ないだろ」

温和な中山までが過去に見たことがないきつい目を向けてくる。

「では最後に一つだけ聞いていいですか」澤田に聞く。

「なんだね」

「今回の件、警察は法律違反を犯していないですよね」

「きみ、おかしなことを聞くね。犯罪を取り締まるのが警察だろ」

「私が言いたいのは違法捜査はなかったかということです」

黙っていてくださいと先に中山を見た。中山は巻き込まれたくないのか、視線を涼子から逸《そ》らす。やはりなにかある。

「していない」

「刑事部が、じゃないですよ」

警備部が、と心の中でぶつける。

澤田は「ない」と言った。視線が合い、迫力のある眼睛《がんせい》が返ってきた。権威を押し付けてくるその目を涼子も見続ける。

反応はなかった。これ以上話しても意味はなさそうだ。

「分かりました」

立ち上がった時、澤田が口を開いた。

「そういえば最近、うちの相談窓口におかしな電話がかかってくるぞ。長谷川涼子警部補が、子供を虐待してるって」

「なんですって」

あまりに見当外れな指摘に、涼子は怒りで体が震えた。

「そんな怖い顔をしないでくれよ。そういう電話があったと耳にしただけなんだから」

元夫である添田の仕業だ。

あの男は、警察という組織がどこよりもその手の噂を気にすることを知っている。弁護士を通じて面会の中止を求めていることで、卑怯な手に出てきたのだ。

「おそらく私の前夫です。彼が家裁で決めた約束を破ったことで、ちょっとトラブルがありまして」

そう認めたが「心配には及びません。別れた夫婦にいろいろ問題があるのは経験者である警視正もご承知だと思いますので」と嫌味も付け加えた。

「私の元妻は警察におかしな電話を掛けてきたりはしなかったけどな」

澤田は緩んだ目を隣に向けた。中山は戸惑いながらも愛想笑いで返していた。

「そういうことは今後しないよう、元夫に伝えておきます。私の場合、別居ではなく正式に離婚しておりますので問題はありませんから」

涼子も言い返す。それでも澤田には効果はなかった。


「ねえママ、待て待て、しよ」

今朝、目を覚ました大樹は、保育所に行く支度をぐずり、サッカーで遊ぼうとゴムボールを出してきた。

「大樹、保育所遅刻しちゃうよ」

そう言ってご飯を食べさせようとしたが、なかなか言うことを聞かず最後は泣き出した。

昨日、添田と遊んだ記憶がまだ幼い息子の中に強く残っている。

――待て～、待て～。

大樹はきゃっきゃっと笑みを混ぜて、添田のドリブルするボールを追いかけていた。普通、男の子ならボールを持ちたいと思う。だが大樹は違う。ビルの中の保育所という小さな空間で一日の大半を過ごし、本物のサッカーの試合もあまり見せたことがないとあって、サッカーを追いかけっこのようなものだと勘違いしている。

追いかけるのが好きなのは涼子が警察官で、泥棒を捕まえるのが仕事と知ってからだ。休日に公園に遊びに行くと涼子は逃げる。すると「待て～、待て～」と両手を伸ばしてついてくる。

大樹が転びそうになると、涼子は足を止めてわざと捕まる。そうすると息子は機嫌を損ねて「もうやめる」と言い出す。大樹はズルをして勝つのは嫌いだ。そのあたりは正義感の強い涼子の血を引いている。

一緒に住んでいた頃はまったく子育てに興味がなかったくせに、添田は涼子がそうやって遊んでいたのはしっかり見ていた。だからサッカーボールを出し、自分からドリブルを始め、大樹に追いかけさせたのだろう。そういうところも小賢《こざか》しい。

高校までサッカー部だった添田は、昨日も一回転したフェイントで大樹を抜いていった。まったく子供相手に大人げないが、大樹は喜んでいた。そんな姿を見ると、女手一つで子育てすることにいっそう不安を覚える。

だからといって、添田と復縁するつもりなどさらさらないし、涼子はもう二度と結婚はしないと決めていた。

養育費にしたって、このまま支払ってもらわなくてもいい。自分が稼いで大樹を育てる。

ただそう強い気持ちを持ったところで、この先を考えると不安は次々と襲ってくる。今より保育士の数が多く、二十四時間安心して任せられる保育所に早く預けたい。

問題は小学校にあがってからだ。今は夕方まで児童を学校で預かってくれる学童保育制度があるが、官舎のある学区の小学校は夕方六時までで、必ず保護者が迎えに行かなくてはならず、かといって仕事の途中に涼子が毎日抜け出すのは難しい。

すでにファミリーサポートの協力を得られないか問い合わせている。それが難しいならシッターを雇うか。八王子《はちおうじ》に住む母に、大樹が高学年になるまで一緒に住んでもらうことも考えているが、そうなると今度は病気がちの父が心配だ。

一番の方法は、しばらく勤務時間が安定している部署に異動させてもらうことだが、それでは警察という組織に屈したことになる。

「お父さんが迎えに来ても大樹は一緒に帰ったらダメよ。お母さんが来るまで待っているって先生に言ってね」

　保育所に行くまで何度も大樹に言って聞かせ、保育士にも自分以外には渡さないように念を押した。そういった問題を抱える保護者は他にもいるようで、この朝の保育士は了解してくれた。

「お父さんが、お母さんとした約束をちゃんと守ってくれたら、またお父さんと遊べるから」

　どんな約束をしたのかもこの子は分かっていない。納得できないことには駄々をこねる大樹だが、そこで両親が激しく言い争っていたのを思い出したのかもしれない。「わかった、ママの言う通りにする」急にしっかりした口調になった。

　だがその大人びた振る舞いが、涼子の心をまた重くさせた。


　警視庁を出た涼子は、携帯を取り出し、目黒署の部下に電話を掛けた。

　取り調べを任せていた佐久間巡査が電話に出た。

「係長、どこ行ってるんですか。課長が探してましたよ」

「ごめんなさい。ちょっと本庁に用事があって」

　警備部の澤田警視正の名前を出すわけにはいかなかった。極秘を命じられたわけではないが、警備部の一室でこっそり会っただけに、軽率には口にできない。

「瓦間はどう」

「相変わらず強情な男です。余計な話もまったくしなくなりました」

佐久間では難しいだろうと思っていたので、成果がないと聞いても落胆しなかった。彼の聴取能力は捜査員の標準レベルにあるが、相手が悪い。警備部が行動確認をしていたというのを示唆《しさ》され、その思いはいっそう強くなった。

「戻ったら私がやるから、課長にそう話しといてくれない。その他はどう? 下着は見つかった?」

「川野たちが瓦間の自宅をもう一度、調べたみたいですが、なにも出てきませんでした。いったいどこに隠したんですかね」

捜査員たちは依然として瓦間が下着を盗んだと考えている。涼子は瓦間以外の人間の仕業だと考えていたが、その疑念は先ほど否定された。

「目撃者は?」

「地域部からも連絡がありましたが、進展ないみたいです」

捜査にもっとも大切な地取りも、近くの交番に応援を頼んでいる。

部下の報告を聞き、涼子は自分たちがまったく見当違いの仕事をさせられているように思い始めた。

10

「えっ、あのアパートに住んでいたのですか」

石橋勲が驚いて聞くと、髪を茶色に染めた老婦人は「そうよ。何度もそう言ってるじゃない」と得意げな顔をした。

「あの事件が起きたあのアパートですよね」

「それであなたは聞きに来たんでしょ」

「そ、そうですけど、アパートの部屋ってどの部屋ですか」

「そこまでは分からないわよ。いちいち覗いてたら失礼じゃない」

「一階か二階かは分かりませんか」

重ねて尋ねると、「一階」と言った。「たぶん奥の方よ」今回、瓦間が忍び込んだという部屋も一階だと聞いている。

そこで家の中から電話のベルが鳴っているのが聞こえた。女性がどうしようかと迷っていたので「待っていますので出ていただいて結構です」と伝える。女性はドアを開けたまま奥まで走っていく。「あら、どうしたの？　電話をくれて」知り合いのようだ。長くなりそうだと、石橋はドアを開けたまま、外で待った。

石橋は今朝から家具修理の仕事を中断し、瓦間にかかった容疑を調べている。瓦間が口にした「友を待つ」という言葉が、自分に助けを求めている――けっしてそう思ったわけではない。ただ瓦間がなぜ家宅侵入などしたのか？　まったくの濡《ぬ》れ衣《ぎぬ》なのか、それともなにか理由があったのか？　真実を知りたいという週刊誌記者時代の本能が時間の経過とともに呼び戻され、石橋の心を突き動かした。

朝日が昇る四時半頃まで仕事をして、二時間ほど仮眠を取ろうとベッドに横になったがなにから手をつけたらいいか考えると、まったく眠れなかった。

途中から寝るのは諦め、ヤツと仕事をした頃を思い出した。ニヒルな顔が浮かんだ。ネタを取った時の顔だ。ヤツはけっしてはしゃいだりしなかった。だけどみんなが瓦間がネタを持ってくるのを期待して待っていたから、瓦間が戻ってくると次第にそこに輪が生まれた。そして瓦間が話し出すのを、編集部員は固唾《かたず》を呑んで聞き入っていた。

仲間たちが、瓦間の顔を見て、頷いて聞く姿を、石橋は自分がやっていたアメフトの円陣《ハドル》のようだと思った。

全員がクォーターバックの指示を聞き、心を一つにする。石橋がネタを取り、輪の中心だったこともあるが、週刊タイムズのエースクォーターバックは間違いなく瓦間だった。

考えたのは楽しい記憶だけではなかった。いくらタイムズ史上最強だと言われても、総合力ではライバルの週刊時報に敵わなかった。

だから抜かれた夜に、二人でカップラーメンを食ったり、深夜タクシーが使えるのに練馬の石橋の実家まで歩いて帰ったり……。

――負けた時の悔しさは、体に染み付けないと忘れてしまうだろ。

――大学のコーチだったジョンが口癖にしてたよ。「倒されてもボールだけは絶対放すな。そして次にぶつかった時は、悔しさを思い出して相手をぶちのめせ」って。

アメフトのコーチというのは、プロでも学生でもオールドスクールだ。怒る時は日本の高校野球の監督並みに怒鳴る。石橋は悔しさを簡単に忘れられるような単純な脳の構造はしていなかったが、それでも自分と瓦間、どちらがストイックかといえば間違いなく瓦間の方だ。

二十代後半の夏、瓦間は夏休みに香港《ホンコン》に旅行に出掛ける計画を立て、一カ月以上前からガイドブックを読むなど、合併号で休みになる一週間を楽しみにしていた。

それが直前に追いかけていた政治ネタを週刊時報に抜かれた時、彼は旅行をキャンセルした。

石橋は「行けばいいのに」と言った。どうせ次の週に雑誌は出ないのだ。帰ってきてから仕事をすればいい。

瓦間は行かなかった。

週刊時報にやり返すネタを見つけて一段落つくと、練馬にあった石橋の家に来て、ここでしばらく過ごさせてくれ、と言ってきた。石橋もとくに予定がなかったので了承した。

泊まったところで酒を飲むくらいしかすることがなく、だから毎晩朝まで飲んだ。目を覚ますと部屋に瓦間の姿はなかった。ヤツはひょっこり工房に顔を出し、父や和夫の父親など職人が仕事をしている姿を観察していた。

普段は見学されると集中できないと嫌がる父や和夫の父親も、瓦間には気を許していた。そのうち瓦間は仕事を手伝うようになった。最初は家具運びや掃除だったが、仕事が終わってから、余った材木でカンナがけなどを教わっていた。

仕事は完璧にこなす瓦間だが、手先は不器用で、カンナもまっすぐ引けず、しょっちゅう職人が刃を修正していた。

それでも「下手くそだな」とからかうだけで、誰も瓦間に文句を言わない。ヤツはいつしか工房の人気者になっていた。

仕事でもそうだ。あいつはいつも人を惹きつけ、嫌いにさせない能力を持っていた。その魔術に誰よりもかかったのは、おそらく石橋自身なのだろう。

石橋は、朝飯に菓子パンを一つ食って、七時に海老名を出た。寝不足の目に夏の朝日は眩《まぶ》しいほど痛かったが、瞼《まぶた》を擦《こす》って駅まで歩く。

満員電車に大きな体を持て余しながら、被害者のアパートがある目黒区上目黒近辺に到着したのが午前八時四十分だ。

自宅を出た時、石橋は十軒話を聞いて、それでなにも成果がなければ海老名に戻ろうと思っていた。

十五年のキャリアがあるとはいえ、その後ブランクがある自分が簡単に調べられるほど、事件は甘くない。かつては持っていたかもしれない記者としての勘や感性など、手入れをしない工具と同じでとっくの昔に錆《さ》びてしまっている。

もっとも十軒話を聞くとは、十軒呼び鈴を押すという意味ではない。ちゃんと相手が出てきて、あのアパートについてなにかしら答えてくれる者を十人見つけるという、記者時代から続けていた石橋の取材方法だ。そのノルマを終えたところで、大概は成果なしだ。だが本当の勝負はそこから始まる。もう一軒だけ、もう一軒だけ、と「おまけ」をつけていく。

それは学生時代にやった筋トレと似ていると今でも思う。

高校は野球部でピッチャーだった石橋は、大学からアメフトを始めた。一八七センチの長身で、鉄砲肩であることは、クォーターバックの大事な資質だったが、カレッジフットボールで活躍するには体重が足りなかった。

入学時は七五キロしかなく、タックルされたら簡単に吹き飛ばされた。

三年までに九五キロまで増やそうとあと一回、もう一回と筋トレを続けた結果、目標体重に達し、四年生では大学オールスターに選ばれたのだ。

取材も同じだ。ノルマを終えた後、どれだけ頑張れるかによって、伸びる者とそこで終わる者とに色分けされる。

無意味だと分かっていてももう一軒だけ、あと一軒だけだと言い聞かせて次に向かう。諦めたヤツは脱落する。次第に「おまけ」が当たり前に感じるほど感覚が麻痺《まひ》してくる。そうなると思いもしなかった手掛かりに行き当たった。そうやって仕事をしていることを、瓦間にある時話した。ヤツからは笑われた。

――俺はそんな面倒なのはゴメンだな。最初から十軒回ってダメなら帰る。でないとキリがねえじゃねえか。

人を馬鹿にしておきながら、あいつからも「もう一軒行っとくか」と言われたことは幾度もあった。いい記者は粘る。粘っていくうちに、アゲインストだった風向きがフォローに変わり、ネタの方から舞い込んでくるのだ。

石橋はこの老婦人の家にたどり着くまで八軒、呼び鈴を押した。まともに会話に応じてくれたのは二人だけだ。

その二人目の老婦人が「今は駅の近くに引っ越したお友達が、前に近くに住んでて、アパートに侵入した男を見たと話してたわよ」と教えてくれた。たった二軒で手応えにぶつかるのは、長い記者生活を振り返ってもあまり記憶にない。

住所を教えてもらい、お友達という老婦人の自宅に来た。

呼び鈴を押し週刊タイムズだと嘘の肩書きを言った。すると老婦人はたいして説明もしていないのに、自分から瓦間があのアパートに住んでいたと話し始めた。警察がすでに捜査に来たのかと思った石橋は、調子を合わせた。

「ごめんなさい。お待たせして」

電話を終えた老婦人が玄関の外にいた石橋に声を掛けてくれた。「で、どこまで話したっけ？」

「先ほど見せた写真の男性が、あのアパートの一階の部屋に住んでいたというところまでです。いつ頃からいつ頃まで住んでたか覚えてらっしゃいますか」

「何年くらいかしらね」眉を寄せる。「それこそ大家さんに聞いたらいいんじゃないかしら」

「もちろんそうするつもりですが」

だが石橋が聞くのは無理だ。この老婦人のように「週刊タイムズの記者」と名乗っただけでは、大家も不動産会社も信じてくれないだろう。

「そんなに長くはなかったんじゃないかしら。だってあれだけ綺麗な奥さんがいたら私も何度も見てるだろうから」

「えっ、彼に奥さんがいたんですか」

言われたところで信じられなかった。初めて聞いたし、想像もつかない。

「いたわよ。すごい美人さん。仲良さそうな家族だったわ」

「どんな女性ですか？　何歳ぐらいですか？　背の高さは？　髪の長さとか特徴を教えていただけませんか」

早口で質問した。

「綺麗といったら綺麗な人よ。色白で目がぱっちり」

聞いたところであやふやな回答だ。少しでもイメージをつけようと「芸能人では」と聞いたが「誰かしら。ピンとはこないわね」となかなか答えは出ない。

「誰でもいいです。ちょっと似てるだけでも」

「しいてあげればアグネス・チャン」

「アグネス・チャン？　いつのアグネス・チャンですか」

この婦人の年代ならアイドル歌手だった時代を言っているのかと思った。だが彼女は「アグネス・チャンはずっと同じでしょ」と言う。

「このあたりまで髪をまっすぐ伸ばしてて」

頭のてっぺんに両手を置いて、そこから胸の下あたりまで手を下ろした。黒髪のロングヘアーを真ん中で分けているのか。それだけではたいした手掛かりにならない。

「年齢はどれくらいですか」

「若かったわよ。でもやっぱり四十歳ぐらいはいってたかしら。子供は五、六歳だったのよね」

「え、子供もいたんですか？」

「家族って言ってたでしょ」

恋人同士が仲良さそうに見えたのかと思ったが、子供がいたとすれば、本当に夫婦だった可能性もある。

「男の子ですか、女の子ですか」

「男の子よ」

「それっていつ頃のことですか。もう一度詳しく思い出してください」

せっつくと「間違いなく住んでたのは五年前って言ったじゃない」と今度は断定した。

本当に五年前なのだろうか。その頃は瓦間とはほとんど会っていなかったが、千佳が亡くなった後に、瓦間は海老名の石橋の家に来た。結婚していたとしたら、そこでなにか話すだろう。

しかも五、六歳の子供と言われたことに尚更疑問は深まった。五年プラス五、六歳だから、今から十年以上前の子供だ。その頃は二人とも週刊タイムズの記者だった。

子供どころか、瓦間に交際している女がいたという匂いすらなかった。どこかの女との間に子供が出来て、あとで知らされたのか？　大概の女は瓦間に惚れていたから、子供が出来たら結婚をせっつかれたはずだ。

いろんな事情は考えられたが、現実感はなかった。プライベートを自分から喋る男ではなかったが、コンビを組んで仕事をしていたのだ。女房どころか子供まで出来たのなら、瓦間がなにも言わなくとも自分の方が気づく。

「奥さんはどうして若かったと言った女性を、やっぱり四十歳ぐらいと言い直されたんですか」

会話を思い出し、疑問に感じた点を聞き質《ただ》した。若く見えたが、近くで見れば皺やシミが目立つという意味か。

「若く見えても年相応の雰囲気を持っていた女性ってことよ」

「それだけですか」

「うちに、それくらいの年齢の娘がいるから余計に分かるの。うちのは今、四十七、四十六、四十五歳と三人とも年子。一番下の娘は去年、ようやくお嫁に行ったんだけど」と自分の話を始めた。「うちの娘なんて全然比較にならない美人さんよ。みんなもっと綺麗に産んでほしかったって文句言うからね。三人ともお父さん似なんだけど」

冗談を言われたようだが、受けた衝撃が大き過ぎて耳に入ってこない。

「もう一度お聞きしますが、どんなタイプの女性ですか。いかにも専業主婦とか、それとも前はあんな仕事をしてたっぽいとか」

夜の商売をしているタイプかと言いかけ「たとえば服装が派手めだったとかという意味

です」と言い換えた。瓦間の女といえばホステスが多かった。しかもあのアパートは飲み屋や風俗で働いている人が多い、外国人も二家族ほど住んでいる——ここに来る前に聞いた住人が噂していた。

「あなた、水商売とかって言いたいんでしょ？　違う、違う、ちゃんとした人よ」

言い直したのに心の中を言い当てられた。

「会社でお仕事をしてる人ってことよ。スーツ姿でいるのを見たことがあるし」

手を振って否定する。

「お子さんは預けられてたんですかね」

「そこまでは知らないわね。旦那さんが見てたんじゃないの。うちの一番上の娘も、共稼ぎで、孫は設計士の旦那が世話してるから」

それならますます瓦間があのアパートに住んでいた公算が高くなる。瓦間は当時、実話ボンバーの編集部で仕事をしていた。だが週刊タイムズとは比較にならないほど仕事は緩いだろうし、出版社には自宅でこなせる仕事もある。

「奥さんはその女性を何回くらい見ました？」

「十回以上は見てるわよ。アパートの中に入っていくのも見たし」

「その女性とお話しされたことは？」

「あるわけないじゃない。なにを話すのよ」

アパートの住人を蔑視《べっし》しているようではなかったが、訳ありの人間が住んでいそうなアパートの居住者に話しかけるには、それなりの理由が必要なのだろう。

「では男性を見たのは何回ぐらいですか」

「男性一人で見た記憶はないわね」

「では夫婦、いや家族三人で見たことは？」

「一回かな」

なんだ、それだけか。その回数では瓦間が子供の父親であるどころか、一緒に住んでいたことにもならない。

「ということは男は父親ではなく、女性の恋人であったとも考えられますよね」

「ううん、父親よ」

あまりに言い張るので理由を尋ねた。

「だって子供のこと、呼び捨てで呼んでたから」

また新しい情報が入ってきた。しかし「なんて名前でした」と聞くと、「覚えてないのよね」と言われた。

「うちに孫が遊びに来たことがあったの。うちでは一番早く、三十歳で嫁に行った長女の子供なんだけどね。その孫が公園にゲームかなんかのカードを持っていって、遊んでたんだけど、その時、一枚無くしてしまったので我が家は大騒ぎになったのよ。長女夫婦だけでなく私たち夫婦も駆り出されてね。ほら、カードでも一枚何千円とかするものってあるんでしょ」

「プレミアとかいうものですか」

「そう、それよ。それをあの家族が一緒になって探してくれたのよ」

「お孫さんっていくつだったんですか？」

「塾に行く前だったから十歳だったかな。私の誕生日に来てくれたから」

「失礼ですが、奥さんは今おいくつですか」

「私は七十五」

気を悪くすることなく、自分の年齢を明かす。となれば五年前は古希《こき》だから間違いはないのだろう。誕生日を聞いた。

「だから九月七日だって」

瓦間は五年前の九月七日、間違いなくこの付近にいたのだ。住んでいたか、それとも通っていたか。いずれにせよ、そのアパートには美人女性と五、六歳の男の子が住んでいた。

「この写真の男の人が息子さんと一緒になって、草の中に落ちていたカードを見つけてくれたのよ。そりゃ孫も娘夫婦も大感激よ。もう日が暮れて、本当に途方に暮れていたから」

「で、息子の名前はなんだったんですか」

息子の名前を知っていると言ったところで話は脱線している。

「あなた、それを聞きに来たのよね」

聞きに来たのではなく、今聞いて衝撃を受けたばかりだ。「そうです」と生返事をする。誰かにここまで話したのだろう。年齢のせいで少し呆けた面があるが、勘違いしてくれたおかげで石橋も一から話が聞けた。

「すみません、僕はその者から詳しく聞いていないのでもう一度教えてもらえませんか」

「昨日は思い出せなかったのよね」

そう言われて落胆した。

「確か車の運転手の名前なのよ。それは今朝、思い出したわ」

「運転手？」

「ほら、競走する人」

「F1ドライバーですか」

「そうそう、あなた、昨日もそう言ってたじゃない」

完全に記憶がこんがらがっている。だが石橋は「そうでしたね」と合わせた。

中嶋悟《さとる》、鈴木亜久里《あぐり》、片山右京《うきよう》、小林可夢偉《かむい》、高木虎之介《とらのすけ》、佐藤琢磨《たくま》……F1は好きなのでたまに観る。日本人ドライバーは珍しい名前が多いので、次々に頭に浮かんできた。

ファーストネームだけを立て続けに聞いたが、どれも「それじゃなかった気がする」と首を左右に振られた。

「一貴《かずき》ですか？」

中嶋悟の息子を思い出した。

だが「違うわね」と言われた。

「その名前を娘に聞いてほしくてうちに来たんでしょ？」

昨日の者がそれを頼んだのだろう。

「聞いてきてくれたんですか」

「まだよ。電話を掛けたけど出なくて」

「娘さんの住所を教えてくれませんか。僕が会いに行きますから」

「会いに行くって、アメリカのサンフランシスコよ」

長女の夫は商社マンで、三年前から米国勤務だそうだ。孫は現地の私立高校に入り、そのまま米国の大学を受験するため、渡米してからは一度も帰国していないと言った。

電話番号を聞きたかったが、「勝手に教えると怒られそうだから」と断られた。

「今掛けてもらえませんか」

今は午前十時だった。西海岸は夕方だ。

「夕食の支度で忙しい時間でしょうが、今なら娘さんも家にいるでしょうし」

これ、国際電話代ですとポケットから財布を出そうとしたが、婦人はスマートフォンを取り出し、「今は海外でもこれで無料で話せるのよ」と画面にあったＬＩＮＥのアイコンを指した。

長居すると、今日中に連絡してもらえなくなると、一旦家を離れた。

必ず掛けてもらうために「三十分後にもう一度来ますから」と図々しく言っておく。

「またあとでね」

婦人は迷惑がってもいなかった。


瓦間に家族がいたことが分かった。

女がいただけでも意外だが、子供もいたとは……それだけでも調べた甲斐はあった。

記憶が不確かなので、まったく違う人物と勘違いしている可能性もある。だが自分の記憶だって曖昧《あいまい》だ。

五年前に五、六歳なら生まれたのは十年から十一年前。千佳と再会した時期と重なる。

どうすれば北海道の夫に離婚を同意させることができるか、そのことに悩んでいたところに彼女の病気が発覚した。

肝臓ガンと言われただけでもショックだったが、彼女の肝機能は低下し、胆汁が出ない状態だったことから、完治させるには移植を受けるしかないと言われた。国内では難しいため海外に行くしかなく、かつて取材で取り上げた移植コーディネイターと言われる人物に相談した。移植には資金が必要で、千佳と石橋の貯金を合わせ、さらに借金したところでまだ足りなかった。

瓦間に相談した。瓦間が動き、医学界の大物、伊礼辰巳から金を借りることができた。しかしその借金が週刊時報に知れ、石橋と瓦間は週刊誌記者の仕事を失った。千佳にも瓦間にも申し訳ない気持ちで、石橋は気持ちが沈んでいた。

そんな時期だったのだ。同じ頃に瓦間に女や家族ができたとしても自分は気づかなかっただろう。いや頭を抱え、落ち込んでいた石橋の前で、瓦間は自分に家族が出来たことなど口に出せなかったのかもしれない。

持ってきたナイロンバッグから出したバンダナで汗を拭き、そのまま首にかける。腕時計を見たが、まだ十時十二分だった。記者時代に数え切れないほどした張り込みだが、久し振りなので時間が長く感じられて仕方がない。

色褪せた記憶の奥で、二人の男の指から灰が地面に落ちた。一人の指はフットボールで何度も突き指して節くれ立っている。もう一人は細くて長い指をしていた。

仕事を始めてから石橋は煙草を吸い始めた。石橋はマルボロ、瓦間はセブンスター。石橋は人差し指と中指で挟んだが、煙草を吸う時は普段以上に猫背になる瓦間は、親指を使った三本の指で煙草を摑むように持った。大盤振る舞いのくせに煙草だけは短くなるまで吸う。それが本人は恰好いいと思っていたのだろう。

瓦間のこだわりは他にもあった。外で待つ仕事が多いとあって冬場は瓦間も石橋も手袋を嵌《は》めた。ある時、瓦間の靴紐が解《ほど》けていたのを指摘すると、外した手袋をくわえたまま靴紐を結び直した。「なにもそんな恰好つけなくてもいいだろう」石橋は笑ったが、「地面に置く方が汚いじゃねえか」と言われた。石橋も神経質だと言われる方だが、瓦間も豪快なのは振りだけで心は繊細だった。

煙草で思い出した。仕事をしている間は二人とも「他の嗜好はやめられても煙草だけは無理だ」「ヘビースモーカーにはどんどん住みにくい社会になる」と文句を言い合い、昔は喜んで行った海外出張も、機内が全面禁煙になってからは行きたがらなくなった。

石橋は家具工房を継いだ五年前に煙草をすっぱりやめた。火の不始末で大事な木材が燃えてしまっては大変だと思って決心したのだ。

千佳の焼香に来た瓦間も煙草を吸っていなかった。

先に石橋が禁煙したことを話したから、気を遣ったのかと思ったが、あいつもやめたのかもしれない。それが家族が出来たという理由なら理解できる。

またミリタリーウォッチを確認した。先ほど見てから三分しか経っておらず、まだ十時十五分。隣の家から若い女性が出てきた。彼女は石橋を見て、逆方向に逃げるように早足で去っていった。見ず知らずの、しかもTシャツにチノパン、首からバンダナをかけた図体が大きな中年男が、他人の家の前に立っているのだ。気味悪く感じるのは当然だ。

仕方なく若い女性が向かったのとは逆方向にあるコンビニに行こうと歩き出した。だが反対側からスーツ姿の見慣れた男が歩いてきた。

やっぱり正義だったか――。

話を聞き終えてから、婦人は昨日も石橋が来たと勘違いしているのではなく、タイムズの記者が再び聞きに来たと思っているのだと気づいた。昨日来たのは新見だったのではないかと、思い始めた。

踵《きびす》を返して引き揚げようとしたが、先に新見に気づかれた。

協力を断り勝手に取材していることを怒られるかと思った。そうでもなかった。

「やっぱりバシさん、来てくれたんですね」

新見は急に早足になって、目を輝かせて近づいてきた。

11

出てきた茶髪の老婦人に、新見正義と石橋は一緒に玄関に入れてもらったが、そこでインターホンが鳴り、彼女は玄関の外に出ていった。

知り合いが来たようだ。コースが大変とか、暑くならなければいいと話しているから、趣味であるランニングの話をしているのだろう。

隣の石橋は、狭い玄関で大きな体を縮めるように、遠慮ぎみに立っている。

家の前で会った石橋からは「悪かったな、勝手に動いてしまって」と謝られた。だが新見は「いいえ、予想通りですよ。バシさんが瓦間さんのために動いてくれたことが僕は嬉しいです」と言った。

老婦人は新見たちを中に入れたのを忘れてしまったようで、外で話し込んでいる。

狭い玄関で、新見は昨日、この女性にたどり着いた経過を説明した。

「なるほどな。それで正義はサンフランシスコの娘さんに電話してくれと頼んだわけだ」

「子供の名前が分かれば、家族を知る手掛かりになりますからね。昨日、ここの帰りに不動産屋に行ったんですけど、しつこく頼んだ結果、住人の名前は言えないけど、こっちが出せば当たってるかどうか、答えてくれることになりました」

「それは大きい。瓦間の名前はなかったんだよな」

「ないですね」

「あったら警察もその線で捜査してるわな」

「いずれにせよ瓦間さんに、奥さんも子供もいたなんて、僕は信じられませんよ」

「ああ、俺も信じられん」

「瓦間さんの子供ではないいんじゃないですか」

「俺も女の連れ子のセンの方が強いと思っている。だけど瓦間は家族とか女とかになると案外、秘密主義だったからな。俺は親を瓦間に紹介したけど、あいつからは親の話もほとんど聞いたことがない」

「僕もないですね」

神奈川県小田原《おだわら》市に実家があって、両親は健康だけどほとんど実家には帰っていないと話していた。大学時代に逮捕され愛想をつかされたとも。

外からはまだ話し声が聞こえる。今度は書道の先生と言っている。ランニング以外にも趣味があるようだ。

「瓦間さんが選んだ女性が、びっくりするくらい美人のキャリアウーマンというのは納得しますけどね」

新見が言うと、石橋は「あのおばあさんはアグネス・チャンみたいだって言ってたな」と髭で覆われた顎を外に向けて言った。

「それってきつそうなタイプってことですかね」

新見の世代ではアグネス・チャンは文化人で人権活動家だ。きれいではあるが、美人の喩《たと》えとして出されてもピンとこないだろう。

「たぶんそうではなく、昔のアイドルだった頃の雰囲気なんじゃないのかな。うちの親父は大ファンで、家具のシリーズにアグネスと命名したこともあった」

「だけど大人っぽいんですよね」

「年相応の雰囲気を持っていたと言っていた。だとしたら今のかな?」

「アグネス・チャンって、あまり特徴があるわけではないから参考にはならないけど、きっと瓦間さんとお似合いのカップルだったんでしょうね。僕が昨日、瓦間さんの昔の写真を見せたら、沢田研二だ、沖雅也だって、おばあさんたちに大人気でしたよ」

「下着泥棒扱いされているというのにそういう風に見られるんだから、瓦間というのはおめでたいというか、幸せな男だ」

石橋が顔を顰《しか》めた。

「おばあさん、僕らを待たせていること、すっかり忘れてますね」

新見が半分ほど開いた引き戸から、外を見て言った。

「この程度のことで忘れているとなると、本当にF1レーサーの名前だったかまで怪しくなるけどな」

「F1ってなんですか」

「正義には言ってなかったんだな。そういや、朝、思いついたと言ってたよ」

「昨日は、娘の家族に聞けば、子供の名前が分かると言われただけです」

今度は石橋から説明を受けた。

「バシさんが名前を出しても、全部違うと言ったんですよね。本当にレーサーなんですかね」

「否定したというより、レーサーの名前じたいにまったく興味がない風だった。それで俺は今すぐに電話してほしいと頼んだんだ。呼び鈴押したら開口一番『待ってたのよ』と言ったくらいだから掛けてくれたと思うけど」

「亜久里とか右京だったらありがたいですけどね。すぐに調べられますし」

「Ｆ１で決まりなわけではないぞ。『車の運転手の名前』と言われただけだから、Ｆ１とは限らない」

「だとしたら一義《かずよし》って可能性もあるんですね」

「星野《ほしの》一義か、よくそんな昔のレーサーを覚えてるな」

「小学校の頃、憧れたことがあったんですよ」

父親が好きだったこともあり、富士《ふじ》スピードウェイまで見に行った。

そこでようやく「ごめんなさい、お待たせしちゃって」と戻ってきた。

「で、なんの話だっけ」

すっかり忘れている。昨日も話の途中で分からなくなったことがよくあった。石橋が
「アメリカの娘さんにご連絡していただけましたか」と聞いた。

「聞いたわよ」

「で、どんな名前でした」新見がすぐさま尋ねる。

「ア、ア、ア、アイルランド・セナって言ってたわ。すごい有名な選手なんですって？」

アイルトン・セナのことだろう。セナ？　少しキラキラネームだが、調べるにはありがたい名前だ。女の子ならいそうだが、男の子では珍しい。

「それは助かります。ありがとうございます」

新見は頭を下げて礼を言った。だが石橋の反応がない。横を見る。顔が固まっていた。

「バシさん、どうしたんですか」

家を離れてから新見が尋ねた。

「正義、不動産屋、こっちから言えば住んでいたかどうか教えてくれるって言っていたよな」

「はい、言いましたが」

だがそれは住人の名前だ。未成年だけに子供の名前までは教えてくれないだろう。そもそも子供の名前まで、不動産会社が把握しているかどうか怪しい。

「違う」石橋は言った。「セナは女性の名前だ。一緒に住んでいた美女のことだ」

女性だと決めつけたくせに、表情には戸惑いの色が混ざっている。

「そのセナという女性にバシさんは心当たりがあるってことですか」

「心当たりがあるなんてもんじゃない。瓦間が大学時代に惚れてた女だよ」

瓦間が振られ自慢をしていた女のことか。

新見も何度も聞いた。ただ一人、本気で好きになった、と。だけどモノにできなかった。酔うと未練たらたらと管を巻いていた。

だが瓦間から名前を出したことはなく、新見が名前を聞いてもはぐらかされた。

「セナってどんな字を書くか分かりますか」

「難しい字でちょっと思い出せない。待ってろ」

そう言って携帯電話を取り出し、漢字変換を試みる。「確かこれだ」石橋が画面を向けた。

聖梛。

画面にはそう出ていた。

12

瓦間慎也の取り調べは四日目に入った。

この日は涼子が取調官を務めている。

瓦間は長袖のワイドカラーのシャツにいつものジーンズで、代用刑事施設から連れられてきた。

無精髭が伸び、髪はぼさぼさだ。

シャツを第二ボタンまで外し、鎖骨が見えるほど襟を開けていた。四日も狭い留置場に入れられているのだ。さすがに疲労感はある。初日より若干痩せて映る。

「おはようございます。瓦間さん」

涼子は丁寧に挨拶した。だが声が耳に届いていないかのように聞き流された。

連行した彼を最初に取調室で見た時、涼子には暗い目をしているように見えた。よくいる盗犯事件の被疑者に見られる目だ。

だが取り調べを進めていくにつれ、あまりに泰然《たいぜん》としていることに、これまで自分が調べた相手とは違うと感じ始めていた。

最後まで白を切り通して罪を認めない窃盗犯もいる。そういう男でも凝視すると、目線は無意識に刑事の追及を避け、宙を彷徨《さまよ》い始める。瓦間は睨《にら》んでも効果はなく、時々、挑発的に見返してくる。

「きょうも相変わらずだったみたいね。あなたって意地っ張りなのね」

そう言っても反応はこれまでと同じだ。人を食ったような太々しい顔をしている。

「昨日、警視庁のお偉いさんに会ったわよ。あなた、警察からマークされていた大物だったみたいね」

澤田警視正から聞いたことを仄《ほの》めかした。調書係の佐久間巡査は驚いただろうが声すら出さない。

「あなた、いったいなにをやったの？」

少し声質を落として聞いた。

「警備部にマークされるってことは相当なことでしょう」

上目で涼子を見る。

「警備部ね。なるほどね」

瓦間は口を半分開けて、意味深なことを呟いた。

涼子だけでなく瓦間まで口にしたことで、佐久間が「警備部？」と確認してきた。書き留めるべきか悩んだのだろう。「雑談よ」と伝えると、彼は硬い表情のまま手を止めた。

「もしかして公安かと思った？　昔は同じ警備だったけど、今は公安とは部が違うのよ」

「そんなのは知ってる」

不遜《ふそん》に返してくる。

「警備部にマークされてたのに、彼らを撒《ま》いたんですって？　週刊誌の記者ってアクション俳優みたいなこともできるのね」

澤田はそこまで認めたわけではないが、涼子の言ったことに「差異はない」と答えたのだから、澤田が不満に思うほどの警備部の失態があったのは間違いない。

「だけどあなたも警備部が知ってる場所に、のこのこと現れたんだから間抜けなんじゃないの。しかも監視カメラの前を通って堂々と入ってくなんて」

入り口の映像を見て、警備部は警視庁捜査三課に連絡した。そして三課が井上遙奈宅を訪問した。そう考えると辻褄《つじつま》は合う。

とはいえ、瓦間は入る時だけ正面から侵入し、出る時は裏から帰った。そうしたのは、アパートに入った際カメラに気づいたからか。

その可能性もあるが、持ち去ったものがなにか気づかせないため、帰りは正面を通るのを避けたとも考えられる。駅の監視カメラなどに瓦間が映っていないか調べたいところだが、人手が足りずそこまで手が回らない。

「侵入はしたけど、下着目的ではないようね」

「女の下着など盗まん、何度も言ったはずだ」

そのことになるとムキになる。

だからこそ、盗んだのは瓦間ではなく、警備部ではないかと、澤田警視正に違法捜査ではないかと確認したのだ。

澤田は否定した。瓦間と澤田、どちらが本当のことを言っているのか、どちらも怪しくて判断がつかない。

「だとしたら、なにを盗んだの」

瓦間は口を結び、片足を組んで、上半身を斜めに向けた。どうやらそのことについては話す気はないらしい。

おそらく知っているのは瓦間と警備部。中山三課長も知っているか……。

そして命令こそしてこないが、澤田は盗んだブツの隠し場所を聞き出すよう涼子に求めている。だから涼子を本庁に呼び、瓦間が自分たちの捜査対象であることを認めたのだ。

警備部で捜査しないのは、その件は表沙汰にしたくない。おそらく世間に知られたら問題になるなんらかの事情がある……。

「あなたが下着を盗んでいないと言い張るならそれで構わないわよ。でもいくらそう供述しようが、衣装簞笥からあなたの指紋が見つかり、下着がなくなったのは事実だからね。下着が見つからなくても罪に問えることは忘れないでね」

瓦間はまだ体を斜めに向けたままだ。

この男が下着を盗んだ疑いは涼子の勘では半々くらいだった。だがどんな目的があろうとも、被害女性が気味悪く思い、今も恐怖に怯えているのは事実だ。

「裁判所に送れば懲役は確定よ」

「だったら、早くそうしろよ」

ここはそう答えるだろうと思っていた。だんだんこの男の反応が読めるようになった。

「言われなくてもそうするわよ。だけどそれじゃ面白くないでしょ。せっかく出会えたんだから勾留期間が終わるまでたっぷり話しましょう。十日じゃないわよ。延長するからね」

「どうぞご自由に」

延長という言葉も効き目はなかった。この余裕はどこから来ているのか。罪に問われているだけではない。警備部に目をつけられているのだ。この男はまるで逮捕されたことを喜んでいるようにも感じられる。住居侵入で逮捕される方が身は安全だと思っているのか——所轄にいる限り、警備部が取り調べに当たることはないと。

「少し昔話をしましょうか」

涼子は部下が調べてきたメモ書きを瓦間の前に置いた。それは瓦間が二十歳の時、公務執行妨害で検挙された時の調書である。

「あなた、神奈川の結構な進学校の出身らしいわね。そこでは走り高跳びをしてたそうじゃない」

メモにはそう書かれている。

涼子はこの日は瓦間の過去に絞って聞こうと決めてきた。ぶつけたいのはこの先にある澤田と瓦間の接点で、その一つが秋穂との不倫の記事だ。その恨みだけで警察キャリアである澤田が、瓦間に濡れ衣を着せるわけがない。瓦間がなにかしたから、因縁のある澤田が動いた、あるいは駆り出されたのかもしれない。

「現役で大学に入った。文学部なんだってね。どうして陸上はやらなかったの」

「県でも勝てなかったのが、インカレで活躍できるはずがない」

まだ体を斜めに向けたままだったが、そう言った。

「違うでしょ？　学生運動に興味があったからでしょ？」

涼子は机のメモを手に取り、間を空けることなく続けた。

「一九九二年六月十三日、自衛隊が海外の平和維持活動に参加できる法律、国際平和協力法、ＰＫＯ法成立に反対するデモに参加したのね。機動隊員に暴力を振るって逮捕されたんだって」

「俺が悪いんじゃない。警官が『女なんかと一緒にデモをやってんじゃねえ』と言ってきたから、おまえらに言われたくねえと言い返しただけだ」

「そしたらどうしたのよ」

「ライオットシールドを顔にぶつけてきたから、顔に向かって唾を吐いてやった。そしたら向こうがさらに殴りかかってきた。俺も頭に来て摑みかかった」

「唾を吐かれたのであれば、機動隊員が怒るのも当然でしょ」

「手を出したのは向こうが先だ」

どう言おうが、真実は藪の中だ。今なら誰かが携帯電話で撮影しているが、彼が二十歳の頃は、ハンディムービーもそれほど普及していなかっただろう。

「検察はその言い分を認めなかったのだから、あなたがやったのは暴力行為なのよ」

「略式起訴だ」

「それは大目に見てくれたのよ」

「俺がそうしてくれと望んだわけじゃない」

「機動隊員に唾を吐いて手を出したら実刑でもおかしくないわよ。あなたのことだから他にも挑発行為を繰り返したんでしょ」

「してねえよ。俺は、日本を戦争国家にするなと叫んだだけだ」

話せば話すほどこの男のプライドの高さが滲み出てくる。デモをしていた学生の中でもとくに目立ち、警察官が聞き捨てならないようなことを叫んだのだろう。だから機動隊員もこの男をからかった。「女なんかと一緒に」は涼子も聞き捨てならないが。

「あなたが大学生だった九〇年代って、若者の政治離れが叫ばれた時代でしょ。周りから冷めて見られてたんじゃないの」

涼子の小学校の担任が学生運動の経験者で、天皇制や元号は使うべきではないと児童の前で説いていた。瓦間より一回りほど上の年代だが、すでにその頃から日本は保守化傾向にあり、子供は冷めて聞いていた。保護者からのクレームで、その教諭は翌年から担任を外された。

「他にどんなデモに参加したの」

「デモはその一件でやめた」

「逮捕されて怖気付いたのね」

「他で表現する方法を見つけただけだ」

「それが週刊タイムズで働くことね」

そのことはタイムズの編集長から聞いている。大学三年、四年とアルバイトをして、卒業して特派記者になった。

「ちゃんと調べてから言ってくれ。タイムズは学生を記者に雇わん」

案の定、否定してきた。違うことは聞き流せない性格なのだ。そして結構短気だ。

「そうだったわね、最初は月刊誌にいたのね」

その雑誌はとうの昔に廃刊になっている。もっとも彼が誇りにしているタイムズも今は全盛期の半分ほどの発行部数らしい。

「月刊誌での仕事が評価され、卒業と同時にタイムズで契約記者になれたんでしょ。入ってすぐにベテランに交じって記事を書いてたそうじゃない。あなた相当、文章力があるのね。私なんか作文は大の苦手だったから、調書さえ最初はまともに書けなかったけど」

少しだけ持ち上げた。たぶん反論してくることを予想する。

「記事は文章がうまけりゃ書けるってもんじゃない」

偉そうな言い方ではあったが、予想通り答えてきた。

「それならどうやって書くの」

センスとでも答えるのだと思った。それとも取材能力、あるいは足とか。

だが瓦間は「想像力だ」と答えた。

予想していない回答が思わず笑いの壺にはまってしまった。

「想像力って、あなたは取材もせずに思いつきだけで書いてたってこと？　週刊誌って根も葉もない嘘がたくさん載ってるけど、やっぱりそうなのね。いい話を聞かせてもらったわ」

「なんでも想像すりゃいいってもんじゃない。この相手がどんな人間なのか、どうしてこんな事件を起こしたのか、それを想像して書くという意味だ」

感情的に言い返してくる。

「どうでもいいスキャンダルな記事の方が多いみたいだけど」

「事件にいいも悪いもねえ。誰かがドブさらいをしなきゃこの国は良くなんねえよ」

「どういう意味？」

「スキャンダルで本を売り、論調で国を正す」

「至極立派なご意見ね」

「あんたらの仕事だってそうだろ？　犯人像を想像するんじゃねえか。その想像力が足んねえから俺が下着泥棒だなんて訳の分かんねえことを言うんだ」

本当にムカつく男だ。

「住居侵入は事実でしょうよ」

そこは黙る。肯定は沈黙、否定はムキになって反論——今は聞いたことが事実かそうでないか、すぐさま置き換えられるようになった。

昨日は男性捜査員を実話ボンバー、週刊タイムズの両編集部に行かせた。

実話ボンバーは新橋《しんばし》の雑居ビルのワンフロアを借り切っていて、瓦間の机どころかロッカーさえなかった。部屋中が散らかっていて、隠そうと思えばいくらでも場所はあったが、編集長が言うには夜は一階の入り口は閉まり、警備員もいるから、社員でもない瓦間が侵入するのはありえないそうだ。

一方、週刊タイムズでは雑誌局長と編集長の二人が出てきて、「うちの雑誌の名前は出さないでほしい」と改めて懇願《こんがん》してきたという。

権力に立ち向かう彼らの普段の立ち居振る舞いからはまるで正反対で、滑稽に思えたと捜査員は報告してきた。週刊誌は、たとえ犯人が未成年であっても、世間の耳目を集める凶悪事件ならば氏名や写真を公表することがある。そのくせ身内には甘い。ただし、さすがマスコミだなと感心したのは、編集長がこう疑問を呈してきたことだ。

「逮捕されて日が経っているのに、どうして警察は発表しないいんですか」

警察官にとっての仕事の成果はどれだけメディアで報道されるかで評価される。死刑確定の複数の死者を出した殺人事件でもない限り、罪の大きさは裁判まで分からないからだ。

絵画や宝石強盗を除けば地味な事件が多い盗犯事案は、マスコミが飛びつく事実があれば即座に発表する。加害者や被害者が芸能人、スポーツ選手、政治家……公務員や教員もそうだ。

とはいえ編集長は早く発表してほしいわけではなく、ライバル誌の週刊時報に「元週刊タイムズ記者の逮捕」と独占スクープとして書かれるなら、先に発表してくれた方がマシだと思っている雰囲気だったらしい。「もし週刊時報から連絡があったら知らせてください」とも言ってきた。

だが発表しないのも、涼子たち目黒署の考えではなく、警備部の意向が働いているからだ。瓦間の逮捕をまだ明かしたくない理由が警備部にはある。

「ねえ、瓦間さん。週刊タイムズでは大学の同級生だった石橋勲さんという相棒記者がいたそうね。その人とコンビを組んで、スクープを抜きまくったんだって。週刊タイムズ史上最強だったのが、あなたが在籍していた十五年間だったと編集長は話してたそうよ」

週刊タイムズ史上最強と言ったところで喜んだりはしないだろうと思ったら、案の定、鼻で笑われ、無視された。

「その石橋って人が、あなたが待っている友達なんでしょ」

メモに目を落とした振りをしながら、上目で様子を窺った。瓦間の目に反応があった。だが涼子が予想したほどではなかった。

「元相棒だ」

また「元」だ。その部分だけ強調して聞こえた。

「あなたはその石橋さんを待ってるんでしょ。石橋さんにここに来てもらおうか」

「ヤツは関係ない。今は実家の家具工房を継いでいる」

「そうらしいわね。でも記者として買ってるからあなたは助けを求めたわけでしょ」

助けという語句に反応するかと思ったが、瓦間から反論はなかった。

「その石橋さんて人のせいであなたは会社をクビになったんでしょ」

「ヤツじゃない。俺が金を借りたんだ」

「伊礼会の理事長よね。あなたが脱税王と書いた」

全国に数々の病院を持つ医療法人のトップだ。医療界だけでなく政界にも深く関わっており、多くの議員に献金、後ろ盾になってきた。伊礼辰巳を「永田町《ながたちょう》の黒幕」と名付けたメディアもある。

瓦間はその「永田町の黒幕」であり、自分たちが「脱税王」と告発記事を書いた伊礼辰巳から一千万円を借りた。編集部に派遣した部下の話では、石橋の内縁の妻が肝臓ガンで、多額の医療費が必要だったらしい。伊礼への口利きをしたのが瓦間で、瓦間も責任を取り解雇となった。

「その時の貸しがあるから、今回、石橋さんが助けてくれると思ったの?」

編集長はそう言っていたそうだ。瓦間が友と言ったら石橋勲しか考えられないと。

だが瓦間は目を緩めて、こう言った。

「あんたもしつこいな。金は俺が伊礼辰巳に貸してくれと頼んだ、と言ったろうが」

「その金は石橋さんの奥さんの治療費だったんでしょ」

「なんの金だろうが、俺が借りた」

そう言い張る。

「なら『友を待つ』ってなに？」

「とくに意味はない。あんたがなにか言えというから言っただけだ」

この男らしからぬ苦しい言い訳だった。

意味がないなら思わせぶりな言葉を使うことはない。

言えば石橋のことだと調べられ、彼のところに捜査員が行くことになる。

事実、涼子はこのまま取り調べに進展がなければ、捜査員を石橋の工房がある海老名に派遣させようと考えている。

頭の中でもう一度この男が言った言葉を整理してみた。

元週刊タイムズの記者――。

友を待つ――。

これまでの取り調べで意味のあるワードはこの二つだけだ。

やはり通常の盗犯事件の取り調べとは思えない。警備部事案だ。だが瓦間の目的も、警備部がなにを警戒しているかも分からないのだから、聞き出したくても取っ掛かりがない。

「もう一度整理しておこうか。あなた、女性の自宅に指紋がついていることはどう弁解するの」

これまでは黙秘だったが、「指紋があったのならそういうことなのだろう」と侵入を認めた。

「侵入した目的は？」

「………」

「下着がなくなっているのは事実よ」

「そんな恥さらしなことはしない」

「じゃあなにを盗んだの」

「言えん」

それまでの回答とは微妙に違った。今回は否定ではない。

「やっぱり下着を盗ったんじゃないの」

被害者がそう供述している以上、誰かが持ち去ったのだ。瓦間でなければ、やはり警備部を疑わねばならない。

怨嗟《えんさ》の目を向けたというのに瓦間にはまだ余裕があった。緩んでいるのは表情だけではない。瞳までが揺れ、涼子の怒りを煽り立てる。

瓦間が口を開いた。

「だとしても俺の罪は窃盗罪じゃないはずだ。特定秘密保護法違反ではないのか」

「なんですって？　あなたなに言ってるの？」

明らかに声を上ずらせて聞き返した。

当然、その法律は知っている。国家の安全保障に関する秘匿すべき情報の提供、制限を定めた法律である。

日本では「特定秘密の漏洩」と曖昧《あいまい》な解釈のまま法定化された。そのため公務員だけでなく、一般人でも逮捕される可能性はある。だがこれまで一般人やマスコミが逮捕された事例はない。

「どういうことよ？　特定秘密保護法って、あなたはいったいなにをしたの」

そう言ったものの、瓦間は鼻から息を吐いただけで答えなかった。

この男、いったい、どんなことをしでかしたのだ。

だが本当に容疑が特定秘密保護法違反になるのであれば、ますます涼子たちが関わる案件ではない。

13

——借用書はどうしたらいいでしょうか。

——要らん。

石橋の聞いたことに、目の前の革張りのシングルソファーに座る老人は吐き捨てるようにそう返してきた。

男は書道家が力強く筆で書いたような迫力のある眉をしていた。眉だけでなく隈《くま》も特徴的だった。涙袋も墨で塗られたかのようにどす黒い。顔全体から魑魅魍魎《ちみもうりょう》のような不気味さを醸し出していた。

——あんただから金を貸す。個人的なことだ。

その年、七十二歳になった伊礼辰巳は瓦間に向かってそう言うと、見得《みえ》を切ったような迫力のある目を向けた。石橋は心臓を鷲掴みされたように息苦しく、返事すらできなかった。代わりに隣から瓦間が礼を述べた。

医療法人・伊礼会の理事長である。薬学士であって当然医師ではない。もともとは病院に出入りする医療品メーカーの営業マンだったが、病院の院長に見込まれ婿入りし、そこから経営者としての才覚を発揮、全国に伊礼会系の病院を設立していった。

週刊タイムズはそれより一年八カ月前、伊礼辰巳と伊礼会の不正蓄財、および脱税事件を記事にした。

瓦間が摑んできたネタで、瓦間が「書き」をやり、石橋は新見と「足」となり、情報を集めた。最後に伊礼辰巳本人にぶつけたのも瓦間だ。警護に止められながらも無理やり近づこうとした瓦間を、伊礼辰巳は「この無礼者が」と烈火のごとく怒鳴りつけた。

その半年後に東京地検、国税局がそれぞれ動き出し、この男は逮捕され、執行猶予付きの有罪判決を受けた。

逮捕時には多数の政治家との関わりが報道された。もちろん週刊タイムズも続報を書きまくった。伊礼辰巳は言いなりになる子飼いの議員を多数育てていたのだ。

だが逮捕されてから一年余の歳月が流れ、伊礼の名前はマスコミから消えた。

しかも伊礼会系の病院が一つも潰れることなく、伊礼辰巳が存命であるのは知っていたが、彼がなにをしているかなど石橋は気にもしていなかった。

その伊礼辰巳と瓦間が陰で繫がっていたとは思いもしなかった。

――伊礼に会いに行く。

そう言われた時は、面食らい過ぎて、すぐに返答ができなかったくらいだ。

瓦間のことだから、記事を書いてからも平気な顔をして伊礼辰巳の元に出向き、いつしかネタ元として取り込んでいたのかもしれない。そう思えるほど、伊礼会の中核を担うこの総合病院に来た時から、瓦間は遠慮することなく伊礼辰巳と会話をしていた。石橋が千住のことを詳しく説明しなくても、伊礼は千佳の症状も、石橋が追い詰められていた事情も知っていた。

——完治させたいのなら海外で生体肝移植しかない。フィリピンがいいぞ。

この男に金を借りるのは屈辱だった石橋は、言われた時には返事もできなかった。だがこれしか手立てはないのだ。この男が千佳の命の恩人になる。

——ありがとうございます。このご恩は忘れません。

自分に言い聞かせてから、深く頭を下げた。

伊礼には分割になるが必ず返済すると約束した。伊礼は返ってこないと決めつけているようだった。

——きょうび一千万程度ではガンは治せん。二千でも三千でも遠慮せずに言え。

——これで十分です。

足りないことは分かっていたがそう返答した。

終始笑みを溢《こぼ》すことなく、鋭い目つきを変えなかった伊礼だが、テレビで見たような高圧的なイメージとは違った。

——女を大切にしろ。

理事長室を出る時にそう聞こえた。

――大丈夫なのか。

理事長室を出て、見送りに出た秘書と離れてエレベーターに乗ってから、石橋は確認した。

紙袋がずしりと重かった。大丈夫かと今さら聞いたところで受け取ってしまったのだからもう遅い。それでももう一度瓦間に確かめたかった。

――利子なしでもいいと言ってくれたのはあの人だけだ。少しは利子も付けた方がいいけどな。

――俺が言ってるのはそういうことじゃない。伊礼辰巳に借りを作ってもいいかということだよ。

借りだけではない。脱税王の異名を持ち、しかも自分たちが摘発に導く記事を書いたフィクサーに金を借りることが、ジャーナリストとして不適切なのは明らかだ。このことがバレれば自分たちがこれまで積み上げてきたすべてを失う可能性がある。

――そんなこと言ってられないだろ。バシの貯金はすべて出したが、まだ足りない。借金も限度額いっぱいだ。あいにく俺もろくに貯金がなかったし、借りるアテもない。

その時にはエレベーターが一階に着き、瓦間は出ていった。石橋は誰かに見られているのではないかと気になったが、瓦間は堂々としていた。

病院の外で別れ、石橋はその金を銀行に預けてから千佳が入院している病院に向かった。

——これで移植ができる、準備してくれ。

弾んだ声でそう言ったのだが、千佳に笑顔はなかった。

——お金、大丈夫なの？

誰から借りたとは言わなかったのに、千佳は曰くつきの金だと感じ取っていた。

——もちろん大丈夫さ。もっと貸してくれそうだったが、一千万円にした。これだったらなんとか払える。

——一千万円だって許されるものではないでしょ。

いくら大丈夫と強がったところで、千佳は心を砕いていた。

石橋の中でもけっしてまがまがしさが消えたわけではなかった。その不安が的中した。

週刊タイムズの記者が、脱税王から一千万の利益供与

移植コーディネイターに内金を払い、海外の病院に千佳を移す準備をしている時、ライバルの週刊時報に記事が出た。

上司からの事情聴取を受けた石橋は、利益供与ではない、借りただけだと主張した。だ

が借用書もないのだ。信じてもらえず、編集長は「時報の記者からは正式回答を求められているが、この状況では会社として答えられない」と厳しい顔を崩さなかった。

石橋は金を借りたのは個人的な理由とだけ言い、真相は話さなかった。千佳の手術費用だと言えば、それが週刊時報にも流れ、彼女の元に記者が訪れるかもしれない。

まだ千佳は夫との離婚が成立してわずかしか時間が経っていなかった。石橋と不倫関係であったことも書かれる。自分はどうでもいい。だがこれ以上、彼女に悲しい思いをさせたくなかった。

瓦間の名前は出さなかったが、記事に「Ｉの同僚のＫとともに伊礼辰巳の理事長室に入った」と日付まで特定されて書いてあったため、瓦間も会社から聴取を受けた。

瓦間は隠すことなく事実と認めた。石橋同様、金を借りた理由は明かさなかった。

――なにがあっても移植はやれ。

そう瓦間からは言われた。

だが数日後には伊礼の弁護士が入ってきて、このままでは執行猶予中の伊礼が不正に資金を迂回させた脱税の嫌疑がかけられると言われ、返金せざるをえなくなった。

会社からも必ず返金しろと命じられた。そうすれば懲戒解雇にはしないと。

記者として残れるわけではないのだからどうでも良かった。自分一人なら返さなかっただろう。だが自分が道連れにした瓦間の将来を考え、石橋は伊礼の弁護士に全額を返済した。

移植手術は断念し、コーディネイターに払った内金だけが新たな借金として残った。二人で荷物をまとめて、仲間に挨拶もせずに会社を出た。石橋たちが話さないこともあったが、仲間が自分たちを避けているようだった。

――どうして僕に話してくれなかったんですか。

同じチームの新見だけがきつい顔で迫ってきた。取材の時によく見せる、真っ赤に血走らせた目で。石橋はその目をまともに見ることができず、悪かったと謝っただけだ。

千佳の命は救えなくなったが、その後の石橋は残された期間、彼女が幸せを感じられるようにと気持ちを切り替え、実際にそう過ごした。

それでも瓦間のことは悔やんでも悔やみきれない。俺はどうしてあの場に瓦間を連れていったのか。話をつけてくれたのは瓦間だが、相手が伊礼辰巳だと分かった段階で「俺一人で行く」と言えば、自分だけの責任で済んだはずだ。

――俺はおまえから天職である週刊誌記者の仕事を取り上げてしまった。本当に申し訳ない。

クビになってしばらくしてから、瓦間を呼び出し謝罪した。

解雇を言い渡された時はさすがに落胆していた瓦間だが、その時には吹っ切ったかのようにいつもの顔に戻っていた。

——俺はバシが昔の女とよりをもどしたと聞いた時、どっちの女かと思ったよ。もう一人の方なら俺はここまでバシのために力を貸そうと思わなかった。

冗談混じりに昔話を蒸し返してきた。

三十七歳のその時まで、石橋は何人かの女性と付き合っていたが、長く交際したのは二人だけだった。一人が大学四年間交際した千佳で、もう一人が週刊タイムズに入ってしばらくしてから五年ほど付き合ったPR会社の女性だ。

PR会社の彼女は大学時代にミスキャンパスの候補にもなった美貌で、一緒にいても目立つ女だった。

だが自分勝手で、すぐに機嫌を損ねる。石橋が急な取材で待ち合わせ時間に遅れるとその日は帰るまで不機嫌だった。

そのくせ、急に調子がよくなって海外旅行や買い物をねだられた。締め切り前にもかかわらず、携帯に電話がかかってきては愚痴られた。電話を切れずに困っていると、瓦間がやってきて「早く切れよ」と口を動かしてせっついてきた。結局、石橋はさんざん振り回され、金も使わされた。挙句、締め切りで忙しい最中に呼び出されて、別れを告げられた時には、彼女はどこかの御曹司《おんぞうし》とくっついていた。

一方の千佳は地味な女だった。高校時代は吹奏楽部、大学では英語部にいた。石橋と知り合ったのは一年生の英語の授業で、彼女が試験前に教えてくれたおかげで、出席日数が不足ぎみの石橋も単位を取ることができた。

惚れたのは石橋で、告白も自分からした。

アメフトの練習が毎日あったので、デートはあまり出来なかったが、不満を言われた記憶はない。週末にゲームがあると、その日が大雨だろうが雪が降っていようが、彼女は応援に来てくれた。

人生はフットボールであり、フットボールこそ人生そのものだ――コーチのジョン・カーライルが試合前のペップトークで使うお気に入りのフレーズである。

みんなでクォーターバックである俺を守ってくれ。そうしてくれれば、俺は相手ディフェンスが迫ってきても、勇気を振り絞って向かっていき、パスを決め、ランで進む――石橋も仲間にそう言い続けてきたのに、千佳には一方的に支えてもらうだけだった。

同級生ではある瓦間だが、学生時代にも千佳とは会ったことはなかった。それなのに昔からよく知っていたかのように、今からでも遅くない、北海道に行って連れ戻してこい、とよく言っていた。

――そんなのは迷惑だろ。別れた女を思い続けるなんて、向こうは気持ち悪いと思ってるよ。

石橋はそう言ったが、瓦間にはまったく通じなかった。

――心の中で思うのは勝手だろ。振られてすぐに他の女に気が移るより、あの女が一番だったと一人の女をずっと思っている不器用な男の方が、人間味があって俺は好きだ。

まるで瓦間自身のことを言っているように聞こえた。ヤツも適当に女はいたが、誰一人として本気になっているようではなかった。わざと本気にならない女を探しているようにも感じた。石橋には恋人はいたが、瓦間はずっと独り者だった。

――瓦間が本当に好きなのはあの女なんだろ。フットボールの試合を一緒に見に来てくれた女。

それまでも何度か会話に出てきたから、石橋は確信していた。

女は美しい容姿から学内でも有名な女性だった。ただしちょっと近づきがたいオーラがあった。それは彼女が政治的な活動に参加していたことも影響している。

瓦間が公務執行妨害で逮捕された時、退学にならないように署名を集めていたのも彼女だ。

――機動隊員が先に暴力を振るってきたんです。もし先に退学にして、あとで瓦間くんが正当防衛だったことが判明したら、大学はどう責任を取るんですか。

指導部の教員にそう食ってかかっていた。瓦間が停学で済んだのは彼女のおかげと言ってもいい。

だが瓦間の返答はいつ聞いても同じだった。

――聖梛は俺なんかには見向きもしないさ。

仕事でも私生活でもやることすべてがうまく運び、恵まれた人生を送っているように見えた瓦間だったが、本人にその自覚はまるでなかった。

新聞社は事件を追う、だが週刊誌は人間を追う——石橋をそう口説《くど》いたほど週刊誌の仕事が好きだった瓦間だが、実際は人間という生き物は、理屈や倫理《りんり》だけでは割り切れないと、達観して見る節があった。

——なあ、バシ、世の中には星の数ほどカップルがいるけど、そのうち何人がこの相手で良かったと本気で思っているだろうか？

——みんな今、付き合っている相手が一番だと思ってんじゃないか。

——そうかな、なにか違うなって思ってる男女だっているんじゃないのか。

——そう思ったら別れるだろうよ。

——別れたら一人になっちまうじゃないか。だから違うなと思いながら、心の中でうまく修正して、相手のいいところを探してんだよ。

——だったらそれでいいじゃないか。

——それならいいさ。だけど神様はきまぐれだからな。この相手でいいと決めたところで、ちょっといい出会いを起こすんだ。だからあちこちで不倫も起きる。不倫する人間はその罠にかかったようなもんだ。いや貶《おとし》めるわけだから神様なんかじゃなくてそれは悪魔だな。人間は愚かだから悪魔の誘いに乗ってしまうんだ。

――有名人の不倫記事は俺たちの飯のタネだろ。肩を持ってどうすんだよ。

確かに瓦間はその手の記事も追いかけたが、ほかの記者とは少し違うところがあった。ある歌舞伎《かぶき》役者の不倫を知った時だ。瓦間と石橋で京都の宿泊先で役者を直撃した。ホテルで密会している写真を突きつけたこともあり、役者は不倫を認めた。だがこう付け加えてきた。

――明後日《あさって》の公演後、自宅に帰って妻に彼女とのことを説明し、正式に別れたいと話す。記事にするのはその後まで待ってもらえないか。週刊誌に出て、妻が私の不貞を知るのではかわいそうすぎる。

瓦間は要求を受けないだろうと思った。明後日では翌週号回しになる。だが瓦間も条件を突きつけた。

――余計なお世話かもしれませんが、奥さんだけでなく、彼女にもちゃんと話した方がいい。待っている側だって不安だと思います。

――記事にする際は彼女を実名で書いてくれていい。私は彼女を愛している。

歌舞伎役者はそう言ってから、付け加えた。

――身勝手かもしれないが、妻のことも愛していた。

瓦間は彼が言った通りに記事にした。

歌舞伎役者の言葉を、瓦間は自分に置き換えているのかと思った。

そんなに好きなら、どうして瓦間はあの女を追いかけないんだ。あの女だって瓦間の気持ちを知りたいと待っているかもしれないだろ。お節介にもそう言ったことは幾度もある。瓦間から返ってくる答えはいつも同じだった。

――聖梛は無理だ。俺よりも愛している男がいる。

だがその無理と言っていた女と、瓦間は思いを遂げた。五年前、瓦間が不法侵入したアパートで……。

瓦間も聖梛も四十二歳になっていた。そして二人には五歳か六歳の男の子がいた――。

老婦人から聖梛の名前を聞いた時、石橋の耳は真空状態になってしまったようだった。その後、聖梛は瓦間がずっと思い焦がれていた女だと新見に説明し、二人で不動産会社に向かった。

聖梛は六年前、二〇一二年の十月から翌年の九月末までの一年間、あのアパートに住んでいたことが判明した。

「えっ、聖梛さんって、苗字は『じゅう』と言うんですか？」

不動産屋に石橋が聞いた時、隣に立つ新見が驚愕した。

「朱色の『朱』。朱聖梛だ」

「中国人ですか」

「香港からの留学生だ。彼女は両親が中国出身だったので中国籍だと聞いている」

「それであのおばあさん、アグネス・チャンなんて言ったんですかね」

「それは偶然だよ。彼女は学力優秀で日本語は上手だったからな。留学前に相当勉強していたのか日本人と変わらなかった」

「じゃあ見た目ですか」

「そうだな。どちらかというならアイドルのアグネス・チャンではなく、たまに討論番組に出てくる今の方だ。もっと強い雰囲気の女性だったけどな」

「バシさんは知ってるんですよね」

「顔は大学で何度も見てるし、一度瓦間と一緒に俺の試合を見に来た時に少しだけだが話をした」

綺麗な形をした瓜実顔《うりざねがお》に、背中まで伸びた黒いロングヘアー。そうした髪型は、石橋が子供の頃の女優やシンガーソングライターの間で流行っていたせいで、古臭く見えるはずだったが、彼女にはよく似合い、知的さに深みをプラスしていた。

きっと大学時代のイメージのまま年齢を重ねていったのではないか。老婦人が「年相応の雰囲気を持っていた女性」という証言にも一致する。

学内でスカートを穿《は》いているのは見たことがなく、いつもジーンズだった。石橋の応援に来た時は、まるでペアルックのように彼女もブルゾンの下に黒のタートルネックのセーターを着ていた。

——聖梛はそこらにいる生易しい美人ではないぞ。女だと舐めていたら、たじたじになる。

瓦間もよくそう話していた。

本当に怒った時は、瓦間でさえ俯《うつむ》いて聞くしかなかったそうだ。試合を見に来た時も、彼女の尻に敷かれていた。

「ようやく瓦間さんの思いがかなったんですかね」

「そういうことになるな。俺には絶対無理だと言っていたのに、どこで口説いたのかな」

そういえば何度か海外に一人で旅行していた。二十代後半の夏休み、突然、旅行を中止にしたのも香港だった。

「彼女もその歳まで一人でいたってことですか。いや、子供がいたってことは、それが瓦間さんの子供でないとしたら再婚だった可能性がありますね」

「なくはないけど、結婚はしてないんじゃないかな」

「どうしてですか」

「瓦間がそう言っていたからだよ。朱聖梛には愛している男がいる。瓦間がいくら好きだと言っても絶対に敵わないほどのすごい男だって」

「だったら尚更、その男性と結婚してたんじゃないですか。誰なんですか、その男は」

石橋は黙った。

答えなかったため、新見は石橋がその男の名前を知らないと勘違いしたようだ。石橋も瓦間から聞いたのは一度だけだ。

「瓦間さんが絶対に敵わない男って、よほどのイケメンってことですか」

「イケメンくらいじゃ、瓦間は諦めないさ。瓦間よりすべてで優っていると認めざるをえない男だったんだろ」

「バシさんの最後の試合、連れてきた彼女と三人で写真を撮ったって言ってましたよね。バシさんが悔しがっているのに、瓦間さんが図々しくそう頼んできたって」

「ああ、そうだ」

「バシさん、その写真持ってますか。あったらメールで送ってくれませんか」

「探せばあるだろうけど、二十五年も前の写真だぞ」

「どうせ瓦間さんの写真だって十年前のものなんですから」

「分かった。見つかり次第、送るよ」

そう約束して不動産屋で別れた。

常識的に考えてみれば大学時代から二十年も経っていたのだから、新見が言うように朱聖梛が他の男と結婚したことは十分考えられる。

その男との結婚生活が終わってから、瓦間と再会して、付き合うようになったのか。

いや、結婚はありえない。

瓦間からその男の名前を聞いたのは、二人で会社をやめるより前だから、十一、二年前。あの婦人が見かけた子供が聞いた通りの年齢だとしたら、石橋が男の名前を聞いた時期に子供が生まれていたことになる。

瓦間は確かこう話していた。

――あいつら、よろしくやってるらしい。

よろしくやってるというくらいだから、子供の父親はやはりその男なのだ。

14

タイムズ編集部に戻ってからも新見の頭の中はずっともつれたままだった。

瓦間が一緒に住んでいた女は、朱聖梛という香港からの留学生であることが判明した。それだけでも取材した価値はあった。そうだとしたらその朱聖梛の所有物、もしくは瓦間自身が残した物を取り戻そうと、瓦間はアパートに侵入したと考えられる。

そして、その時にいた子供は誰の子か。新見は朱聖梛に離婚歴があるのではないかと思ったが、石橋はそれはないと言っていた。大学を卒業してから一度も会っていないはずなのになぜそこまで決めつけられるのか？　石橋がなにか隠し事をしているような気がしてならなかった。

再び隠し事をされた十年前に記憶が巻き戻り、自分の心が捻くれていくのを感じた。じゃあ、二人で好きにやってください——そう言って手を引けば少しは気も晴れただろう。

そもそも「元週刊タイムズの記者」だと名乗った瓦間が、「友を待つ」と言ったのも釈《しゃく》然《ぜん》としない。手伝ってほしいのなら家具職人の「友」ではなく、現役の週刊誌記者である「後輩」の方ではないのか。

石橋の前では感情が表情に出ないように我慢した。この件を取材するには、まだ石橋の力が要る。瓦間と朱聖梛という女性との間になにか大きな秘密がある、そのことを石橋は知っていて新見に話していいものか迷っている……根拠はないが、十五年間続けてきた記者の勘がそう訴えていた。


この日はゲラが出る日だ。編集部員が勢揃いしていた。

手にしたのはトップ記事である成岡遼一衆議院議員のインタビューだった。「書き」を担当した古谷健太郎から報告を受けた通り、今まで他誌に語ったことのないエピソードがこれでもかと満載されていた。

料理が得意で、朝は、スクランブルエッグにトーストという簡単なものを自分で作っている。大学教授の頃は、農場を経営している友人から豚の肩ロースの塊《かたまり》を譲り受け、生ハムを作ったこともあるらしい。

ただし政治家になって食が変わったとしたら、それは貝を食べるようになったことだそうだ。

〈日本には珍しい貝がたくさんあって、たとえば漁師さんから「海のダイヤモンド」と呼ばれている「ながらみ」、簡単に塩茹でしただけなのにこれが美味いんですよ。福岡で揚《あげ》巻《まき》貝というのを初めて食べましたし、他にも高知で食べたチャンバラ貝、広島では夜泣き貝の寿司も食べ、どれも感激しました〉

文中で聞き手である健太郎が〈今度、グルメ本出してください〉と質問すると〈僕は文学を専攻していますが、食となると食べることに夢中になって表現は二の次になるので、きっと売れないですよ〉と謙遜《けんそん》していた。

インタビューはさらに成岡遼一の素の部分に踏み込んでいく。子供の頃はこましゃくれていて、ずいぶん親を困らせたそうだ。大学生になって世界を見たくなり、アジアやアフリカなどを旅して回った。大学で教鞭を執るようになってからもチベットや中央アジアに行った。貧困に苦しんでいたり、政治的弾圧を受けている国、その中でも懸命に生きている人を目の当たりにしていくうちに、自分がどれだけ恵まれ、人に甘えて生きてきたのかと思うようになった。彼らのようにもっと芯の通った人間として生きていかなくては……

毎回帰りの飛行機では同じことを考えると話している。

肝心の女性についても健太郎は詳しく聞いていた。

初恋は小学校の五年生でクラスの学級委員。初デートもその子だが、それが叶ったのは中学二年になってからで、一緒に「バック・トゥ・ザ・フューチャー」を観に行ったそうだ。〈僕はこう見えて一途なんです〉とあり、健太郎はその文末に（笑）と入れていた。ここはあえて入れる必要はないと、新見は赤ペンで囲って「トル」と記入した。

高校時代までは彼女なしだったが、大学ではクラスメートに吹奏楽部出身の美人の女の子がいて、その子に誘われてクラシック音楽を聴くようになった。

コンサートがその子との初めてのデートだった。残念ながらその子には高校時代から交際していた音大に進学した彼氏がいた。向こうは用事ができた彼氏の代役に、成岡遼一を誘っただけだったとか。生演奏を聴いてますますクラシックの虜《とりこ》になり、一人でも行くようになった。

〈コンサートは今も行きます。好きなのはヴァイオリニストの若菜いずみさんです。何度か知り合いを通じて、コンサート後に楽屋に挨拶に行かせてもらったことがあります〉

そこで例の名前が出てきた。

〈音楽家としてだけでなく女性としても素敵で、僕の理想の女性です。若菜さんに迷惑かもしれないので僕の片思いですと書いておいてください〉

頼まれた語句もしっかり書いていた。片思いという言葉がモテ男である成岡遼一とは良い意味で不釣り合いで、これなら熱狂的なファンが読んでも不快には思わないだろう。

結婚願望については〈それが全然ないんです〉と語っている。〈今は政治家の仕事に必死なので、自分でも無理だと分かってるんでしょうね〉と。その部分だけは支援者の顔色を窺った綺麗事に感じたが、これくらいは仕方がない。政治家は人気商売だ。

「健太郎、よく書けてるじゃないか。俺の赤字は（笑）を一箇所取っただけだ」

ゲラをチェックしている健太郎を褒めた。

「ありがとうございます。政治の内容が足りないって、ケチをつけられましたけどね」

ベテランの木村の席に目を向けた。「次期大臣かもしれないのにその抱負がまったく語られていないって。そんなのはこれから新聞やテレビの取材を受ければいくらでも話すんですから、要らないんですよ」

そう言って唇を窄《すぼ》める。

本音を言うなら、確かに硬派な内容が一つくらいあっても良かったかなと感じる。内閣改造は次の衆院選後だろうからまだ先だ。成岡遼一がいきなり重要閣僚に起用されることもないだろうが、それでもいつかは首相へと上り詰めていく男である。

しかし健太郎が言ったように週刊タイムズにインタビューが出たことで、今後、メディアから取材依頼が殺到するに違いない。初入閣を果たせば、新聞のインタビューにも答えざるをえなくなるし、政治的な指針も質問される。

週刊誌には政治家としての資質を問う役目も必要だが、今回はそれが目的ではない。成岡遼一という「人間」の素顔を追いかけること、それが読者がうちの雑誌を読みたいという欲求に繋がる。

普段はニュース至上主義で、融通が利かない健太郎だが、エリート政治家からこれほどまでプライベートな内容を聞き出したことを新見は評価した。

健太郎が必死に頭を捻って質問を考えた様まで浮かぶ。そして記者のぶら下がり取材にいつも真面目なコメントしか残さない成岡遼一が、よくここまでプライベートな部分を話してくれた。

「若菜いずみの写真を入れるのはやり過ぎですかね」

健太郎が聞いてきた。

「木村さんからは止められましたけど、デザイナーから女の写真でもないと誌面に華がないと言われて」

写真には〈成岡議員が憧れる美女ヴァイオリニスト。恋のデュオは実現するか⁉〉とキャプションが入っている。

秘書から調子に乗り過ぎだと小言を言われそうだが、そもそもインタビューのきっかけになったのは、彼がいまだに独身でいることで男色の噂が立たないかという懸念《けねん》から始まっているのだから、これくらいは構わないだろう。

「写真は問題ない。キャプションもこれでいいよ」

新見が言うと、健太郎の笑顔がいっそう弾けた。

そこで携帯電話が鳴った。外務省の牛久保寛男からだった。

新見は席から立って、手帳を持って誰もいない窓際まで移動してから電話に出た。

「分かりましたか」

気が逸《はや》っているのか、自分の声も早口になっている。

〈分かるには分かったけど、あなたに知らせていいものか……〉

弱々しい声だった。答えることに躊躇《ちゅうちょ》している、そんな雰囲気だ。数時間前に頼んだ時も彼はなかなか同意しなかった。

「もちろん問題であることは承知の上で牛久保さんに頼んでるんです。こっちだって交換条件を出したわけですから」

通話をしながら空いている会議室に入り、扉を閉める。鍵もかけた。

岩倉元外務大臣とロシアのダダ社の幹部が会合していた場に、現役の外務官僚が同席していたことは誌面に書かない。さらにはコメントも外務官僚の発言にしない、そう交換条件を持ちかけたのだった。

発信先が特定できない匿名証言となれば、来週号で予定している記事の信憑性が薄くなる。さらにはそのことを新見はまだ編集長にも、そしてこの取材で「書き」をさせることになった健太郎にも伝えていない。

〈それなら言うよ。瓦間慎也はあなたが言ったように二〇一二年に香港への渡航歴がある〉

牛久保は新見が頼んだことを答えた。予想していた通り、六年前だった。

「いつですか、正確な日付もお願いします」

〈九月二十一日だ〉

「帰国日は」

〈九月二十八日〉

「で、朱聖梛は？」

〈同じ日に来日している〉

朱聖梛がアパートを借りているのが十月一日からだから日時は一致する。

「同じ飛行機ですか」

〈それはわからない。パスポートコントロールは時間までは把握できないから〉

そこで念のために朱聖梛の英語表記を聞いた。〈Zhu Sheng〉と牛久保はアルファベットを一文字ずつ説明した。

「子供の名前は」

〈ジャンシェン、建築の《建》に《生きる》〉

「誕生日は？」

〈二〇〇七年九月十五日〉

となると来日時は四歳だがすぐに誕生日を迎えて、老婦人が会った九月七日は五歳、まもなく六歳になる時期だ。証言とほぼ一致する。

「出生地は？」間ができた。「パスポートを把握しているならそれも出てるでしょう」

〈ロンドンになっている〉

そこで産んだのか。中国籍の女性が、子供の市民権を得るために海外で出産するのは珍しいことではない。

二〇〇七年は、瓦間が週刊タイムズをやめる一年前だ。瓦間が海外に出かけた記憶はない。

「その子が生まれた一年前、朱聖梛は日本にいましたか」

〈いない〉

となると瓦間の子ではないのか。

「男の子の父親は」

〈そんなこと分かるわけないじゃないか〉

「次に二〇一二年九月より前の瓦間の渡航記録を教えてください」

〈そんなのいくらでもある。二〇一二年は、四月にも香港に行ってる〉

「他は？　子供が生まれる一年前、二〇〇六年限定でいいです」

確認のため、妊娠した時期に絞って聞いた。

〈その時にはない〉

「本当ですか」

間はあったが、牛久保は〈本当だ〉と答えた。

ここまでで分かったことは、朱聖椰はロンドンで子供を産み、時期は不明だが、その後香港へ戻った。子供の父親が瓦間である可能性は低い。そして六年前の二〇一二年、瓦間は四月と九月の二度、香港に行き、彼女と子供を日本に連れてきた……。

そこで肝心のことを聞くのを思い出した。

「二〇一二年の九月に来日した朱聖椰はいつ離日してますか」

〈翌二〇一三年十月一日だ〉

アパートを解約したのがその前日だった。

「彼女は今はどこにいるんですか」

〈分からない〉

確かに外務省が知るのは日本への入国と出国の日時、ビザがあればその滞在期間だけだ。

「最後に、二〇一三年以降の瓦間の渡航記録をお願いします」

二人はなにかが理由で別れた。だが瓦間のしつこい性格なら、何度か連れ戻しに行っていてもいい。瓦間の行き先が分かれば、そこに朱聖梛がいる可能性もあり、会いに行くこともできる。だが聞いたのに牛久保はすぐには答えなかった。

「それも教えてほしいとお願いしたはずですよ。朱聖梛が離日してからも瓦間は香港、もしくは他の国に行ってるんじゃないですか」

返事がない。次第に苛立ってきた。

「牛久保さん、なにか隠してますね」

轢《ひ》かれそうになったのを助けて以来、新見に協力的になった牛久保だが、この日は違った。「命を助けてくれたんだからなんでも話す」と言ったあの晩の誠実さは感じられない。

〈ない〉

「本当ですか」

わずかだが声が上ずっているように聞こえた。

「今からお宅に行きます。会って話しましょう」

新見がそう言うと牛久保は〈本当だ。瓦間は日本から出ていない〉と早口で言った。

「それだけのことをなぜ話せないんですか」

〈それは話してはいけないことだからだよ〉

「もう十分話してるじゃないですか」

法律違反を承知で調べたはずだ。まだ話していない裏があるのではないか。

「やっぱり会いましょう」

〈ちょっと待ってくれ、あなたに会っているところを人に見られたくないんだよ〉

「ホテルなら問題ないでしょう。今からこの前のホテルを取りますから、来てください」

〈もう勘弁してくれ。今のことでもバレたら私は懲戒免職では済まないんだよ。あなたと会ったと知られたら大変なことになる〉

自分でもやり過ぎだと思っている。正直、交換条件を出したところで、牛久保が乗るかどうかも半々だった。

「分かりました。きょうは我慢します。でも今後も調べてほしいことが出てきたらまた連絡しますので、よろしくお願いします」

返事はなかったが、頼みますよと念を押して電話を切った。

会議室から出ると、健太郎から「新見さん、ゲラ、戻しますけどいいですか」と言われたので、「大丈夫だ、俺からの赤字はない」と答えた。

じっくり読めば、いくらか修正箇所は出てくるが、今はそれどころではなかった。

自席に腰掛け、パソコンで朱聖梛を検索する。

瓦間が大学時代に逮捕された時に助けてくれたというくらいだから、彼女は学生運動のリーダー的存在だったはずだ。しかし名前はヒットしなかった。

英語で確認してみる。

〈Zhu Sheng〉

検索エンジンに複数引っかかった。クリックする。

〈Not Found〉

どのページも閉鎖されていた。

その時、石橋からメールが届いた。〈正義、古いもので見にくいと思うが、三人で撮った写真を送る〉と書いてある。

ファイルを開く。アメリカンフットボールのユニフォーム姿の石橋が目に入った。週刊誌記者時代よりさらに長い、肩につきそうなくらいまで髪を伸ばし、ロングコートを着た瓦間が右側にいる。

石橋の左側で、腕組みして立っている女性が朱聖梛のようだ。

三人が全身で写っているので小さくしか見えないが、鼻筋の通った瓜実顔《うりざね》の美人だった。ロングヘアーで、真ん中分けしているので額が見えている。

髪を伸ばしているのに、MA－1のようなブルゾンに黒っぽいセーター、ジーンズという服装も強気な女性の印象を受けた。腕を組んでいることもそう見えた理由かもしれない。

写真が撮影された時、三人とも大学四年生だったのだからすでに平成に入っている。それなのに瓦間も朱聖梛も昭和の雰囲気がある。

新見はもう一度、朱聖梛の顔をよく見つめた。どこか既視感《きしかん》があった。ただしそれは目撃者が言っていたアグネス・チャンではない。

クリックして画像を拡大し、額のあたりからカーソルを下げていき確認していく。

既視感があったのは気のせいだったか。髪型は似ているが、目元は違う。新見が知っている女性の方が、瞳がつぶらで華やかな顔をしている。

それでもやはり似ていた。左手で顔の上半分を隠す。鼻梁《びりょう》から口、顎のラインにかけての雰囲気はそっくりだった。

――イケメンくらいじゃ、瓦間は諦めないさ。瓦間よりすべてで優っていると認めざるをえない男だったんだろ。

石橋の言葉が頭の中で反響した。語尾をあげて疑問形で話したが、たぶん石橋は相手の名前まで知っていた?

「あっ」声が出てその場で立ち上がった。

「どうしたんですか、新見さん」

健太郎の声にも返事はしなかった。

「もう一度ゲラを見せてくれ」

若手に言うとゲラを渡された。

成岡遼一の略歴を確認する。一九七一年七月八日東京生まれとあった。大学は早稲田《わせだ》、瓦間や朱聖梛とは違うが、同じ年齢の同学年だ。

「なにがあったんですか。新見さん」

健太郎の問いかけにも答えることができず、再び会議室に戻って石橋に電話を掛ける。コールの途中で思い出して鍵を閉めた。すぐに石橋は出た。

〈正義、写真、スキャンの仕方が分からなくて接写したんだよ。ちゃんと見えたか〉

呑気な声が聞こえてきた。

「バシさん、朱聖梛が付き合っていた男って、成岡遼一じゃないんですか」

〈おまえ、どうして、それを〉

石橋の返答に当たりだと確信した。

「うちの雑誌で成岡遼一のインタビューをしたんですよ。ファンだと言っている若菜いずみというヴァイオリニストが、送ってもらった写真の朱聖梛に似てるんです」

〈たったそれだけでそう思ったのか〉

確かにそれだけの理由だ。だがもし石橋が隠したのならそれくらいの大物でなければそうする必要がない。

「バシさんは、朱聖梛の子供の父親が成岡遼一だと思ったんじゃないですか。だからあの場で言わなかったんでしょ?」

民自党のプリンスで、将来の首相候補と呼ばれる男が中国籍の女性との間に隠し子を儲けていたことになるのだ。それだけではない。彼女は学生運動をしていた——。

石橋からはなかなか返事がこなかった。通話が切れたのかと思ったほど、しばらく、電話からすべての音が遮断された。

「バシさん、お願いします。話してください」

新見は自分で驚くほどの大声で叫んでいた。

15

喫茶店の扉を開けると、来客を知らせる鈴がなり、顔見知りのマスターが「おや、長谷川さん、久々じゃないの」と声を掛けてきた。

涼子は軽く微笑《ほほえ》んで中に入る。ランチ客が捌《は》けた後だったのか、手前の禁煙席には誰もいなかった。人は見えないが、奥の席が煙っている。

入っていくと、長身で髪をリーゼント風に固めた開襟シャツの男と、太った体軀《たいく》のスーツ男がコーヒーを置き、煙草を吸っていた。

太った男が涼子に気づいた。

「あっ、主任」

　涼子が本庁時代に言われていた役職を言い、「僕は戻らないといけないんで」と短くなった煙草を消して席を立つ。リーゼント男も驚き、「俺も」とつけたばかりの長い煙草を消した。

「待ってよ、望月、あなたに話があってきたんだから」

「なんすか」

　望月巡査部長は見るからに狼狽していた。

「いいから、座ってよ」

　もう一人の捜査員が「モチさんの分も払っときますね」と言い、一も二もなく店を出ていった。

　望月が浮かした腰を落としてから、涼子は空いた席に腰掛けた。

「マスター、ごめんね、休憩時間なのに。私もコーヒーちょうだい」

　この店はランチ営業が終わると二時間ほど店を閉める。

「大丈夫だよ。私はコーヒー淹れたら上の部屋で横になってるから」

　完全な個室状態にしてくれるので、ここで打ち合わせをしたこともある。もちろん捜査には直接関係のない内容だが。

「モッちゃんはいいのかい」

「いいです」マスターの誘いに望月は断ったが、声を遮《さえぎ》るように「彼にもお代わりをあげて」と涼子は言った。

「いいっすよ、まだ残ってますから」と望月は三分の一ほどに減ったコーヒーのカップの縁を摑んで、口をつける。

「遠慮しなくていいわよ。長くなるかもしれないから」

望月は横を向いて口を窄《すぼ》めた。ライターを摑み、消した煙草に着火した。涼子が煙草を嫌いなことを知っているので、横に首を伸ばして煙を吐く。

「気にしなくていいわよ」

そう言いながらも先に出た捜査員が消したはずの煙草がまだ消えておらず、灰皿に手近にあったコップの水をかけた。一瞬で煙は消えたが、ニコチンの臭みがかえって鼻につく。

コーヒーを持ってきたマスターが「帰る時に呼んでね」と言って二階に上がってから、涼子は切り出した。

「あなたしょっちゅう、うちの課長に電話を入れてるみたいね。瓦間の取り調べ内容がそんなに気になるの?」

「なんのことっすか」

「私の捜査能力を甘く見てない? 今朝九時三分にも電話を掛けてきたわよね」

「誰かの間違いでしょ」

「電話を取った事務が本庁の望月さんです、と伝えたのよ。なんなら警視庁にいる望月さん全員に聞いて回ってもいいけど」

望月の表情がさらに険しくなった。

「電話したのは中山課長の命令？」

涼子の理解者だったが、もう味方とは思っていない。

「警務に連絡してもいいわよ。あなたがやっていることは組織のルールに反していることだから」

「ちょっと待ってくださいよ」

警務と聞けば誰だってびびる。

「中山課長ではないよね。警備部の澤田警視正よね」

「なに言ってるんですか。どうして警備部が命令してくるんすか」案の定惚《とぼ》けてくる。

「いいんだって、隠さなくても。私は澤田警視正と会ったんだから」

そのことにはたいして驚かなかった。たぶん、望月も澤田から聞いている。

「あなたと澤田警視正、同じ富山出身で、高校も同じなんだってね。富山では有名な進学校だそうで。だけど向こうは東大出のキャリア、あなたはしがない私大出。この前の試験でやっと巡査部長に受かった普通の刑事だからえらい違いだけど」

「そんなの関係ないでしょう」

リーゼントを決めて恰好つけている顔が紅潮した。

「しがないは失礼だったわね。あなたの大学も結構難関で有名だものね。瓦間慎也と同じね」

「そうなんですか。それは知りませんでしたけど」

また惚ける。澤田の下で動いているとしたらこの男はすべての捜査資料に目を通しているはずだ。

「瓦間慎也が窃盗犯ではないのも、あなた知ってるんでしょ」

「知りませんよ。瓦間は容疑を認める供述をしてるって聞いてますけど」

「侵入したことだけよ」

「盗みもやってますよ。じゃなきゃ、なんでノビやるんすか」

「私がなにも知らないと思ったら大間《ま》違いだからね。瓦間慎也は警備部が行確していた重要人物だった。警備部は瓦間に尾行を撒かれたみたいよ。昔のあなたなら、警備の失態を腹を抱えて笑ってたんじゃない」

「俺は詳しく知りませんよ」

「それって知ってるってことじゃない」

望月は下唇を噛んだ。警察のエリートに声を掛けられていい気になって引き受けたが、この男も事の重大さに気づいている。

「うちの所轄に連絡したのは認めるのね」

望月はなにかを言いかけたが、口を閉じた。今度は煙草を咥《くわ》えてすぐに煙を吐く。気もそぞろだ。

「瓦間が私に『捕まえるなら特定秘密保護法違反だろ』と言ってきたんだけど、そのことはどう思う」

昨日の取り調べで瓦間が発した言葉を言った。

「そりゃずいぶん、ふざけた供述ですね」

「私もなにトチ狂ったことを言ってんだってその瞬間は思ったけどね」

言われた時はそう感じたが、今はそれくらいの事情が隠されていると疑っている。

「そんな戯言《ざれごと》を主任は鵜呑みにしてるんすか」

「瓦間が言うのなら事実なんでしょうよ」

「どうすんですか。まさか容疑を切り替えるつもりですか」

声に苦笑が混じった。できるはずないと決めつけている。

「捜査するかどうかはうちのトップ次第だけど、誰かに漏らすのは面白いわね。特定秘密保護法違反で逮捕されたマスコミ関係者なんていないんだから」

「マスコミに漏らす気ですか？　そんなことしたら大問題になりますよ」

「覚悟の上よ。そうなったら日本中がひっくり返ったくらいの大騒ぎになるでしょうね。野党や市民団体から治安維持法の復活だと大反対された法律が、雑誌記者を名乗る人間に行使されるんだから。しかも逮捕事実だって現時点ではあやふやよ。冤罪《えんざい》の疑いがあるってマスコミは言いだすわ」

実際、秘密の内容も分からないのだからどのような騒ぎになるか予測はつかない。しかも警察がマスコミに捜査状況を漏らすのは公務員法に違反する。望月を慌てさせるブラフとしての効果はあった。

「やめたほうがいいですよ。主任だってただでは済まないっすよ」

煙草を指に挟んだまま目が虚《うつ》ろになっている。

「覚悟を決めてるって言ったでしょ」

涼子は望月を見ながらコーヒーを一飲みして先を続けた。

「そんな時に、警察の違法捜査が発覚したら、国民の警察不信が一斉に批判となって襲いかかってくるんじゃないかしら」

「違法捜査ってなんですか?」

「確認してんのよ。あなた、瓦間の犯行後に忍び込んで、女性の下着を盗んだりしてないわよね」

望月のきょろきょろとよく動く黒目をじっと見て尋ねた。

澤田にも同じことを聞き否定された。だがそれは警備部としてだ。刑事部の望月がやらされた可能性はある。

「するわけないじゃないですか。それじゃ俺が逮捕されますよ」

「侵入したことは」

「ないっすよ」

さすがにそれは考え過ぎか。それでも警備部がマークしていたのだ。澤田は、瓦間の行動を警戒している。あの部屋からなにかを瓦間が持ち出したのであれば、早くその隠し場所を知りたがっているはずだ。

だから初動は目黒署ではなく三課を動かした。

今度は新たな疑問が生じた。どうして瓦間を勾留させたのか。指紋を調べて、過去に逮捕歴のある瓦間のものと一致したから？　持ち出したものを取り返したければ、目黒署には連絡せず、瓦間を泳がせる。そうすればいずれ隠し場所に辿り着き、捕まえることができたはずだ。

涼子はコーヒーを啜った。望月が上目で覗き込んでくる。「まだ半分残ってるよ」そう言うと少し落胆した表情になった。

「ねえ、今回のこと、政治家とかが関わってるんじゃないの」

特定秘密保護法違反と瓦間が言ったくらいだ。警察だけの問題ではないはずだ。

「なんですか、政治家って？」

知っている——宙を泳ぐ目の動きでそう察知した。

「岩倉省仁じゃないの」

「どうしてそんな大物が出てくるんですか」

「澤田警視正がここまで必死に動くとしたら、岩倉代議士しか考えられないでしょ」

岩倉は先の選挙に出馬せず、引退したから正確には今は代議士ではない。だが派閥の後継者である榊原隆宏《さかきばらたかひろ》が幹事長に就任したことで、いまなお党に強い影響力を持つと言われている。

望月の後見人が澤田であるように、澤田の後ろ盾は岩倉だ。元警察官僚である岩倉は厚生労働大臣時代、澤田を秘書官として登用している。不倫という警察社会では致命傷とも言われるスキャンダルを起こしながら、警察に居続けることができるのは、岩倉が守っているからだという噂がある。

「知りませんよ。岩倉先生との関わりなんて。そんなに知りたければ、澤田警視正に直接聞けばいいじゃないですか」

無理して笑い顔を作ろうとしているせいか、頬のあたりが明らかに引きつっている。

「澤田警視正に聞いても答えないだろうから、岩倉さんに聞こうかしら」

「勝手にそうすればいいじゃないですか」

「そうするわ。望月巡査部長からそうしろって言われたって、面会を申し込んでみる」

「ちょっと、俺は関係ないじゃないですか。巻き込まないでくださいよ」

「あなたは刑事のくせに警備部の片棒を担いでるんだから、十分巻き込まれてるのよ。もしきょう言ったことに嘘があって、あなたが違法捜査に加担していたとしたら、私は承知しないからね」

強い口調で言うと、望月は動揺したのか、灰皿の横の机の上に煙草を押し付け、吸殻を曲げた。

涼子はコーヒーカップを手にして残りのコーヒーを全部飲んだ。飲み終えたのが分かるようにわざと中を望月に見せる。

「そろそろ署に戻ろうかしら。私も仕事があるんでね」

そう言うと、尋問が終わった後の被疑者のように望月は肩で息をした。無意識にまた煙草を出そうとした。これ以上、ニコチンを吸わされるのは勘弁だ。

「あなた、のんびりしてると午後の仕事に遅刻するわよ」

そう言うと、彼の方が先に喫茶店を飛び出していった。

望月が去った後、もう一度頭を巡らせた。果たして今自分が話した推理はどこまで本筋をついているのか。

澤田と岩倉に強固なラインがあるのは間違いない。岩倉もまた、高校は違うが富山出身で、東大出の元警察官僚だ。

澤田は次の選挙で立候補でも企てているのか。あの男ならそれくらいの野心はありそうだ。

だがいくら澤田と岩倉を近づけようにも、そこに瓦間の目的が結びつかない。

店内に残る煙草の臭いが気になり、頭がまったく働かなかった。

「マスター、二人分、テーブルに置いとくわね」

階段の下から、二階を見上げて伝え、涼子は店を出た。


保育所に子供を迎えに行ったのは夜十一時だった。部屋はしんとしていて、保育士は暇そうに携帯を弄《いじ》っていた。幼児は大樹一人だけ、部屋の端っこで寝ていた。

「ああ、大樹くんね」

保育士は携帯に夢中だったことを後ろめたくも感じておらず、眠っている息子に呼びかけた。

「いいです、私がやりますから」

「はぁ」

こういう保育士がいる保育所はいつか大問題を起こす。それが自分の息子だったらと思うと、寒気がする。

抱き上げて、トートバッグから持ち歩いているタオルを出して額の汗を拭いた。

「ママ」

目を覚ましかけたが、「遅くなってごめんね」と言うと、目尻に皺を寄せてから再び瞼《まぶた》を閉じた。その寝顔に一日の疲れが癒される。

大樹を抱えて夜道を早足に歩く。体重は十五キロだから標準より小柄だ。性格はおとなしいが、運動神経はそこそこいい。

だが他の子供のように広い公園で遊ぶこともなく、朝から夜中までビルの一室で過ごしているのだ。もしスポーツの才能があったとしても、母親である自分がその芽を潰している、そう考えるとますます刑事部からの異動、もしくは転職を考えてしまう。

ようやく官舎が見えた。通りの奥に普段は見ない黒っぽいセダンが、涼子の方に頭を向けて停まっていた。

官舎に入ろうとしたところ、突然ヘッドライトの光が瞬《またた》いた。涼子は一瞥《いちべつ》しただけで中に入った。

部屋の鍵を開け、むっとした熱で充満している室内にエアコンをかけた。息子をベッドに寝かせる。

「もう朝？」

大樹は目を覚ました。小さな手で目を擦《こす》っている。

「まだ夜よ、きょうもいっぱい遊んで疲れたんでしょ。ぐっすり寝て」

髪を撫でると、また眠りに入った。

「ちょっと一人になるけど我慢してね」

起こさないように小声で呟いてから、涼子は鍵を持って部屋を出た。

官舎は比較的新しい建物で、各階に防犯カメラがつくほどセキュリティーはしっかりしている。門にもカメラが設置されている。車はその防犯カメラが死角になる場所を知っているかのように、距離を置いて停まっていた。

涼子は車に向かって歩いた。クラウンだった。人が乗っている気配がある。近づくと男が携帯電話を弄っているのが確認できた。涼子は助手席に回って窓ガラスを叩く。

運転席に座るスーツ姿の男が、携帯電話を見たまま手だけを動かして解錠した。

「澤田警視正、なんのご用でしょうか」

整った横顔をまったく崩すことなく、澤田は「乗ってくれ」と顎を助手席に向けた。

言われた通り助手席に乗り、扉を閉める。ドアロックの音が闇に響く。

「官舎のそばでいいんですか。他の警察官が見れば怪しく思いますよ」

「別に構わないよ、私ときみは知らない仲ではないし」

その言葉に虫酸《むしず》が走った。だが今は澤田がここに来た理由の方が気になる。

「行確ですか」

「そうするつもりなら、すぐに気づかれるような場所には停めない」

ヘッドライトをパッシングさせたりもしないだろう。

「被疑者が面白いことを言ったそうだな」

静寂の中で澤田が顔も向けずに呟いた。

「なんのことでしょうか」

「そういう惚け顔はきみには不似合いだよ。それより、もう少し同僚とは仲良くなってもらわないと困るな。身内を脅すなんて。我々は組織なんだから」

「望月から報告があったんですね」

「きみから私に伝えてくれても良かったんじゃないか」

「盗犯事件の捜査ですよ」

「きみはそうは受け取らなかったんだろ」

瓦間が特定秘密保護法違反と言ったことだと分かったが、あえて口にはしない。

「取るに足らない証言と判断したのか？　違うよな。その程度ならわざわざかつての部下に伝えに行かないわな」

親指で顎を触り、皮肉を混ぜた笑みを漏らす。

「今回のようなことがあった場合、次からは直接私に伝えてくれ」

「私にそんな義務はありません」

そこでようやく返答した。きつい言い方だったが、澤田は冷笑していた。「それに私は警備部の捜査とは関係ありませんし」

「そんなことはないだろう。きみには覚悟があるようだし」

マスコミに漏らすと言ったことだ。そこまで望月は澤田に話したのか。そして本当に涼子にその気があるのか確かめるために来たのだろう。

「マスコミのことなら本気にしないでください」

「冗談とは思ってるけどな。きみはそんな愚かなことをする人間じゃない」

「冗談かどうかはわかりませんが、今は被疑者の取り調べでそれどころではありませんので」

「特定秘密保護法違反と言ったことは被疑者の言い訳だ。きみが気にすることではない」

「言い訳とはどういうことですか」

「被疑者はある人物を脅そうとしていた。取り調べでずいぶん偉そうな態度を取っているようだが、所詮は程度の低い人間ということだ」

「それなら脅迫罪で逮捕すればよろしいのではないですか」

「私は脅そうとしていたと言ったはずだぞ」

害を加える旨を伝える前段階であれば脅迫罪は成立しない。だが瓦間が「ある人物」になにかしらの行為を働いたから、澤田はその事実を知っているのだ。そこで澤田の携帯電話が鳴った。画面を見てから、涼子に目を配った。配慮しろという意味だと思い、窓の外に顔を向ける。

「はい、澤田ですが」

小声で出た。

「今、話しているところです。詳しいことが分かり次第、お掛け直しいたします」そう言って、電話を切った。

「さて、どこまで話したかな」

「被疑者が政治家を脅そうとしていたというところまでです。それは岩倉元代議士ではないですか」

聞くなら直接名前を出した方がいいと、涼子はサイドウィンドウの方を向いたまま口にした。

「政治家なんて私はひと言も言ってないがな」

「違うのですか」

「きみは望月巡査部長にも、そんな根も葉もないことをぶつけたそうだね」

「今の電話も岩倉元代議士ではないですか」

顔を動かし、今度は虫が好かない男の横顔に視線をぶつけた。澤田は鼻を鳴らし、否定も肯定もしなかった。

「本当に私が言ったことは根も葉もないことなのでしょうか」

「きみだって根拠なしにそう言ってるんだろ」

ブラフであると決めつけてくる。確かに根拠はない。瓦間が特定秘密保護法違反なんて文言を出さなければ、考えもしなかった名前だ。

「警備部が罪状を脅迫罪に変えていただけるのでしたらまだしも、このままでしたら嫌疑不十分で釈放することにもなりかねません」

「しょうがない。そうなったらきみらのミスだ」

「私たちのせいにされるのは道理に適っていないと思いますが」

「きみは噂通りのやり手女刑事だ。熱心に捜査してるようだから面白いことを教えてあげるよ」

前を向いたまま、澤田が口だけを動かした。

「あのアパートには五年前まで朱聖梛という女性が住んでいた」

「誰ですか、その女は」

「中国人の人権活動家だ。中国で社会派弁護士が拘束《こうそく》された時や、中国人のノーベル平和賞受賞者が逮捕された時、海外の中国大使館前でのデモにも参加している。元麻布《もとあざぶ》に来ていたのも確認されている」

中国大使館があるのが元麻布だ。

「その女性がどう関係するんですか」

「アパートで被疑者と同棲していた」

「それってあの105号室ですか」

「今の会話でアパートといえばそうだろう」

当然とばかりに言い返された。「同棲というより内縁だ。当時五歳の子供と三人で暮らしていた」

「瓦間の子ですか？」

「さぁ誰の子かな」

「教えてください」

「人権運動をしている女性活動家に、父親は誰だなんて質問は失礼じゃないか。きみがその立場なら穏やかではないだろ？」

黙るしかなかった。事情を知らない第三者から、大樹が誰の子かと聞かれたら、きっと睨《にら》み返す。

「その女性は今、どこにいるのですか」

「アメリカのシアトルにいるみたいだな。向こうでもチベット弾圧に抗議する集会に参加していたとの噂を聞いたことはあるが、よくは知らん」

知らないはずがないだろう。調べた上でこの男は話している。

「それと岩倉元代議士とどういう関係があるんですか」

「私は岩倉さんと関係があるとはなに一つ言ってないぞ」

「私に調べろってことですね。瓦間に聞いてもいいと」

「岩倉さんの名前を出されては困る」

物音のしない深夜に、澤田のよく通る声が響いた。

「どうしてですか」

「被疑者の企みが公表されたら大騒ぎになる」

「企みってなんですか。それが脅迫に繋がるのですか」

無視された。「それでは調べられません」

そこで澤田はまた薄く笑みを浮かべた。

「ヤツとあのアパートの関わりを教えたんだ。先生の名前など出さなくても捜査はできるだろ」

先生と言った。やはり岩倉が関わっている。

「では朱聖梛の名前を出して、瓦間があのアパートに侵入した目的を聞き出せってことですね」

返答はなかったが、目は笑っている。

「なにを盗み出したのか調べろってことですね」

「窃盗事案ならそうだろ」

意味深な言い方だ。やはり瓦間はなにかを盗んだ。

「話は以上だ」

聞きたいことはまだあったが、澤田は冷たい声でそう言うと、シートベルトを締めエンジンをかけた。

「分かりました、ではそうさせていただきます」

涼子が扉に手をかけると、澤田はロックを解除した。扉を開け、片足を外に出したところで澤田の声がした。

「新たな事実が分かったら、即時、私に報告するように。頼んだぞ。長谷川警部補」

返事はしなかった。上官に呼ばれて無視したのは、警察に入って初めてだった。

16

蛍光灯が灯《とも》る深夜の工房で、石橋は一人、家具の修理を行っていた。

昨日一日、休んだ分まで取り戻そうと、きょうは昼と夕方に食事を摂った以外は、休憩もせずに作業をこなした。昼間はぐらついていた椅子を四脚修復し、夕方からは同じ客から持ち込まれたクローゼットのメンテナンスだ。

脚ががたついていたのはハンマーで叩いて調整したが、長い間、ワックスを塗っていなかったことで、側面の板から油分が抜け、横側の板が毛羽だったように色褪《あ》せてしまっている。

最初は油入れと部分的な色の補正で済ませようとしたのだが、板全体の状態がよくないため表面のワックスをすべて剝がすことにした。クローゼットを横に倒してから、電動サンダーを用意する。

けたたましい音とともに、電動サンダーを接面させると、細かい木粉が飛び交った。

深夜の作業も海老名に工房を移転してできるようになった。住宅地の真ん中にあった練馬なら即座に苦情が来ただろう。すべての側面を削ることにしたので、塗装まで仕上げるには朝までかかる。

和夫と恵の二人はずいぶん前に引き揚げた。手伝いますと言われたが、いつまたこの仕事を放り出すかもしれないのだ。出来る時は自分でやっておきたいと断った。

とはいえ、まだ仕事は山積みで、隠し扉を頼まれたライティングビューローは、図面を引き、使う木材を決めた以降はなにも進展していない。

修繕はうまくやれるが、客をあっと驚かせる発想は、今の疲れた頭では難しい。

一方で、道具を使って手を動かしている時は無心になれて作業に集中できた。一度手を止めると、頭の中に瓦間の映像が浮かび上がってきて、脳を支配する。

瓦間が朱聖梛と一緒に暮らしていたとは。短い期間だったかもしれないが、一緒になれたのならそれは良かった、親友として祝福できる。だが浮かぶ映像は二人だけではない。脳裏にちらついては消える成岡遼一が、二人の関係を邪魔するように間に入り込む。その時には、フットボールの試合を観戦に来た時の幸せそうな表情だった瓦間が、ムッとした面様に変わる。

〈うちの雑誌で成岡遼一のインタビューをしたんですよ。ファンだと言っている若菜いずみというヴァイオリニストが、送ってもらった写真の朱聖梛に似てるんです〉

若菜いずみという音楽家を知らなかった石橋は、電話を切った後にインターネットで画像検索してみた。

最初はどの写真も髪が真ん中分けになっていることを除けば、どこが似ているんだと思った。

だが写真を動画に変えて、ヴァイオリンを演奏している姿を見ていると、記憶の奥底にある朱聖梛の表情とだぶって見えた。

細身の体で、美しく清楚な見た目に反して彼女の演奏は力強かった。

まるで音楽と格闘しているようだった。権力と闘い、瓦間が退学になりそうだった時、激情に駆られるように抗議していた朱聖梛の顔がそうだった。

〈バシさんは、朱聖梛の子供の父親が成岡遼一だと思ったんじゃないですか。だからあの

場で言わなかったんでしょ〉

「その通りだ。隠して悪かった」

答えて良いものか躊躇《ためら》い、数秒の沈黙を置いてから石橋は認めた。

——遼一と聖梛の間に、俺が入る余地なんかねえよ。

瓦間は「遼一」と下の名前だけで呼んでいた。

自信家で、達成できないものはこの世になにもないと全身で体現してきた瓦間なのに、その時だけは弱気だった。

——おまえらしくねえな。しつこくいけばモノにできないことなどないが、瓦間のポリシーじゃないのか。

励ましたが正直、瓦間でも無理だろうと石橋も思った。

当時の成岡遼一は大学教授として、テレビにもたまに出演し、視聴者から人気があった。

瓦間の話では、二人は大学時代は付き合っていなかった。だが聖梛が成岡に惚れているのは間違いないと瓦間は言っていた。

——成岡遼一はどうなんだよ。

——遼一に直接聞いたわけではないからよく分からん。

——それだったら諦めることないじゃないか。成岡遼一に振られたかもしれないだろ。

——聖梛が振られるわけがない。

瓦間の話では成岡遼一は大学卒業後、渡米してコロンビア大学に、その後、帰国して大学講師になってから准《じゅん》教授に、その後も海外留学を続け、英国のケンブリッジ大学での講師を経て、そして教授になった。

朱聖梛は、卒業後は香港に帰り、中国返還の反対運動などに参加していた。その後は現地で、女性の人権を守るＮＰＯ法人などを設立して活動していたそうだ。

——だけど甥《おい》っ子とはいえ、政治家一族なんだろ。そんな男が人権活動家と付き合ったりして問題はないのか。

叔父は大物政治家で派閥のトップにもなった成岡勝彦である。政治家だろうが、今の時代、どこの国の人間と結婚しても問題はないかもしれない。だが朱聖梛は人権運動家というより反戦活動家でもある。大学時代には瓦間と一緒に、自衛隊の海外派兵反対のデモに参加している。

ただ、その時の石橋は、自分でもおかしなことを言ったと反省した。成岡勝彦の甥っ子だろうが、別人格だ。成岡遼一はテレビに引っ張りだこの人気教授でありながら、当時は、叔父の応援演説に一度も出たことがなかった。

——遼一は政治家を継ぐ気なんてさらさらない。興味があるのは文学だけだ。

しかし、その後、政治家に転身した。立候補したのは二〇一二年十二月の総選挙だ。直前に叔父の成岡勝彦が急逝した。勝彦に子供はおらず、後継を託された秘書では勝てないと言われ、そこで民自党本部が動き、成岡遼一を担ぎ出したのだった。

結構大きなニュースになった。成岡遼一が悲壮感を漂わせるような顔で立候補を決意した理由を話している会見を、作業場から戻った夜のニュースで見た。

政治家の一族なんてこんなものだ、瓦間、おまえも見る目がねえな——一人でその画面を見ながら、思わずそう口走ったくらいだ。

その選挙の年が、朱聖梛が日本に来日し、瓦間と生活していた時期と重なる。

新見の調べによると、瓦間と一緒に朱聖梛が来日したのが二〇一二年の九月二十八日。

瓦間の複雑な心境が浮かび上がる。

週刊タイムズをやめて四年、瓦間はようやく踏ん切りをつけて、成岡遼一との関係が終わった朱聖梛を口説いて日本に連れてきた。アパートの名義は朱聖梛だったが、いずれは一緒に住むか、それともすでに家族として暮らしていたのかもしれない。

それが一緒に住んで三カ月で成岡遼一が継ぐ気はないと話していた国会議員になった。おそらく彼女の気持ちは揺れたのだろう。このまま日本にいて成岡遼一との関係が晒《さら》されでもすれば、息子にも害が及ぶかもしれないと……。

翌二〇一三年の九月七日、老婦人が仲のいい三人家族のように見えたと証言した日には、彼女は日本を離れる決意をしていたのではないか。事実、翌月の十月一日には、朱聖梛と息子は瓦間を置いて、日本を去った。

瓦間が望んだ生活が、一年で破綻したのは成岡遼一のせいだ。となると今回の瓦間の目的は復讐か。あのアパートに、成岡遼一と朱聖梛の関係を証明する秘密があったのではないか。それを瓦間は持ち出した。

新見とも電話でその話はした。新見はその推理には懐疑的だった。

〈そんなことしなくても、成岡遼一を追い詰めるのは簡単じゃないですか。マスコミに話して、子供のDNAを調べると言えばいいんですから〉

「マスコミを利用すればいいというのは、俺たちメディアで働いた人間の都合のいい発想だぞ。そういうのを卑怯だと考える人間だっている」

〈瓦間さんならそう言いそうですけど〉

「それにDNA鑑定を持ち出すとしたら朱聖梛が公表を望んでいることが前提になる。彼女は望んでいない。だから日本を出た」

〈そうなると、いずれにせよ瓦間さんは彼女が望まないことをしようとしたってことになりますけど〉

「俺もそれが信じられん。昔の瓦間なら絶対にしなかった」

遠くから二人の幸せを見守っていたのだ。彼女の気持ちを尊重して……。

「一緒に過ごしたことで、そんな温かい気持ちではいられなくなったのかもな」

石橋は考えを改めた。

〈瓦間さんも普通の男だったってことですね〉

「普通じゃねえよ。やっぱりヤツは変人だ」

気持ちは分からなくはない。怒ったからといって逮捕される事件を起こすか？　そんなことしたらまた聖椰に叱られるぞ——瓦間に会えればそう言ってやりたい。

17

八月二十四日金曜、新見は瓦間の写真と石橋から送信してもらった二十五年前の朱聖椰の写真を手に、一人で聞き込み取材をした。アパート付近で瓦間を見たという者はいなかったが、朱聖椰らしい女性の目撃談はあった。

七十五歳の女性は、キャリアウーマンらしきことを言ったが、きょう会った主婦は「平日に子供と公園で遊んでる普通のママさんよ」と話した。

他にも同年齢の子供がいる母親に当たったが、朱聖椰は他の母親とはまったくと言っていいほど交流がなく、子供は幼稚園には通わせていないと言ったそうだ。それを聞いた主婦は「あのアパートに住んでるからね」と蔑《さげす》んだ目で言い、もう一人の主婦は「特別な教育方針を持つ変わった人かと思った」と感想を述べた。

石橋は彼女のことを活動家だと言っていた。日本でもその手の行動をしていた可能性がある。知り合いの女性弁護士やNPO法人の代表者を当たったが、今のところ情報はない。

それにしても五年も一緒に仕事をしたのに、瓦間という人間がさっぱり理解できない。取材をすればするほどそれを痛感する。

瓦間が石橋のために脱税王から金を借りたことからしてそうだ。そしてずっと片思いしていた女を、二十年も経って日本に連れ戻して暮らし始めたことも。

あのアパートに朱聖梛の息子、建生の父親が成岡遼一だという証拠があったという可能性がある。だから忍び込んだ……今、考えられるのはそんなことくらいだが、かといって自分が瓦間の立場だとしても、そんな危険は冒さないだろう。

そこで一緒に取材していた頃、石橋から聞いた話が頭を過《よぎ》った。

――俺は瓦間にとって週刊誌記者の仕事は天職だと思ったよ。あいつの取材相手との「かんかく」が俺たちとはちょっと違う。

その話を聞いた時、新見は「瓦間さんの感覚がおかしいのはずっと前から分かってますよ」と笑ったくらいだ。だが石橋が言ったのは「感覚」ではなかった。「間隔」、つまり取材対象者との距離感だった。

——あいつの間隔は常人離れしてる。

それは二人がまだ二十代だったそうだから、新見が入社する前の話だ。

彼らは、一部上場企業の創設者の御曹司《おんぞうし》が会社の金を流用し、ロサンゼルスに別荘を買ったというネタを摑んだ。二人はすぐに現地に飛んだ。

ダウンタウンのホテルをベースに、御曹司が買ったパサデナという高級住宅街にある別荘や彼が留学していた大学、ゴルフ場、愛人と買い物していたロデオドライブのブランド店などを回ったそうだ。

移動にはレンタカーを使った。実家の工房で、普段から軽トラックや父親の車を乗り回していた石橋は、運転には自信があった。

瓦間も免許は持っていたが、車は持っていなかった。大学時代にはそれなりに乗っていたようだが、就職してからは仕事で必要な時にレンタカーを借りる程度だった。

右側通行で、車は左ハンドルなのだ。当然、石橋は自分が運転するものだと思っていた。

だが瓦間が俺にも運転させせろと引かないため、交互にハンドルを握ったそうだ。

——ロサンゼルスのフリーウェイって、道幅が細い上にカーブが多くて、ぶつかりそうな感覚がいつまでも抜けないいんだ。とくにパサデナに行く１１０号線はアメリカでも古い高速で、アメリカ人は百二十キロくらいで飛ばして、ちょっとでも前との車間を空けると後ろから追い抜いて、狭い隙間に入ってきた。

　自分の車を持っている新見だったが、その話を聞きながら「怖いですね」と言った覚えがある。海外出張の経験はあったが、車を運転したことはない。きっと瓦間も怖がってブレーキばかり踏んだのではないかとその時は思った。

　──それが違うんだよ。瓦間ときたら、向こうのドライバーより車間距離を詰めるんだ。百二十キロ出してだぞ。「運転に慣れてないんだからもっと車間距離を空けろ」と肝を冷やした俺は何度も注意したけど、あいつはまるで怖がってなかった。こいつは俺たちとは脳の構造が違うんだなって思ったよ。


　それで「感覚」ではなく、「間隔」だと言ったのだ。車間の恐怖もない。同時に人との間隔でも怖さを感じない。

　アメフトの選手として巨漢選手に吹き飛ばされた経験がある石橋も、自分が怖いもの知らずな方だと思っていたそうだ。恐怖心が人より欠けているから、四年間もプレーできたと。それでも自分が悪事を暴いた相手にその後近づけば何をされるかという警戒心が働き、再びネタになる事件でも起こさない限りは近づかなかったと話していた。

　新見もそうだ。辞職させた議員に手記を頼んでこいと命じられた時は、殴られることも覚悟した。刑期を終えた後に再び殺害事件への関与が疑われた元殺人犯を取材した時は、事前に秋葉原《あきはばら》に寄り、防刃チョッキを買ったほどだ。

自分が記事にした相手を、その後もネタ元にしようなんて都合のいい考えは新見にはなかった。

それが瓦間は平気で近づいた。自分より瓦間の方が、記者として優秀だったのだろう。だが瓦間の武器である「間隔の妙」が仇《あだ》となったとも言える。

石橋が金を必要とした時、瓦間は告発記事を書いた伊礼辰巳に頼んだ。瓦間と伊礼が親しい間柄でなければ、瓦間と石橋は今も週刊タイムズにいて、タイムズはもっとスクープを抜きまくっていたように思う。

ずいぶん聞き込みをしたが、それ以上の成果を得ることなく、日が暮れてから会社に戻る。来客用のソファーに深く腰かけ、疲れを取っていると激しい息遣いとともに足音がした。

「ちょっと、新見さん、どういうことですか」

新見班のエースである古谷健太郎が、顔を真っ赤にして編集部に入ってきた。

「どうした、そんな顔をして」

「牛久保のことですよ。会ってきたら、牛久保のことは書かないって新見さん勝手に約束したんですって。僕はひと言も聞いてませんよ」

鋭い眼差しで間近まで詰めてきた。

「悪い、健太郎、いろいろあって話す時間がなかったんだ」

言い訳をしたところで健太郎の表情は変わらない。怒るのも無理はない。「書き」を任せられたのに、上司がネタ元とおかしな提携をすれば、新見だって激怒する。

いくら元外相とはいえ、岩倉はすでに議員を引退している。その上、不正の場にいた牛久保の名前を出さず、証言者が外務官僚であるという文言まで無くせば、記事の信用度は一気に落ちてしまうだろう。

「新見さんは本気で牛久保を見逃してやる気ですか」

「いや、見逃すわけでは……」言い訳が口から出かけたが、「ああ、牛久保本人にはそう言った」と認めた。これ以上ごまかせば健太郎との間に出来た溝は、取り返しがつかないほど深くなる。

「そんな大事なことを勝手に決めて。どういうつもりなんですか」

健太郎はさらに興奮し、声を上ずらせた。

「そうしたのは瓦間さんのことでしょ。若い女の家に忍び込んだことが、今回の牛久保の件に関わっているんじゃないですか」

「さすが健太郎は有能だな」

新見はここ数日、瓦間の事件に掛かりっきりなのだから、誰だってそう推測するだろう。

「どうしてそんなことするんですか。あの人、逮捕されて、うちのライターだったと名乗ってるんですよね。まったく恥知らずなだけじゃないですか」

瓦間が今でも「自分は週刊タイムズの元特派記者だ」と言っているとしたら、それは本来誇らしく思うべきことだ。だが今の健太郎は、下着泥棒の性犯罪者だと思っている。

新見は少し息を整えてから、「健太郎、落ち着いて聞いてくれ」と宥《なだ》めた。

「俺が瓦間さんのことを調べているのは事実だ。なにも世話になったから動いてるわけではない。もしかしたらこれはビッグニュースになるかもしれないと思ってるから、それで牛久保にも協力を頼んだ。もう少しはっきりすれば健太郎にも話して、手伝ってもらおうと思っていた」

もし本当に瓦間が成岡遼一を脅迫していたとしたら、自分はそれを記事にすることができるのか？　自問自答しながらもそう答えた。石橋からはやめてくれと嘆願《たんがん》されるだろう。だが自分が動いた以上、事実がそうなら見て見ぬ振りをすることはできない。

「それってどれくらいのデカいネタですか。まさか岩倉の収賄《しゅうわい》以上とは言わないでしょうね」

「それよりデカいネタだ」

表情を探るような目を見返して言った。「瓦間さんはあのアパートに隠していた政治に関するネタを取り出すために侵入した疑いがある」

「政治ってどんなネタですか」

「それは調べている最中だ」

　名前は出せなかった。瓦間の恋仇が成岡遼一だったのは事実だ。瓦間が一緒にいた朱聖梛の息子が成岡の子だという確証はまだない。

「ふざけないでくださいよ」健太郎は怒った。「そんなの岩倉のネタを持ってきたのが僕だから、新見さんはどうでもいいと思ってるんでしょ」

「そんなわけないだろ」

　岩倉のことは確かに健太郎が最初に取ってきた。「ネタを取ってきたものが勝ち」が週刊タイムズのルールだ。それなのにそれを無視して、小林にやらせた。健太郎はそのことを今も根に持っている。

「健太郎が摑んできたことは感謝している。今回のネタの重みは知ってるつもりだ」

「それならどうして邪魔するんですか」

「邪魔なんかしてない」

「牛久保とおかしな取り引きをしたということは、そういうことですよ」

　健太郎の怒りは収まらなかった。自分でも勝手過ぎたという反省はある。だがそれを交換条件にしなければ、牛久保は記録を調べてくれなかった。

「きょうだって、ロシアの事業に参画している企業関係者を回って、ダダ社のことを聞いてきたんですよ。なぁ、小林」

後から入ってきた後輩記者を呼んで、そう言った。

「で、どうだったんだ？」健太郎に聞く。

「やはりダダ社は数年前に今の大統領によって潰されています。西側の政治家と深く繋がり過ぎていたのが理由だそうです。幹部は逮捕され、会社は解散しました。おそらく今回の岩倉の文書は、海外に逃げた対外情報部の連中が持ち出したものではないかと言ってました」

「その文書は？」

「きょう会った人は、文書流出の噂は聞いたことがあると言ってました」

証言が増えた。だが肝心の文書が見つからないことには噂の域を出ない。

「なんとしても文書を探してくれ」健太郎にそう言ったが、「そんなことより瓦間さんはどんな政治事案を探っていたんですか」と振り出しに戻される。

この場をどう乗り切るか必死に頭を巡らせた。だが下手をしたら健太郎は自分から離れてしまう。悩んでいると、健太郎の横にいた小林が「あの」と震えるように声を出した。

「余計な口出しはするな、小林」

健太郎が叱った。

「どうした？」

　話すのをやめかけた小林に、新見が聞き質《ただ》した。

「瓦間さんなら前に電話がありました」

「電話ってこの編集部にか？」

「はい」

「いつのことだ」

「今年の新人が配属された時ですから四月くらいかと。新人が電話に出たんです。たぶん新見さんか、瓦間さんがいた頃に在籍していた人を探していたようです。誰もいなかったので、僕が代わって挨拶すると、それなら調べてほしいことがあると頼まれました」

「なにを頼まれた」

「政治家のことです」

「政治家？」

　自分の声にあとから出した健太郎の声が追いついた。

　ここで成岡遼一の名前が出ることを覚悟する。

　先に健太郎が「岩倉のことか」と聞いた。

「そうです」と小林は答えた。新見は息を呑んだ。小林は「もう一人聞かれました」と言った。

「誰だよ」健太郎が突っつく。また心臓の動きが速くなる。今度こそ成岡遼一の名前が出る……。

「榊原幹事長についてです」

あまりの大物の名前に新見は言葉を失った。

健太郎も見当がつかず、「どうして瓦間さんが幹事長について聞いてきたんだ」と聞く。

「瓦間さんは岩倉と榊原のなにを聞いてきたんだ」ついで新見も質した。

「もしかして瓦間さんも、岩倉のサハリン工事について調べていたんじゃないだろうな」

健太郎が言った。

小林は、新見か健太郎のどちらに話せばいいのか困っていた。

新見が「小林、話してくれ」と促すと、「二人の古い記事をできる限り集めてくれ、僕はそう言われただけです」と答えた。

「それだけか」

拍子抜けした。

岩倉の派閥を継いだ榊原が、岩倉のロシアコネクションを継承したとも考えられる。岩倉の収賄に、当時大臣になって力をつけていた榊原が関与していた可能性はある……。

だが新見が想像する、瓦間が関わっていることとは別件だ。

繋がりがあるとしたら、岩倉の前の派閥の領袖が成岡勝彦だということ。そして成岡遼一を政界に引っ張り出したのは榊原だと言われていること。当然、次の内閣改造で入閣するとしたら、それは榊原の意向が働いたことになる。

幹事長を任される政治家は、強面の強権タイプか、寝技師のような狡猾《こうかつ》なタイプが多いが、榊原は成岡と似たスマートでクリーンなイメージが強い。

当選七回。選挙期間中、一度も自分の選挙区に入らなくても毎回ダブルスコア以上で当選できるほど人気がある。派閥も成岡勝彦や岩倉省仁がトップだった時はタカ派だったが、榊原派になってからはずいぶん穏健路線にシフトチェンジした。

成岡遼一のスキャンダルは同時に榊原の火種《ひだね》にもなるだろう。そう考えて、瓦間は、榊原にそのことを密告しようとしたのか？

「過去記事なんて集めて、そんなものどうしようってんだ」

健太郎は考え込んでいた。すぐに表情を変え、「そう言われて部外者に過去記事を渡したんじゃないだろうな」と小林を注意した。

過去の週刊タイムズの記事は大きな図書館などに行けば調べられる。けっして秘密にするものではないが、今は仕事と関係のない部外者の瓦間に渡すのは、許されることではない。

「岸本《きしもと》さんに聞いたら、それくらいいいだろうって言われたんで」

新見よりベテランの班長の名が出たため、健太郎はそれ以上、小林をなじれなかった。

このまま話を終わらせても良かったが、それだと健太郎の不満は残る。新見は悩んだ末に、今考えられる範囲内での瓦間の目的を話すことにした。瓦間は、岩倉や榊原に隠し子について伝えようとしている、もしくは伝えたけれど証拠がないので今回の侵入に繋がったか……。瓦間が岩倉と榊原の名前を出した以上、二人に当たる必要が出てきたら、健太郎や小林の力が必要となる。

「健太郎、これから話すことは、取扱注意の重大事案だ。だから聞いても口外はしないでほしいし、取材についても俺の指示に従ってくれ」

「どうしたんですか、急に」

「ここではなんだから会議室に行こう」

周りを見渡してそう言った。今は近くに編集部員はいないが、編集長や他班の班長が戻ってきてもおかしくない。

新見の口調が急に険しくなったことに、健太郎は少し威圧されながら「全部話してくれるんですね」と言った。

「ああ、話すよ」

そう返事をしてから「小林、おまえも来い」ともう一人の部下にも声を掛けた。

18

瓦間が「特定秘密保護法違反」と口走ってから二日が経過した八月二十五日、土曜。取り調べは六日目になった。

午前中、涼子は昨夜澤田警視正から聞いた「朱聖椰」という香港出身の留学生について調べるため、東京・千代田《ちよだ》区にある瓦間の母校に行った。

その件は上司に報告していないが、バレても責められることはないだろう。

課長は今回の件が、本庁が抱えている訳あり案件だと承知しており、関わりを避けようとしている。本庁、さらには背後にもっと強い力の意向が働いているのも知っているからだ。

涼子一人でどこまで真相を暴けるか、自信はなかった。だが今のように、侵入した目的すら判然とせず、盗まれた下着の行方も分からないままでは、検察は起訴しないし、そうなれば目黒署は笑い物になる。それは当然、係長である涼子の責任になってしまう。

大学では学生部に出向き、古い資料を出してもらった。

そこには瓦間慎也だけでなく、朱聖椰の名前もあった。

二十五年も前ということもあり、学生部に当時を知る者はいなかった。五十歳以上の職員なら当時から働いていた可能性があると考え、ベテランを呼んでほしいと頼んだが、他所《よそ》から移ってきた人ばかりで全滅だった。

半日棒に振ったと、諦めて帰ろうとしたところ、最初に応対に出た広報から電話があり、「副学長が、刑事さんが知りたい卒業生を覚えていると言ってます」と伝えられた。

当時、文学部の助教授だった副学長は、朱聖梛のことも、そして瓦間らしき学生のことも覚えていた。

「その男子学生がデモで機動隊員に暴力を振るったということで、公務執行妨害で逮捕されたんですよ。当時はその手の学生運動は減ってたんで、我々もどう対処していいか困ったんだけど、機動隊員がケガを負ったというから、事実であれば退学にすべきだという意見が大半を占めまして。それで処分を決める教授会が開かれることになったんです」

瓦間の過去の逮捕事案のことだ。

「教授会が開催される前日だったかな。瓦間くんは正当防衛だ、正式に罪が確定されていないのに処分するのはおかしいと言ってきた女子学生がいたんです」

「その子がもしかして？」

「朱聖梛さんです」

「彼女が男子学生を救ったんですか」

「そうなりますね。彼女、後で無実だと分かった時に退学にしていたら大問題になる、とすごい剣幕で、教授たちもタジタジでした」

「それで処分されなかったんですか」

「停学にはなりました。無期停学だったけど、当時の学部長が温厚な人で、彼が不起訴になった時に処分も解除されました」

　副学長の記憶は少し違っている。瓦間は不起訴ではなく略式起訴で、罰金を命じられたはずだ。

　彼は瓦間のことはその事件以外に記憶はないようだったが、朱聖梛のことはよく覚えていた。

「教育者である私が言うと不謹慎《ふきんしん》だけど、彼女は魅力的な学生でしたからね。その少し前あたりから、女子大生がよくテレビの深夜番組に出るようになったんだけど、そういった子たちとは全然違いました。六本木《ろっぽんぎ》で夜遊びするような浮ついたタイプではなくて、男子学生がからかったりしたら、セクハラで訴えてきそうな雰囲気でした」

「怖い女性ってことですか」

「怖いといえば怖いけど、人を惹きつける魅力はありましたね。高校でいうならクラスをまとめる学級委員長という感じかな。だから彼女のいるクラスは私語も少なくて授業がし易かったですよ」

　二十五年前の記憶だからよほど印象的だったのだろう。副学長は「留学生なのに日本語の発音がきれいで、たまに見せる笑顔がとてもチャーミングだったなぁ」と目線を上げて付け足した。

「彼女に恋人はいましたか」涼子は尋ねた。

だがその問いには「そんなこと我々が分かる訳ないじゃないか」と一笑に付された。

取調室の扉を開けると、髭がさらに伸びた瓦間が座っていた。相変わらず態度が大きい。

自分の後ろには二人の部下が突っ立ったままでいる。圧迫感を覚えた涼子は「どっちか一人を残して一人は出ていって」と命じた。二人は目を合わせ、佐久間が残った。

涼子は着席した佐久間を手招きして呼び寄せ、耳元で「あなた、これから大変な秘密を聞くことになるからね」と小声で囁《ささや》いた。

「えっ」佐久間は聞き返したが、涼子はリップもつけていない唇に指を置き、口にファスナーを閉めるジェスチャーをした。

聞こえているにもかかわらず、瓦間は腕組みして目を瞑《つむ》っている。着っぱなしなのか、皺だらけのシャツにいっそうやさぐれ感が出ている。

「あなたが私に特定秘密保護法違反なんて大それたことを言った理由、ようやく解けたわよ」

涼子も余裕を見せるつもりで足を組んで半身になった。

「あのアパートに知り合いが住んでいたようね。恋人なんでしょ。大学の同級生で中国人なんだってね」

こういう言い方は外国人を蔑視《べっし》しているようで嫌だが、あえてそう言った。

中国ではなく香港だと反論してくるとも考えていた。だが瓦間は目すら開けない。

「その彼女のおかげで大学の時、あなたは退学にならずに済んだんでしょ？　結構気の強い女性だったみたいね」

彼は相変わらず無関心を貫く。

「不動産屋に聞いたら朱聖梛さんの名前で借りていたことも判明したわ。彼女、中国大使館前で抗議をしたこともあるんだって。そりゃ警備部が目をつけるわよね」

今度は薄目を開けた。だがなにも言わずにまた瞑る。これくらいの挑発はこの男には通用しないか。

「悔しいけど私たちがそれを知ったのは二番目だったみたいね。私たちより前に、あなたが頼りにしていた週刊タイムズが来たそうよ。彼らは朱聖梛さんが住んでいたのも知ってたって。警察より早く調べるなんてなかなかたいしたものよね」

朱聖梛は六年前の十月から翌年の九月末まで一年間、あのアパートの１０５号室に住んでいた。その後、彼女と入れ替わるように二〇一三年の十月から井上遙奈に借主が替わっている。

「彼女には五歳の男の子がいたらしいわね。女の子だとおませになるけど、男の子はそれくらいの時はまだ幼いんじゃないの。私も四歳の男の子がいるけど、大変だから」

そう言うとまた瓦間の瞼《まぶた》が開いた。今度はしっかり開け、涼子を凝視してくる。

「あんたの言う通りだ。あのアパートに聖梛は住んでいた」

急に認めた。否認していた被疑者の口を割らせたことはいくらでもあるが、今回は少し意外だった。

「同棲していたことを認めるのね」

「俺は住んでたわけではない。住んでいたのは彼女とジャンシェンだけだ」

「子供の名前ね。どういう字を書くの」

「建てるに生きるだ」

ずいぶん素直ではないか。今までとは違う。

「それがあなたの子供なのね」

「聖梛の子だ」

自分の子ではないと言ってるようにも聞こえる。

「あなたは朱聖梛さんと建生くんが住んでいたあの部屋に用があった。それで彼らに関わる大切なものを盗み出した」

「俺が認めるのは彼女たちが住んでいたことだけだ」

　やはり完全に落ちてはいなかった。かといって挑発に乗ってうっかり口を滑らせたわけでもなさそうだ。

「それって、今回のことは下着泥棒ではないってことを言いたいのかしら」

「最初からそう言ってるだろ」

　俺は人格を疑われることは断じてせん——下着は盗っていないとこの男は一貫して否定している。だが一つ気になった。否定しているのは「下着」に係っているのかそれとも「盗ってない」に係っているのか。

「ねえ、あなた、盗んだの、盗んでないの？」

「下着なんて盗まないと言ってるだろ」

「私が言ってるのはそういう意味じゃないのよ。なにかを盗んだのか、それともなにも盗んでいないのか、それを聞いてるのよ」

　そこで物が落ちる音がした。

「すみません」佐久間が床に携帯電話を落とした。手を伸ばして拾った佐久間は、画面が割れてないか確認し、また机に置く。

「壊れるのが心配だったら、最初からポケットにしまっておきなさいよ」

「はい」佐久間はズボンに入れた。

「瓦間さん、本当になにも盗んでいないのなら、はっきりそうとあなたの口から言ってくれてもいいでしょ」

組んだ足を下ろし、気持ちを落ち着けて優しい口調で尋ねた。返事はなかったが、どこかいつもとは違う。態度は悪いし、口の利き方も横柄だが、体全体で醸し出す警察に対する敵愾心のようなものが今は感じられない。瓦間の顔をじっと見つめる。口元が緩んだように見えた。

「佐久間、悪いけど、耳を塞《ふさ》いでてくれる」

「えっ」

「いいから」

困惑していたが、涼子が「聞いたらあんたも足が抜けなくなるわよ」と脅すと、両手を耳に当てた。おそらく聞いている。それでも実際に耳にすれば、この部下は聞かなかったことにするだろう。

「ねえ、瓦間さん、今回の件、岩倉省仁が絡んでいるみたいね。あなた、そんな大物を脅してたんでしょ?」

岩倉の名前は出すなと命じられているが、どうでもよかった。処分するならすればいい。

「脅したりなんかせん」

否定した。だが「だとしたら取材だったというのかしら」と聞き直すと、無言だが顔に微《かす》かに反応があった。今度は否定ではない。澤田は「被疑者の企みが公表されたら大騒ぎになる」と話していた。この男は、むしろ公になることを望んでいるのか。そのために自分から「週刊タイムズの元記者」と名乗ったのか……。

「岩倉省仁は警察庁出身だけど、元政治家よ。だとしたらあなたの敵は警察じゃなくて政治家なんじゃないの？」

瓦間は神経を研ぎ澄ましたような表情で涼子の話を聞いていた。当たりだ。この男の本当の狙いは政治家にあると、直感が働く。だがその時には瓦間の目線は涼子から動き、耳を塞ぐ佐久間を見ていた。視線は佐久間の体より下、携帯をしまった佐久間のズボンあたり……。

「瓦間さん、どうかしたの？」

涼子が質《ただ》すが、彼はまだ携帯電話で不恰好に膨らんだポケットから視線を動かさない。なにか示唆《しさ》しているつもりなのか？　考え込んでいるとふとこれまでと異なる考えが頭を掠めた。自分たちはこの男を窃盗で送致したが、この男がしたことはかけられている嫌疑とは真逆ではないのか。

「佐久間、今すぐ井上遙奈さんに連絡してくれる。きょうもう一度部屋を見させてほしいって」

大声に佐久間は耳から手を離した。

「彼女、まだ仕事中ですよ」

午後三時半だ。

「携帯が繋がらないなら会社にかけて。今晩は早く帰ってくるように頼んで」

瓦間を見た。すでに視線は佐久間のズボンから外れているが、涼子の話を聞いてニヤついているように見える。やはりそうなのだ。この男の目的は盗みではない。

「いいから、早く行って。課長にも伝えるから」

横目で瓦間の顔を見ながらそう伝えた。


アパート前にはすでに捜査車両が停まっていた。

先に出た佐久間と川野の二人が井上遙奈に再度、ドアの前の通路で事情を説明している。涼子はアパートに入り、説明役を代わろうとした。そこにブレーキ音がして、車がアパート前に横づけされた。

出てきたのは警視庁の望月と、あの喫茶店にいた太った巡査だった。

「なんの用よ、望月」

踵《きびす》を返した涼子は、アパートの入り口で二人を制するように立った。

「中山課長からの指令です。そっちの課長にも電話が入ってるはずですよ」

「中山さんではないでしょ。澤田警視正じゃないの？」

望月は返事もせずに廊下を進んでいく。

井上遙奈は六人もの捜査員が来たことに動揺していた。

「なにがあったんですか」

「電話でお話しした通り、侵入者が残した形跡をもう一度調べるだけです。ご迷惑になるようなことはしませんから」

「どうぞ」彼女は渋々とドアを開けた。

「お邪魔します」

涼子が先頭で中に入った。佐久間ともう一人の目黒署の男性巡査にはベランダを調べるように命じた。瓦間が隠したものを探すようにとは、署で伝えている。

「衣服などプライバシーの強いものは私たち女性二人で見させてもらいますから」

下着泥棒の事件だと思っている井上遙奈にそう話しながらも流し目で、望月たちに手をつけるなと伝えておく。

「すみません、押し入れを開けさせてもらいますね」

涼子は許可を取ってから川野とともに中を探った。

押し入れの中板に足を乗せて、天袋に異状がないか手を伸ばした。見つからない場所とは思っていない。瓦間の目的が騒ぎを起こさせるためなら、見つけられるように隠したはずだ。テープで貼り付けておくとか、隙間に挟んでおくとか。

「よし、このテレビ台からだ」

望月が横に移動させた。部屋にはテレビ台の他に、本棚と縫製の勉強で使っているミシンがある。

狙っているのはそれらが置いてある床下のようだ。考えていることは涼子と同じ。瓦間は盗んだのではなく、この部屋になにかを隠したと睨《にら》んでいる。

澤田からもなにがなんでも長谷川より先に見つけ出せと命じられているのだろう。見たことがないくらいテキパキと動き、家具の隙間まで確認している。

そして発見すれば澤田に渡す。そのことは絶対に表沙汰にはしない……。

一方の涼子は自分が先に見つけた時にどうするかは決めていなかった。

目黒署の上司には連絡するつもりだが、その上司も澤田の下にいるようなものだからおそらく黙殺されるだろう。法律に触れるものだとしたら、その時は直接警務に報告する覚悟もある。

望月たちより先に見つけ出さねばと気ばかりが逸《はや》った。２ＤＫに七人もの人間が入ったこともあり、室温は上がり、熱気がこもっている。この部屋は窓が一つしかなく、風の通りが悪い。全身から汗が噴き出てきて、押し入れの縁を握る手も汗で滑りそうになった。

押し入れの天袋に異状はなかった。

探しながらも望月たちの動向を確認する。望月も額に玉の汗を浮かせて必死に探している。次は本棚を動かそうとしていた。半分ほどの本を出し、軽くしてから棚ごと動かす。床板は濃い茶色で、色が褪《あ》せた他の部分との違いは一目瞭然《いちもくりようぜん》だったが、爪を差し込んでも、床は剝がれなかった。

押し入れから一旦降りた涼子は、反対側の戸を開けた。木製の箪笥《たんす》があった。

「この箪笥に下着が入っていたんですね」

「そうです」

古い桐箪笥だ。彼女は母親からもらったと捜査員に話していた。涼子の母親も桐ではなかったが、重厚な婚礼家具を持っていた。

「開けますね。見えないようにやりますから」

涼子は用意していたシートを広げた。それで隠し、一番上の引き出しを開けた。下着が小さく畳まれて入っていた。

そこで望月と目が合った。望月も、先に涼子が見つけることを気にしている。

「見ないでよ、望月」

そう注意して、引き出しを一度外に出し、上からシートを被せた。引き出しを抜いた奥側、上板、引き出しの中を順々に調べていく。

アパートに入っていくところを監視カメラに撮られた瓦間はポロシャツにデニムで手ぶ

らだった。持ち込んだものがあるとしたらポケットに入るくらいに折り畳んだ紙かＵＳＢメモリ、それくらいのものだ。

簞笥の横に額縁に入った絵があった。ポップアートのシルクスクリーンだ。昔、流行っていて、コピーがそこらじゅうで売られていた。

「これは？」

「友人からもらったものですけど」

「開けてもいいですか」

「えっ」

彼女もなにを探しているのか心配しているようで、声を詰まらせる。

「ちょっと確認したいだけです」

彼女が頷いてから裏の留め具を外すが、額縁の中に隠し物はなかった。

望月たちはベッドが置いてある隣の部屋を調べていたが、なにも見つからずに戻ってきた。

「風呂場だ」

望月が言うと、涼子が「お風呂とトイレは私たちが見るから」と止めた。

「台所と玄関は我々がやります」

「ベランダにはなにもありませんでした」

佐久間ともう一人が出てきた。

「あなたたちは三課と一緒に台所と玄関を見て」

そう命じて、涼子は風呂場を、川野にはトイレを調べさせる。

さすがに湿気がある風呂場に隠すことはないか。念のために換気扇の隙間などを懐中電灯《とも》を灯して確認する。

台所からは男性捜査員四人の声が聞こえる。

「なにもないですよ」と言う佐久間を、「よく調べろ」と望月が命じる。佐久間ともう一人の男の部下も、まるで望月の手下になっているようだ。

望月も焦っている。あの男は瓦間がなにを隠したか澤田から聞いて知っているのだ。向こうの方が圧倒的に有利だ。

次第にこれは自分の思い違いであり、このままなにも見つからないのではないかと考え始めた。

「トイレにはなにもありませんでした」

「川野は脱衣所を見て」

瓦間が携帯をしまった佐久間のズボンのポケットを見ていたのは、ただの偶然か。それならどうして急に朱聖梛のことを認めたのか。涼子を味方だと感じ、涼子に発見してほしいと思った……そう思ったのは単なる思い込みだったのか。

脱衣場では、川野が洗濯機を斜めに傾け、横から裏側を確認していた。

「あっ、なにかあります」

川野が叫んだ。

台所から床が割れそうなほどの足音が聞こえたが、それより先に涼子が風呂場から飛び出た。

洗濯機の横から伸ばしていた川野の手の先から、テープを剝がす音が聞こえた。川野が体を戻す。なにか摑んでいる。資料のようなものを期待したが、川野が持っていたのはピンクの布だった。ガムテープが引っ付いている。

「あっ、それ、私の」

井上遙奈がそう言って、川野の手から奪い取った。キャミソールだ。タグがついている。

「もしかして、盗まれた下着ってこのことだったのですか」

胸元にレースの飾りがあり、そのまま外出できそうなキャミソールを井上遙奈に見せた。彼女は無言のまま視線を逸《そ》らした。

下着など盗んでいない——瓦間の高慢《こうまん》な顔が浮かぶ。

「いったい、なんなんですか、この捜索って」

本庁の太った捜査員が不満を言った。望月以外の捜査員は全員、白けた顔で涼子を見ている。

「どうしてブラとかショーツと言ったんですか」

「それは、その刑事さんが」

井上遙奈は望月に顔を向けた。

「この刑事がそう言えって言ったんですか」

「違いますよ。答えにくそうにしていたから、下着ですかって聞いたんです。そしたらこの子がそう答えたんですよ」

彼女より先に望月が口を出し、責任を擦《なす》り付けた。望月の険のある言い方に、彼女は泣きだしてしまった。

川野が慰めようと近づいたが、涼子はそれどころではなかった。瓦間の口笛を吹いていそうな顔が浮かび、頭に血が上る。

してやられた。

佐久間のポケットを見たのは、涼子たちに伝えようとしたのではなく、下着泥棒の容疑を晴らすための小芝居だったのだ。いったいどこまで警察を舐めているのか……。

大山鳴動《たいざんめいどう》した結果、涼子たち警察がしたことは、瓦間慎也の容疑から「窃盗」の罪状を消したに過ぎなかった。

19

東京を出た時は雨が降っていた。それが新幹線が西に走るにつれ、空模様は回復していった。これなら静岡は晴れていそうだ。

石橋は今、新幹線のシートを向かい合わせにして座っている。幸《さいわ》いに電車は空いていて周りに乗客はいなかった。隣はタイムズ時代の後輩の新見、正面には新見から「うちのエースです」と紹介された古谷健太郎、その隣は小林博己というおとなしそうな若手記者だ。この日、衆議院の補欠選挙が行われる静岡西部で、候補者の決起集会が開かれる。その集会に成岡遼一が参加するらしい。

会場には入れないため外でぶつけることになる。そうなると天候は重要だ。傘をさした状態ではまともに会話はかわせない。政治家や要人へのぶら下がり取材は、記者時代に嫌というほどやったが、どの場所で、どう聞けば短い時間で本音を聞き出せるか、必ずシミュレーションした。

〈バシさん、明日の午後、思い切って成岡遼一にぶつけてみます〉

昨夜、もらった電話で新見から言われた時、石橋も「俺も一緒に行かせてくれないか」と頼んだ。

〈もちろんですよ。だからバシさんに連絡したんです〉

そしてこの日、新横浜から合流した車内で、思わぬことを聞かされた。瓦間が岩倉省仁と榊原隆宏について調べていたというのだ。

成岡遼一も人気はあるが、大物という意味では二人には遠く及ばない。岩倉は北海道沖縄開発庁長官、厚生労働大臣、外務大臣、党の政調会長も務めた重鎮中《じゅうちん》の重鎮である。

他方、旧通産省出身の榊原も五十八歳で当選は七回。内閣府特命大臣、経済産業大臣、そして前回の選挙は選挙対策委員長として民自党の大勝利に貢献したことで幹事長に抜擢《ばってき》された大物である。大友《おおとも》首相後の総裁候補の筆頭と叫ばれるほど、今もっとも勢いのある政治家と言っていい。

「これが、瓦間さんに渡した過去記事の全部だよな」

新見が正面に座る後輩記者に声を掛けると、小林という記者は「はい」と返事をした。

数十枚の束を新見から渡された。過去の週刊タイムズだけでなく、週刊時報、週刊トップの記事もある。

「うちの会社は過去二度にわたって、岩倉のロングインタビューをやってました。外務大臣の時にはエッセイストとの対談もやっていて、普段はどんな生活をしていて、どの銘柄の酒が好きで、どこのホテルのバーに通っているのかも書いてあります。岩倉は体調を理由に引退したくらいですから、今は飲み歩いていないかもしれませんが、瓦間さんはこの資料を読み、どこに行けば岩倉に会えるかを探ったのだと思います」

　新見が説明した。

「榊原の記事はたいしたものはないな」

「一つだけ赤坂の割烹《かっぽう》のことが出てるくらいですね」

「あの割烹は民自党の連中は結構行くからな」

「成岡同様、あまりマスコミには出ませんからね」

「そういえばテレビにもあまり出ないよな」

「榊原はルックスも好感度もいいですし、それに聡明で弁が立ちますから、討論番組に出て党の方針を述べてほしがってる議員は多数います。ですが、すべて本人が断ってるそうです」

「どうすれば世間から嫌われずにのし上がっていけるか、それが分かってるんだろうな」

　石橋がそう言うと、古谷が「頭は抜群にいいですよ。以前、党内の若手の規律が乱れているのではと質問したことがありますけど、その場で若手議員を批判し、後で幹事長室に呼んで厳重注意をしていました」と言った。

　古谷の名前はたまに誌面で見かける。濃い顔立ちは、ペン一つで権力と闘っているという自信が溢れているようだ。

「そうだな、古谷くん、マスコミの目を感じることのできる政治家は、それを通じて国民がどう見てるかも分かっていると言われるからな」

「健太郎でいいですよ」彼はそう言うと「逆にマスコミ受けばかり狙って、聞こえが良いことばかり言ってる政治家もダメですけどね」と続ける。

不思議なもので清廉《せいれん》だとアピールする政治家に限って陰で悪事を働いている。長く野党として疑惑を追及してきた革新系の民友《みんゆう》党が政権を獲った時も、個人献金の虚偽《きょぎ》記載や不正蓄財など多数の問題が発覚した。当時、アメフト雑誌で禄《ろく》を食《は》んでいた石橋は、週刊誌記者をしていたなら書き放題だったなと、悔やんだほどだ。

「瓦間さんが話すとしたら、榊原は恰好の相手とも言えます。民自党の人事権を持ってるのが幹事長の榊原ですからね」

古谷が言うと、新見は「瓦間さんのことだからすでに話してるかもしれないぞ」と言う。

「だとしたら榊原も愉快ではないでしょうね。次の組閣で自分の色を出そうとしているところに、目玉となる成岡遼一が入閣できなくなるかもしれないんですから」

「バシさんはどう思いますか」

「分からんが、この資料を手に入れたのが四月だとしたら、じっとしているのが苦手な瓦間が四カ月もなにも動いてないとは考えられん」と言った。新見も「僕もそう思います」と答えた。

「だとしたら成岡遼一は、榊原から聴取されているかもしれませんよね。僕がインタビューした時は感じませんでしたが」

「むしろ健太郎に聞かれやしないか、内心はヒヤヒヤしてたんじゃないのか」と新見は言ったが、古谷は「そんな様子はなかったですけど」と首を傾げた。

「いろいろ理解できんことが多いよな。だいたい瓦間はどうしてタイムズに電話したんだ？　過去記事なら、図書館を回れば調べられるのに」

やりとりがあったのなら詳しく知りたいと電話を受けた小林を見たが、瓦間とは面識がない彼はどう応えていいか困惑しているようだった。

「自分で調べるのは面倒くさかったんじゃないですか」古谷が言う。

「瓦間なら自分で調べそうだがな」そう言いながらも、古谷の言う通りなのかもしれないと思った。石橋も歳を取ったが、瓦間も同じ四十七歳だ。昔ほどの機動力はない。

「バシさんが疑問に思うのは分かります。自分が知る瓦間さんの行動ともかけ離れてます」

「瓦間が怒りを覚えたのは理解できなくもない。せっかく聖梛を日本に呼び寄せ一緒に暮らせるようになった。それなのに成岡遼一がそれまで言ってきたことを撤回して政治家になった。そういう二枚舌を瓦間は一番嫌う」

「その結果、彼女が帰国してしまったのですから、成岡遼一を恨むのは当然ですよね」

「でも健太郎くん、文句があるなら成岡遼一本人に言うべきだろ」

「言ってもしらばっくれられておしまいだと思ったんじゃないですか」

朱聖梛が成岡遼一との過去を心配して、日本から去ると決めた時、瓦間はなぜ一緒についていかなかったのかも考えた。だがその疑問の答えは見つかった。

一つは、瓦間は中国語どころか英語もあまり得意ではないこと。冗談とはいえ「英語が喋れるから」と石橋を週刊タイムズに誘ったくらいだ。

もっとも一緒に行かなかったとしたら、もう一つの理由の方が大きいだろう。一緒に生活しても、朱聖梛の心の中に、成岡遼一の存在が強く残っていると感じたのだ。

「成岡遼一に言っても惚《とぼ》けられる。だから今でも党に影響力を持っている岩倉と、次の首相候補の榊原に告げ口した。でもそんなことして、瓦間さんは納得できるんですかね」

石橋が心の中で思っていることを新見が言った。新見はそう話しながらも「普通の人間ならありえないことでも、一般論を瓦間さんに押し付けたらダメですけど」と言い、さらに続けた。

「バシさん、昔、僕に『瓦間はほかの人間とはかんかくが違う』と言ったことがありましたよね。感性の感覚ではなく、物と物の間の距離の間隔です。海外で車を運転した時のことを例に話していました」

「そのことなら今でも工房の軽トラを運転するたびに思い出すよ。あいつは距離感がぶっ飛んでいるというか、人でも車でも距離による恐怖を感じない不思議な感性を持った男だ」

　石橋の非常識が瓦間の常識だった。そういう男だから、あいつは石橋のために会社をやめた。

「健太郎くん、今回のことできみはせっかく親しくなったのに、関係がこじれてしまうかもしれないぞ」

　明後日発売の週刊タイムズで成岡遼一のインタビューをやることはすでに聞いていて、新見からは早刷りを読ませてもらっていた。

　新見が朱聖梛と似ていると直感した若菜いずみというヴァイオリニストの写真も載っていた。その写真はとくに鼻梁《びりょう》から口にかけての雰囲気が朱聖梛と似ていた。成岡は無意識のうちにかつての恋人とよく似た女性のファンになり、それをついインタビューで答えてしまった……。

「僕はどうなろうが構いませんよ。まったく、なにが若菜いずみだよ」古谷は憤慨していた。怒るのも当然だ。この後に朱聖梛との関係をライバルの週刊時報に書かれてしまえば、タイムズは赤っ恥を掻くことになる。

「僕が思っていた以上によく喋ってくれたので、またインタビューをさせてほしいと思ってましたが、それより中国籍の活動家との間に隠し子がいた方がビッグニュースですから」

「彼女は自衛隊派兵の反対デモにも参加してるからな」

瓦間が捕まったデモだ。三十年近く前の話だが、将来首相になるような男が交際すべき相手ではない。

「その朱聖梛がもし中国政府の監視下に置かれているなら、成岡遼一は主要閣僚にもなれないでしょうね」古谷が言うと新見が「それより隠し子の方が問題だよ」と返した。

「そうですね、新見さん。認知をするどころか養育費も払っていないことが発覚したら、女性ファンが離れていき、選挙だって落ちるかもしれません」

二人に石橋も同感だ。女性にモテて、いかにも優しそうな男の方が冷酷だったりすると、週刊誌記者の長年の勘がそう訴えてくる。

「きょうの取材で築いた関係は壊れてしまうかもしれませんが、僕はいいと思ってます。『親しき仲にもスキャンダル』がうちの班長の口癖ですから」

古谷は懐かしい言葉を口にした。

「バシさんと瓦間さんに教えられた言葉の受け売りですよ」

新見が照れ臭そうに頭を搔いた。

「俺じゃない、それを言い出したのも瓦間だ」

それを記事にすれば信頼関係は崩れるが、瓦間はこれが仕事だからと書いた。「親しい間柄だからこそ、普通なら見えない人間の汚さも見えるんだよ」そう言っていた。

成岡遼一と朱聖梛の二人も、瓦間にとっては親しき仲に該当する。だが今回のことは二人だけのスキャンダルでもない。自分たちの推理通りだとしたら、事件には瓦間の嫉妬や恨みまでもがそこに絡んでいる。

「で、それぞれの役目はどうする。俺はなんでもするぞ」石橋は二人の顔を見た。

「成岡には健太郎を当たらせます」

「正義はどうするつもりだ」

「僕は秘書に挨拶します。そして小林には遠目から動画で撮影させます」

瘦軀《そうく》の若手記者に言った。

「俺はなにかあった時に動けるようにしていればいいか」

成岡遼一が応援に駆けつけるとなれば、会場は多数の支援者で賑わっていることだろう。警備員も多いはずだ。

体を張ってでも彼らが話を聞けるように警備員を押しのけようと思った。

同時に彼らが瓦間の名前を出した時、成岡遼一がどのような反応をするのか見たいとも思った。


静岡から在来線に乗り換え、駅からはタクシーを利用した。

体の大きい石橋は助手席に乗った。タクシーが発進したところで、新見の電話が鳴った。彼は「本当ですか」と声をあげ、険しい表情になった。

「どうしたんですか、新見さん」

電話を終えると古谷が聞いた。

「ついに週刊時報が摑んだようだ」

「どこまでだ、正義」

石橋もシートベルトをつけた体を後ろに向けた。

「瓦間さんが逮捕されたことです。今、編集長に時報の記者から問い合わせがあって、おたくに在籍していた瓦間慎也記者と今でも関わりはあるかと遠回しに聞かれたそうです。編集長は『うちをやめて以来、仕事を依頼したこともなければ、編集部に顔を出したこともない』と答えたみたいですけど」

「そう言うしかないですね。こっちから余計なことは聞けないし」

古谷も厳しい表情をする。「逮捕された事実は摑んでいても、瓦間さんの目的までは分かってないでしょうけど」

「そう思うのは甘いぞ。時報のことだから俺たちより先を行っててもおかしくない」

新見は部下の気を引き締めるように言っていた。タイムズとは発売日が異なる週刊時報だが、まだ締め切りまで四日あり、取材の時間は十分ある。

「逆に時報が瓦間さんの逮捕だけを書いてくれたらいいんですけどね」

古谷が言いたいことはよく理解できた。新聞とは異なり、週刊誌は週に一度しか書くチャンスが回ってこない。中途半端で終わらせてしまうと、攻撃権は相手に移り、逆転負けを食らう。発売日が異なる週刊誌の闘いは、石橋が高校時代にやっていた野球や、大学時代のフットボールと似ている。

「あっ、すみません。変なことを言って」

新見や石橋が無反応だったことに古谷が謝った。

「別にいいさ。瓦間が逮捕されたのは事実なんだから」

「そうですね」新見もそう呟いてから続けた。「週刊時報はバシさんと瓦間さんをうちの社からやめさせた週刊誌ですからね。こっちだって時報には負けられません」

「その通りだ」石橋も前に向き直って気持ちを込めた。

20

決起集会が行われたホールには、外まで人が溢れていた。

「全員、成岡遼一のおっかけと思っても良さそうだな」

タクシーを降りて、新見は他の三人に向かって言った。全員は大袈裟だが、目に付くのは三十代から五十代くらいの女性ばかりで、多くが携帯電話かカメラを持っている。

「おかげで小林がカメラを構えていても怪しまれないでしょうね」

健太郎が言うと、小林は「はい」と返事をして肩にかけていたブリーフケースから携帯電話を出し、動画を撮影する準備を始めた。

「予定では講演は午後四時半に終了することになってますから、先に出てくるとしてもまだ時間はあると思います」

健太郎に言われて、新見は携帯電話で時間を確認した。

まだ四時前だ。雨は予報通りに上がったが、太陽が出てきたせいで蒸し暑く、汗が止まらない。

先輩の石橋はハンカチを出して首筋を拭いていた。昔から石橋は汗掻きだった。そのくせ締め切り間際になると、集中したいとエアコンの効かない端の席に移動し、タオルを首に巻いて原稿を書いていた。久々の取材に、普段工房で作業をしている時以上に熱くなっているのかもしれない。

白いハイブリッドのミニバンがハザードランプを点灯させて停まっており、見かけたことがある成岡事務所の人間が立っていた。会場から出てきた成岡はあの車に乗り込む。ホールから車までの距離は二十メートルほど、取材するには十分だ。

「バシさんはあの車の近くで待機をお願いします。俺たちは会場から出てきたところからぶら下がりでいこう」

新見が手を打ったのを合図に、石橋はミニバンの前に、携帯電話を持った小林は、乗り込む時の顔が撮影できるように、少し後ろに下がった。

「僕はちょっとだけ様子を見てきます」

健太郎が小走りで会場に行く。ファンの女性は多いが、これくらいの数なら話しかけられる。

秘書と出てくるだろう。その場合、自分がいち早く秘書に声を掛け、秘書と引き離す。その後、健太郎がインタビューの礼を言い、瓦間の名前を口にする。朱聖栁についてはタクシーの中で話し合った結果、今日は出さないことに決めた。ストレートに聞くより、あなたが隠していることを我々は知っていますよと示唆《しさ》する方が、成岡遼一を動揺させ、効果的だ。

もし瓦間の名前になんらかの反応を示し、警備員を呼べば、石橋に一般人の振りをして邪魔に入ってもらう。健太郎は瓦間の逮捕を持ち出し、心当たりはないか聞く。瓦間がすでに接触していたなら、成岡遼一は嫌悪感を示すはずだ。そこまでは健太郎に任せるが、苦戦しているようなら新見も加担するつもりでいる。

中から喝采の声と拍手が聞こえてきた。終了したようだ。そろそろだ。会場の中を覗きに行った健太郎が驚いた表情で走ってきた。

「どうした健太郎」

すぐには言わずに、新見の近くまで来てから耳元で説明した。

「榊原幹事長が来てるみたいです」

「そんなこと言ってなかったじゃないか」

「すみません。僕が聞いた人からは出なかったので」

健太郎にしては珍しいミスだが、ここで言っても仕方がない。

幹事長は立候補者の公認権を持つ、言わば選挙の責任者である。来ていることが当然であって、今回の補選は保守分裂選挙となっただけに、榊原が成岡を呼んだとも考えられた。

健太郎も悩んでいた。二人が一緒にミニバンに乗ってしまうかもしれず、そうなると榊原の前で、瓦間の名前を出さなくてはならなくなる。もし瓦間が榊原に話していたとしたら、今後の動きが取りにくくなる。

出入り口付近に人が増えてきた。

「先生、きょうはどうもありがとうございます」

礼を言う声がした。候補者の後援者らしき年配の男が頭を下げている。その周りを出待ちの女性ファンが近づいていった。あの人の輪の中にいる。榊原とは別々に出てきてくれと願ったが、その思いは通じず、二人同時に歩いてきた。二人ともダークネイビーのスーツ、成岡遼一も長身だが、榊原も細身で背があり、灰色がかった髪を横分けにしたマスクは精悍に映る。

「正義」

榊原がいたことに状況が変わったと察してくれたのだろう。石橋が走ってきた。

「人が足りないなら俺も加えろ」

「バシさんは秘書に当たってくれますか。成岡遼一の左側を歩いている髪の薄い人です」

「赤茶色のカバンを持った人物だな。分かった」

榊原が女性たちの横から先に歩き出した。新見は小走りで近づく。榊原が自分を見た。週刊誌の記者とは知らないはずだが、雰囲気でマスコミの一員と察知したのかもしれない。一瞬、怪訝《けげん》な目をしたようにも見えたが、すぐにいつもの温和さが戻った。

榊原も次の総理と言われるほど人気はあるが、若くてイケメンの成岡遼一には敵わないようだ。女性に囲まれ前に進めなくなった成岡遼一とは五メートルほど距離ができた。これなら声は聞こえないだろう。

「榊原先生、週刊タイムズの新見といいます。次の号で成岡先生のインタビューを掲載させていただきました」

愛想笑いを貼り付けたような顔で近づいてきた榊原に、手にしていた早刷りを渡そうとした。

「そうらしいですね。お疲れ様」

　突撃取材にも気を悪くすることなく榊原はそう答えた。だが本を手に取る気はない。そこにスタッフが出てきて、「先生こちらへ」と成岡の車の十メートルほど前に停められた別の車に案内した。

　これで成岡遼一と距離ができる――願ったりだったが、もう少し榊原の反応を確かめたい。

「次は、榊原先生もお願いできませんか」

「そうですね」

　支持者と握手して榊原は答える。適当に答えているのか、それともなにか理由があってわざと目を合わせないのか、表情からは読めない。

「本当にお願いしますね。ところで次の内閣改造で、成岡先生が入閣することはありますか」

「総理が適材適所でちゃんと考えておられるでしょうから」

「ちょっとあなたなんですか」

　榊原の秘書らしき男が出てきた。

「すみません、週刊タイムズです」

「許可のない取材はやめてください」

そう言うと榊原になにか耳打ちした。声は殺していたが、口の動きで「例の」と言ったのが判読できた。

榊原の表情が強張《こわば》った。タイムズと聞いて、ここで口添えするとしたら瓦間ではなく、岩倉省仁の件ではないか。

「ではインタビューはいつがよろしいでしょうか」

新見は食い下がった。「これから解散や内閣改造があるとしたら、いろいろお忙しいと思うので、早い方がいいと思うのですが」

今度は完全に無視された。榊原はスライドドアが開いたワゴンに乗り、続いて秘書も乗ってすぐに閉められた。逃げられたか。成岡遼一と引き離すという当初の目的は達成できたが、どこか不完全燃焼の思いが残る。

気を取り直して成岡に向き直った。まだ支援者の女性たちと握手していた。間近で健太郎が待機している。健太郎が新見を見て頷いた。新見も頷き返す。健太郎は一歩ずつ接近していく。

新見は石橋を探した。石橋は講演会場の近くで秘書に次号を開きながら話しかけ、足止めさせていた。秘書が眉を寄せてなにか言っている。若菜いずみの写真について小言を言われているのかもしれない。

健太郎のやりとりを聞こうと、新見はダークネイビーのスーツの後ろ姿に向かって走った。

「成岡先生」

成岡遼一の視界に割って入るように健太郎が声を掛けた。

「おや、あなたもいらしてたんですか」

笑顔で返した。新見は横顔が見えるところまで辿り着いていたが、成岡遼一は古い友人に会ったかのように爽やかな表情だった。健太郎との間に、中年の女性ファンが割り込んできた。興奮して両手で成岡の手を握る。警備員が女性をどかせようと手で制した。

「先日はありがとうございました。刷り上がったので早速お持ちしました」

女性の後ろから健太郎がページを開いて早刷りを渡す。成岡は左手で受け取り、目を向けた。

「ずいぶん大きく扱っていただいたんですね」

よく通る声だ。

「ちょっと写真はやり過ぎでしたね。すみません」

女性ファンがいることもあり、健太郎は若菜いずみの名前は出さない。

「構いませんよ。そちらも本を売らなくてはいけないのでしょうから大変ですね」

うるさいことは言わなかった。世間で言われる通り器は大きい。だがそう見せるのは表面だけで、実は子供を認知せず、女性の存在すら隠している。

ミニバンに到着するまでに、ファンがもう一人割り込んできた。

「先生、時間がないので早く乗ってください」

スライドドアを開けたスタッフが促す。

握手をしていた成岡は「分かってる」と返事をした。健太郎、早く聞け。新見がそう思った時、健太郎が声を出した。

「成岡先生、瓦間慎也って知ってますか」

予想に反して面様はあまり変わらなかった。いや、少しは反応があった。支援者に「ありがとう。大石《おおいし》さんをお願いしますね」と立候補者への投票を呼びかけながらも、小さく頷いたように新見には見えた。

「あなた、困るよ。取材は前回終えたはずだ」

石橋が押さえていた秘書が出てきた。石橋もこれ以上は引き止められなかったようだ。秘書の後ろから眉を寄せて走ってくる。

「どうしてもお聞きしたいことがあるんです」新見が前に出て秘書を止めた。

「あなたも来てたのか、どうしたんだよ、いったい」

秘書は戸惑っていた。

「瓦間さんが逮捕されたこと、ご存じですか」

健太郎が次の手を投じた。成岡はミニバンに近づく。声援が大き過ぎて、聞こえていないのかもしれない。健太郎はさらに距離を縮めて同じことを聞く。またしても反応がない。ミニバンのステップに片足を乗せた。もう時間がない。健太郎がさらに声のボリュームを上げた。

「瓦間さんと聖棚さんがお付き合いされていたのもご存じですよね」

「健太郎、そのことは……」声を出して止めるが遅かった。朱聖棚の名前はきょうは伏せておこうと事前に打ち合わせをしたのに、健太郎は先走ってしまった。

「おい、記者を離せ」

先に反応したのは秘書だった。新見の立つ場所からは成岡の顔は見えなかった。

「いいから、早く車を出せ」

秘書が運転手に命じる。秘書は、朱聖棚のことを知っている——それは明らかだった。

秘書が大声を出したことで、警備員が出てきて、健太郎を車から離した。

その時には背後から秘書も車に乗り、スライドドアは閉められた。

「成岡先生、聞いてるんです。朱聖棚さん、知ってますよね」

窓ガラス越しに今度は苗字まで言った。だが健太郎の呼びかけを無視し、車は動き出した。

成岡遼一は険しい顔をしていた——いやそう見えただけかもしれない。新見には判断がつかないまま、ミニバンは去っていった。

21

「きみはやはり、口ばかりの女デカなんだな。落胆させられたよ」

警備部の澤田対策官は、能面のような顔で笑っている。

「私のことを責める前に、目黒署の係長としての仕事をきちんとしてほしいものだ」

澤田がそう言うと、背後から女の高笑いが聞こえてきた。ヒールの音が響き、寄り添うように男の隣に立つ。澤田はその女の腰に手を回した。

「秋穂、まだこの男と……」

叫んだが、上山秋穂の耳には届いていないようだった。週刊タイムズに撮影された時と同じ、男に心を奪われた女の顔をしていた。蕩《とろ》けていた目を急に吊り上げ、睨《にら》んでくる。

「彼とのことを週刊誌に売ったのはあなたでしょ」

私が売るわけないじゃない――涼子は否定しようとしたが、口を動かしても声が出ない。

「私、知ってるのよ、あなたが私に嫉妬してたことを」

違う――いくら叫んでも声が出ない。

秋穂は下品なほど強烈な赤のルージュを引いた唇を動かし、哄笑《こうしょう》を始めた。

「私が知らないと思ってるの。あなた、バレてしまえばいいってずっと思ってたんでしょ。そのくせ、週刊誌に載ったら真っ先に私を慰めに来て。なにが私はあの男を許さないよ。笑っちゃうわ。私があなたに二度と会いたくないのが分かるでしょ？」

言い終えると勝ち誇った眼差しで、澤田にしなだれかかった。

私は思ってない——涼子は叫んだが、その時には澤田が涼子に向かって言った。

「きみは役立たずだ」

「涼子は警察をやめるべきなのよ」

秋穂からも言われた。

「きみは本当に子供が大事なのか。子供より仕事を選ぶんじゃないのか」

澤田が添田に入れ替わっていた。元夫は大樹を抱いていた。大樹——今度は声が出た。息子は振り向かず父親の顔だけを見て、笑っている。子供を奪い返そうと思ったが足に鉛が載っているかと思うほど動かなかった。

歯を食いしばって足枷《あしかせ》をされたような重たい足を前に出していき、ようやく添田から息子を取り返した。その時には添田の姿は消えていた。

最悪の夢だった。

タオルケットは遠くにはだけてしまい、寝汗でパジャマが濡れていた。

「ママ、きょうね……」

まだ夢の中かと疑ったが、大樹の寝言だった。

大樹はよく寝言を言う。この寝言で目が覚めたのか。呼んでくれなければ夢の中で涼子は子供を失っていたかもしれない。

澤田が激怒しているのは想像できる。失態の件は望月から報告が入っているだろう。

そこになぜ秋穂が出てくる。バレてしまえばいい……そう思った後ろ暗さが自分に残っているせいなのか。メールしても秋穂が返事を寄越さないのは、涼子が密告したと怪しんでいるからか。

「長谷川係長、きみはなにをやってんだ」

昨夜、署に戻ると、目黒署の刑事課長から叱られた。

「瓦間が下着を盗んだことが事実でないことは判明したんです。それだけでも捜索の意味はありました」捜査の正当性を主張した。

さらに「下着を盗んだことにさせたのは捜査三課の望月巡査部長の誘導尋問によるものです」と告げた。

井上遙奈は「服がない」と言い、それがキャミソールであることを伝えようとしたらしい。望月たちが「ブラですか。パンツですか」とデリカシーのないことを聞くため、つい「そうです」と認めてしまったと話していた。彼女は捜査員も怖かったが、なによりも気持ち悪かったと証言した。キャミソールは下着と同じ引き出しに入れていたとは言え、ブラとショーツが盗まれたと書かれた被害届に、署名した井上遙奈にも問題はある。それ以前にこの捜査は杜撰《ずさん》だったと言わざるをえない。

課長からは「きみは弁護士にでもなったつもりかね」と嫌味を言われた。「瓦間がなにかを隠した疑いがあると言って捜索を申し出たんだろ。それは見つかったのかね？」

「ありませんでした」

「なにを隠したと思ったんだ」

「それは……」

岩倉、特定秘密保護法違反……とても今は口にできなかった。

「長谷川くん、延長はないからな。このままだと嫌疑不十分で釈放だってありうるぞ」

勾留延長がないとすればあと五日だけだ。普段なら十分だと言い張るところだが、これだけ瓦間に好き勝手されると、被疑者を落とす自信も薄れた。

朝から瓦間を取調室に呼んだ。

どんな顔で現れるのか、少しでも得意な顔をしたら頰を引っ叩いてやる。それくらい頭に来ていたが、彼は調子づくことはなく、静かな顔で入ってきた。

「あんたのおかげでこれが発見できたわよ」

涼子は、井上遙奈に預からせてほしいと頼み、証拠品として持ち帰った。

「あなた、これは下着ではないとか言うんじゃないでしょうね。これだって下着だからね」

最近の子はTシャツのようにキャミソール一枚で外を歩くのは普通だが、涼子が子供の頃は下着だった。

「そうだな」

予想に反し瓦間は肯定した。盗んでいないことが判明したことに内心は喜んでいるのか。

「それに箪笥《たんす》の中から出して、洗濯機の裏に隠すだけでも罪に問えるんだからね。実際にこのことを発表したらどうなると思う?」

「マスコミは飛びつくだろうな」

「新しいストーカー犯罪だって大騒ぎよ。被害女性に迷惑をかけたという反省はないの」

「そりゃあるさ」

「彼女が今どういう思いでいるか、あなた分かってる? 気持ち悪くてあのアパートに住むのも嫌になってるわよ」

彼女が泣き止んだ後、涼子は盗聴器が設置されていないかも調べた。異状はなかったが、目を腫らした彼女は、涼子たちが部屋を出るまで自分からはひと言も喋らなかった。

「あなたの目的はなに？　警備部にマークされていたのを振り切ったんでしょ？　あのアパートもあなたが立ち寄りそうな場所として警備部は把握していた。それが分かっていたはずなのにどうして忍び込んだの？　警備部をおちょくるため？」

だが、警察の神経を逆撫でするためだけにそこまで大胆なことをするわけはない。やはり瓦間はなにかを持ち出したのだ。望月たちが必死に探したのは、瓦間が取り出したものを、再びアパートの別の場所に隠したと睨んだからではないか。

「あんたらが汚いことをするからだ」

前にも聞いたが、口調は前回の方が怒りに満ちていた。

「汚いことってなによ」

「ダ・カオ・ジン・シ」

「何語よ、それ」

「貸してくれ」

ペンとメモを取り、「打草驚蛇」と書いた。

「中国の諺《ことわざ》だ。日本語で言うなら藪《やぶ》をつついて蛇を出すだ」

「あなたが蛇ってこと？」

「知ってて聞いたんだろ。だから岩倉省仁のことを俺に話したんじゃないのか」

自分から岩倉の名前を出した。この男、涼子が警備部からすべての事情を聞いて捜査しているると勘違いしているようだ。

そう思うのも当然かもしれない。警備と刑事が不仲なのはマスコミなら知っているだろうし、警備案件を刑事課が逮捕して調べをしているのだ。事実、蚊帳の外に置かれているのは自分だけで、警視庁の中山捜査三課長も望月巡査部長も、そして目黒署の刑事課長もおそらく事情を知っている。

扉が開き、川野が駆け足で入ってきた。

「係長、今すぐ来てください」

「どうかしたの」

彼女は瓦間の顔を見てから、体を屈めて涼子の耳のそばで「彼女が来たんです」と囁《ささや》いた。

「彼女って、昨日の」

「そうです。井上さんです」

どうして彼女が警察に来る。

「あなた、この男を戻して」

涼子は川野にそう指示して部屋に戻った。

22

そこは城塞《じょうさい》のような高い塀に囲まれていた。

風格が滲む石の門柱には、目立たない程度に病院名が彫られている。

診察を受けるには特別な紹介状が必要なため、一般患者が訪れることはまずない。

政治家や大企業の経営者が極秘で入院しているとあって、タイムズ時代は、大物が極秘入院したと情報を聞けば、石橋は真っ先にこの病院を調べた。

「バシさん、本当に大丈夫なんですか。会えば、あの男に瓦間さんが逮捕されたことを話すことになりますよ」

隣を歩く新見が心配そうに聞いてくる。

普段はグレーのスーツが多い新見だが、この日は濃紺のスーツを着ていた。石橋も十年ぶりにスーツを出し、ネクタイを締めた。スーツはロサンゼルス出張の際に買ったラルフローレン。当時と体重は変わらないが、腹が出たため、ズボンのボタンがなかなか留まらず、腹を引っ込めてなんとか嵌《は》めた。パンツだけでなく上着も窮屈で、無理に動かしたら袖が破けそうだ。不摂生しないように気をつけてきたが、思っていた以上に体形は変化しているようだ。

「ついて来たということは、正義だって会う意義があるって思ったんだろ」

「そりゃ、あの男に会うって言われたら、来ないわけにはいきませんよ」

現役の週刊誌記者である新見を連れていくことで、会える確率は消えるかもしれない。昨日、成岡遼一への取材に同行させてもらった手前、自分だけというわけにはいかない。

入り口の自動ドアを踏むと、覚えのある強面の男が立っていた。彼に電話で面会を取った。

この男と会うのも十年ぶりになる。あの時、秘書室長の肩書きのついた名刺をもらったが、石橋と同じくらいの背丈で、首に筋肉がついていることから、ボディーガードに見えた。以前は七三に整髪していたが、今は額の両サイドが後退し、短髪だった。

頬にはいくつものクレーターがあり、ボクシングで何発殴られ続けたらこのような腫れた目になるのだろうと思うほど、厚い瞼《まぶた》をしている。瓦間から「ボクサー崩れのヤクザだよ」と言われた時は信じたくらいだ。後になって薬学部出身で、大手製薬メーカーの営業マンから、あの男に引っ張られたと聞かされた。ただしボクシングは本当にやっていたらしい。

「ご無沙汰しております」

石橋は頭を下げた。

「こちらは」

秘書は頭を下げることなく、細い目をさらに薄くして新見を見遣った。

新見はポケットからタイムズの名刺を出して挨拶した。

「彼も私と一緒に仕事をしていたんです」

記者といっても彼はきょうは取材ではなく私用で来た、と言いかけたが、寸前で止めた。私用か取材か、それを決めるのは今もジャーナリストである新見である。

週刊誌の記者を連れてきたことで面会を断られることも覚悟していたが、秘書はなにも言わずに名刺を内ポケットにしまった。体の向きを変えた秘書の背後をついていく。「先生の部屋へ行くにはあちらです」六基あるうちの左端へと進む。昔からここでは理事長ではなく先生と呼ばれていた。

直通のエレベーターで最上階に向かう。

降りてからも秘書の後ろに続く。見舞い客どころか、医者や看護師の姿すら見えない。自分たちの足音しか聞こえない長い廊下を進み、最奥の部屋へ辿り着いた。

「先生、いらっしゃいました」

ノックをしてから秘書が引き戸を開けた。

「ああ」

濁った声がして、機械の音とともに、覆われた布団ごとベッドの向こう半分が立ち上がっていった。

自動ベッドから姿を現したのは十年ぶりに再会する伊礼辰巳だ。今年で八十二歳。表舞台から消えたのは四、五年前で、大病を患《わずら》っているという記事も読んだ。ガンだという。それでもこの男は現在でも医師会内で力を発揮し、医療報酬の引き上げや薬価の引き下げ阻止などで業界をまとめて、政治家に指示しているとも言われている。

特徴的な目元は健在だった。墨を引くように見えた涙袋は今もどす黒く、火柱のように吊りあがった眉もあの時のままだ。

ただし、顔は痩せ細り、病魔が体の随所を蝕《むしば》んでいるのははっきりと見て取れた。十年前は艶光《つやびか》りする銀髪に覆われていた頭の毛はすべて抜け落ち、目の色も濁った赤茶色に映る。死相が出ている――千佳も最後は息をするのも苦しい顔をしていたが、伊礼も長くはないのだろう。千佳は容態が悪化して間もなく意識が途絶え、永眠した。だがこの男が簡単に円寂《えんじやく》することは想像できない。

「理事長、大変、ご無沙汰しております。その節はご迷惑をおかけしました」

頭を下げた。返金は秘書にしたため、顔を見るのは一千万円を借りた時以来となる。

「瓦間慎也が逮捕されました」

罪状を説明しようとしたが、先に伊礼が「人の家に侵入したらしいな」と言い、目を細めて手で庇《ひさし》を作った。窓から残照《ざんしよう》が差し込んでいる。秘書がブラインドを下ろす。部屋が暗くなり、おどろおどろしさがいっそう増した。

「どこから聞かれたのですか」

「あんたは？」赤茶色の瞳を新見に向ける。

「週刊タイムズの新見正義と言います」

新見が出そうとした名刺を「要らん」と手で撥ね返す。ただし帰れとは言わなかった。

「それくらいの情報はいつでも入ってくるわ。わしを見くびるな」

「警察からですね」

石橋はそれしかないと思った。

「わしらは情報で商売してきたんだ」

それだけ答えると、見得を切ってから続けた。

「言っとくがわしが求めたわけじゃない。やつらが聞いてきた。わしにとってはどうでもいい内容だ」

「警察が尋ねてきたということは、理事長は最近も瓦間の存在を気にされていたのですか」

遠回しに聞いてみる。

「気にした？　わしがか？」目を剝いた伊礼だが、すぐに「気にしないことはないわな」と薄笑いを浮かべて認めた。

伊礼にとっての瓦間は、自分の脱税を告発した記者である。だが二人の関係はそれだけでは終わらない。

「もしかして瓦間さんは、最近も伊礼さんのことを調べていたのですか」

新見が急におかしなことを聞いた。緊張しているのかと思ったが、まっすぐ伊礼を見る顔から判断すると、彼なりに挨拶代わりのジャブを放ったつもりのようだ。

「調べるってなにをだ」

少しだが、伊礼は気色ばんだ。

「今なお、国政に強く関与されているフィクサーだということです」

「言葉を慎んでください」

背後から秘書が低い声で窘《たしな》めたが、新見は怯まなかった。

「そんなことはない」伊礼は感情を乱すことなく言うと、しばらく咽《む》せた。秘書がすぐに水差しからグラスに水を入れ、顎が尖るほどこけている口元へと運んだ。

秘書がタオルを出して口を拭く。伊礼はもういいと毛むくじゃらの手で秘書をどかした。

「こんなおいぼれ、誰も相手にせんわ」

「伊礼さんを頼っている政治家はたくさんいると聞いていますが」

「小物ばかりだ」

昔と比べれば、という意味だろう。かつては総理大臣も動かしたという。

「今回は理事長が面倒を見られている政治家の先生について聞きたくて来ました。まずは岩倉省仁氏のことです。警察官僚だった岩倉氏が外務大臣、一時は総裁選に立候補するまで上り詰めたのは、理事長の扶助《ふじょ》があったからと聞いています」

十二年前に週刊タイムズで伊礼辰巳の脱税を記事にした時、伊礼が所得隠しをした資金の一部を、政治家への裏献金に利用しているとの情報も入っていた。裏献金については記事にするほど証拠を集めることができず、匂わす程度の内容で終わった。その時、もっとも支援していたと言われていたのが、当時、厚生労働大臣だった岩倉省仁だった。

「あんな終わった政治家、興味はないわ」

捨て台詞《ぜりふ》のように吐き、また咽せた。秘書が再び水を飲ませる。

「では榊原幹事長はどうですか」

「どうして榊原の面倒をわしが見なきゃならん」

「次期首相の最右翼ですよ」

「岩倉だってそう言われた時期はあった。だがヤツは掠りもしなかった」

「守旧派のイメージが強かった岩倉氏と違い、榊原幹事長は新しいタイプの政治家として、党内からも国民からも人気があります」

「同じだ」

石橋には伊礼がどうしてここまで二人を毛嫌いするのか判然としなかった。

警察庁出身の議員は他にもいるが、大概が長官官房長、もしくは審議官、調査官レベルまで昇任してから政治家に転出している。岩倉は警視庁の警備部長で退官し、立候補した。それができたのは伊礼の後ろ盾があったからだと言われている。伊礼会病院で亡くなった右翼の子分が、逆恨みで伊礼を襲撃した際、岩倉が事前に警備に回した警察官のおかげで伊礼は無傷で済んだからだと。

一方で榊原を支援するようになった過程は、岩倉とは少し異なる。旧通産省の官僚だった榊原は、そこである大臣の秘書になり、その大臣を伊礼が支援していたことから、伊礼と付き合いができた。

その大臣が死去した。伊礼は大臣の地元である兵庫から選挙に出るよう勧めたが、すでに故郷の東北から出馬を決めていた榊原は断った。そのことに伊礼は激怒し、榊原は党の公認も得られなかった。

しかし無所属で出馬した選挙で、榊原は民自党の公認候補を破って当選、入党が認められた。入った岩倉派でリーダー格となり、党内での地位を固めた。その行動力に、伊礼は過去の怒りは水に流して支援するようになった。それからというもの榊原は、いっそう選挙に強くなった……。

「これらの記事に伊礼さんの二人へのご支援がいろいろ書かれています」

新見がコピー用紙を前に出した。

「嘘も表に出れば事実になるし、事実も隠れれば嘘と代わり映えしない」

伊礼は手を出すこともなければ、目さえ向けようとしない。

「事実も嘘も代わり映えしないとはどういうことですか。元々支援していない。それとも今はしていないという意味ですか」石橋が聞く。

「おまえら、なにか勘違いしているようだな」

伊礼は咳き込み、手にした容器に痰《たん》を吐いてから続けた。「確かに岩倉を大臣にしたのはわしだ。ヤツには首相の目があった。だが少し金に目が眩《くら》んで敵を作った」

「榊原幹事長はどうなんですか」

「あの男がここまで出世したのは己の力だ。あの男は政治家に向いていた。わしも幾度か腹を立てたが、政治家としての資質は買っていた」

「買っていたと過去形でおっしゃったのは、かつては目をかけていたということですよね」

「しつこいな。岩倉も榊原もとうの昔に縁は切れとる。おまえらそんなことも知らんでここに来たのか。もう何年も顔すら見とらんわ」

濃い隈《くま》に縁取られた目つきがいっそう険しくなった。

確かに過去記事を見ても、岩倉が「伊礼理事長」と口にしたことはあったが、榊原の記事には一度も出ていなかった。クリーンなイメージのある榊原は、脱税での逮捕歴がある伊礼と付き合いがあると見られることを、好ましく思わなかったのかもしれない。

「どれくらい会っていないのですか」

伊礼は秘書を見た。「六、七年は没交渉です」と秘書が答えた。

「恩を忘れるような人間にまつりごとをやる資格はない。あんたの前でそう言うのも癪《しゃく》だがな」

やはりあの脱税の告発記事が関係しているようだ。脱税をきっかけに二人とも伊礼から少しずつ距離を置き始めたのだろう。そこで瓦間の顔が浮かんだ。

「そうした関係を知って、瓦間は理事長に再び接近してきたのではないですか」

瓦間ならそうしたチャンスを逃すはずがない。ただしゴシップ誌の記者になった瓦間が、どうして岩倉や榊原に目を付けるのか、その理由はいくら考えたところで浮かばない。

「あいつはわしを刺した男だからな」

刺したと言いながらも濁った目が少しだけ緩んだ。やはりここに来た理由は当たっていた。瓦間は今も伊礼に接していた。

隣で聞いていた新見が「伊礼さん」と呼んでから質問した。

「先ほど岩倉氏は金に目が眩んだとおっしゃいましたが、我々は今、岩倉氏が外務大臣をやめた後に手を染めた不正について探っています。瓦間さんはそのことを掴んでここに来たんじゃないですか」

「サハリンの件だろ」伊礼の耳には入っていた。

「岩倉元大臣と業者との間に入ったのはロシアの情報会社です。その会社は今は解散し、当時の文書が漏れていると聞いています」

それを持っているかもしれないと思って聞いたのだろう。

「やつに聞け」

「やはり瓦間さんは岩倉氏のことを調べてたんですか。それはいつ頃のことですか」新見が続ける。

「ずいぶん前だな」

「最近ではないってことですか」

「何年も昔の話だ」

そう言った伊礼に、石橋が「五年前じゃないですか」と思ったことを聞く。

伊礼は答えずに秘書を見た。

「二〇一三年の九月以降ではないですか？」

石橋がさらに時期を刻んで秘書に尋ねると、秘書は深く考えることもなく「だいたいそれくらいです」と認めた。

そう思ったのは、その頃に瓦間の生活が大きく変わったからである。五年前の九月末に朱聖梛が離日した。同時に実話ボンバーで契約ライターとして働いていた瓦間が、コラム以外、編集部での仕事をしなくなった。

「瓦間さんが持ってきた情報を伊礼さんが買っていたのですか」

新見は言ったが、「金など払うか。ヤツとは必要な情報を交換していただけだ」と咽せながら言う。おそらくそれは事実だろう。いくら金に困っていても、瓦間は二度と伊礼から金をもらったりはしないはずだ。

それならば、と石橋は「もう一度確認させてください。五年前から瓦間は岩倉氏のサハリン疑惑について探っていたのですね」と念を押した。

「そんな小さなこと、どうでもいいわ」

「小さくはないですよ。外務大臣経験者の収賄《しゅうわい》です」新見が訴える。

「瓦間が調べていたのは海外の情報会社についてだ」

「それってダダ社ですか?」

伊礼が答えなかった代わりに、秘書が口出ししてくる。

「瓦間さんが調べられていたのはアメリカの会社ですよ」

アメリカのと言ったということは、秘書も伊礼もダダ社についてなにかしらの知識はあるのだろう。

それでも石橋にはピンとこなかった。海外のそのような会社にどうやって接触する。瓦間はデジタルやネット分野についての知識もからっきしのはずだ。

「意外だったな。わしはおまえらが、瓦間がしていることを知ってて、ここに来たと思ったわ」

顎をもたげた伊礼が石橋を見た。

「どういう意味ですか」

「おまえと瓦間と言ったら、あれしかないだろう」

あれと言われて思いつくのは一つしかない。

「私が理事長から金を借りたことと、瓦間の行動とがどう結びつくんですか」

本音を言うなら、石橋もそれが瓦間がここに来るきっかけになっているのではと疑っていた。だが伊礼からそう話してきた意図が分からない。

伊礼は意地が悪そうにニタついたまま黙った。石橋がなにも知らずに来たことを愚弄《ぐろう》しているように見えた。この男はそういう男だ。金は工面《くめん》してくれたが、一度として自分の味方になったことはない。

「では成岡遼一のことはどうですか」

新見が話題を変えた。

「成岡遼一のなんだ」

急にそれまでとは無関係の名前を出したにもかかわらず、伊礼の表情に戸惑いは見られなかった。

「私生活のことです。学生時代のこととか家族の話とか、そういうことは瓦間さんは言ってませんでしたか」

新見が聞く。

「女、子供だろ」

食いついてきた。やはり伊礼はその件も知っていた。

「それ、いつからご存じだったのですか」

「とうから知っとるわ」

「それも瓦間さんが持ってきたんじゃないですか」

新見の質問を聞きながら、石橋も瓦間しかいないと思った。話したとしたら六年前の衆院選前、瓦間は伊礼に話すことで成岡遼一の政治生命を潰そうとした。ただ、いくら憎くても、それは愛した女の秘密までこの男に漏らすことになるのだ。瓦間がそんなことをするだろうか。

「貴様ら、さっきから聞いてばかりで、わしにもらうばかりじゃないか。大概にしろ」

突然、怒髪天《どはつてん》を衝く形相《ぎようそう》で怒鳴られ、石橋と新見は圧倒された。

取材相手から「聞いてばかりで土産《みやげ》がない」と言われるのは記者にとっては屈辱的なことだ。金を払えばいいと思う記者はそこで終わる。いい記者は持っている情報を使って、ネタ元に迷惑をかけないよううまく交換しながら情報の精度を上げていく。

「我々も、伊礼さんの興味のある情報を持ってこないと、話してくれないのですね」

「週刊タイムズの現役記者も、ようやく我々のビジネスを理解したようだな」

伊礼は涎《よだれ》の垂れた口を横に広げた。

「分かりました。今度来る時はなにか用意してきます」新見も引き下がった。

「では出直してきます」石橋もそう言って辞去しようとした。

「あのカバンを持っていけ」

伊礼が病室の隅に目をやった。椅子の陰で見えにくかったが、ヌメ革のキャリーケースが立てて置いてあった。石橋には既視感《きしかん》がある。

「困ります、先生。警察には来ていないと言ったのですから」

秘書が止めようとするが、伊礼は「やかましい。わしに指図するな」と叱りつけた。

「瓦間はこの部屋に来たんですね、いつですか」

秘書が抱えてきたキャリーケースを受け取ってから石橋は聞いた。

「教えてください」新見も強い口調で尋ねる。

伊礼が「いつだった」と聞くと、秘書が「八月十七日です」と答える。

「アパートに侵入した前日じゃないですか」

侵入したのが十八日、十九日の行動は不明で、二日後の二十日朝に目黒署に連行された。

「警察からの任意同行を振り切ってタクシーに乗ったそうだ」

「ヤツは警察に追われていたのですか？　どこでですか」

「成田《なりた》空港だ」

「空港って、瓦間さんは海外に行ってたんですか」

今度は新見が声を裏返して驚いた。次から次へと知らない事実が出てくる。新見から、瓦間に最近の渡航歴はないと聞いていたのを思い出す。

「その行き先がさっきの情報会社と繋がるのですか」

そう言うと、伊礼が秘書を見て、話せと指示する。

「ワシントンです。そこからシアトルに寄って戻ってきたと瓦間さんは言ってました」

「ここへ来て警察を撒《ま》いたんですか。理事長を利用して」

「まったく図々しいヤツだ」

「私が地下駐車場まで案内し、帰っていただきました」珍しく秘書が自分から口を出してきた。逃走を手伝ったのではない、帰ってもらったのだと言いたいのだろう。だがこの病院には地下通路があり、近隣の駐車場からマスコミにバレないように出入りできると言われている。そこから脱出すれば、警察はすぐには追いかけられない。

「なんの容疑だったんですか」

新見が聞き質《ただ》すが、伊礼は口を薄気味悪く開けた状態で、左右に顔を振った。欲しけりゃ交換ネタを出せと言いたいのだろう。

「朱聖梛がアメリカにいたんじゃないですか」

石橋の声に一瞬、伊礼の目が反応した。「瓦間が一緒に住んでいた女です。その女に会いに瓦間はアメリカに行ったんでしょう。そこで受け取った何かをここに持ってきたとか」

「そんなもの、交換条件にもならんわ」

伊礼は鼻で笑った。交換条件にならないのならそれで当たりか。そして成岡遼一の過去の女性が朱聖梛であることもこの男は知っている。

てっきり香港に住んでいるものだと思い込んでいたが、彼女は日本にいた頃から中国政府に反対する行動をしていたのだ。中国に返還された香港では活動は制限されるため、米国移住はありうる。ただし、朱聖梛の米国移住と情報会社を調べることがどう関わってくるのかと考えると疑問はまた膨らむ。

「理事長がここからの脱出に協力したということは、瓦間はそれに報いる土産を持ってきたんですね」

「さすが瓦間の相棒だな。物分かりがいい」

「そしてその後に昔、朱聖梛が住んでいたアパートに侵入した」

「そこから先は知らん」

秘書が咳払いをし、「先生、そろそろ診察のお時間です」と言った。

「もう少しお願いします」新見が懇願《こんがん》したが、秘書は「時間です」と強い口調で打ち切ろうとした。伊礼も今度は口を挟むことなく、薄笑いを浮かべている。

「分かりました。このバッグは私たちで引き取らせていただきます」

「ろくなものは入ってないぞ」

チェック済みであることを匂わせる高笑いとともに、自動ベッドが下がる音がした。どす黒い涙袋と吊りあがった眉が特徴的な形相が、石橋の視界から遠のき、消えていった。


一階のエントランスまで秘書がついてきたが、そこからは石橋と新見の二人で病院を出た。

新見は外に出てから、ハンドルを上げてキャリーケースを引っ張っている。タイヤのゴムが傷んでいるのか、アスファルトの上を転がすと結構な轟音《ごうおん》が立った。

「瓦間さんってやっぱり凄い人ですよね。自分が脱税を暴いた男をネタ元にしてたんですから」

「金を借りられると言われた時も驚いたのに、その後も来てたとはな。だけど瓦間にそう言えば、それなりの見返りを伊礼に渡していたって平然と言い返してくるだろう」

「それが成岡遼一のスキャンダルですかね」

「俺には瓦間がずいぶん卑怯な男に思えたけどな」

素直に思ったことを口に出した。

「僕も同じ感想です」新見も短く言った。「でもバシさんは、瓦間さんが伊礼辰巳と今も通じていると思ったから、ここに来ようと言ったんでしょ。どうしてそう思ったんですか」

伊礼に会いに行くことは、昨日、成岡に直当てした後に、石橋から切り出した。

「なんとなくだよ。俺は、もしかしたら成岡遼一の立候補も伊礼が関わっているかと思ったが、きょうの感じだとそれは思い違いだったな」

「成岡遼一が立候補したのは六年前、瓦間さんが伊礼のところに来だしたのは五年前だそうですから、当選してから瓦間さんが伝えた可能性もありますけど」

「瓦間が話したかどうかは憶測の域を出ない。なにせ伊礼は政界のフィクサーと呼ばれるくらいの情報通だ。方々から話は入ってくるだろう」

「そうですね。決め込むのはやめましょう」

石橋がそう思ったように、新見も頭の中をリセットしたようだ。

「でも瓦間さんの実話ボンバーのコラムがよく当たると評判なのは納得しました。あれは伊礼の情報も入っていたんですね」

「伊礼にとっても、自分がこれだけ知っているのだと政治家たちに示せる。いや、脅せる意味で、瓦間のコラムはありがたかったはずだ。伊礼に刃向かった政治家たちは、びくびくしてあのコラムを読んでいただろう」

「瓦間さんがそこまでしてもらったとしたら、相当に価値のある情報を売らないと釣り合わないですけどね。伊礼は僕らに対しても情報を持ってこいと言いましたし、ただでさえ脱税の記事を書いた瓦間さんは、よほどのことをしないと五分と五分との関係にはならないでしょう」

「違うよ、正義。伊礼の瓦間への恨みは、すでに十年前の段階で清算されている」

「どういう意味ですか」

「俺は、週刊時報にあのネタを売ったのは、伊礼辰巳本人だと思っている」

「まさか」

新見は狐につままれたような顔をしている。

石橋はあえて口の端を持ち上げて余裕を見せた。

「きょうの伊礼の話で改めてそう思ったよ」

「話って、伊礼が『おまえと瓦間と言ったら、あれしかないだろう』と言ったことですか」

「そうだな」

今になってさらに記憶が深く甦《よみがえ》り、相関図のように結び付いた。

「さっきは思いつかなかったが、今思い出したよ。俺が金を借りた少し前、俺たちは警視庁のキャリア課長の不倫問題を書いて警察とトラブってただろ。伊礼は脱税記事で瓦間への恨みを持っていたから、その段階で伊礼と警察の思惑が一致したことになる」

「警察キャリアの瓦間さんへの仕返しに、伊礼が手を貸したということですか」

「岩倉は元警察官僚だ。瓦間が榊原のことを調べているのなら、岩倉派のエースとなっていた榊原も関わっていたのかもしれない」

「恩を忘れるような人間にまつりごとをやる資格はないと憤慨してましたね」

「タイムズ潰しに協力してやったのに、その恩まで忘れられたから、余計に怒ってるのかもしれないな。そこにもう一発やり返したい瓦間の思惑と一致したという仮説はどうだ。そうでなければあの会話の流れで、伊礼が十年前の話を蒸し返さないだろう」

自分でも一つ一つ膝を打つ思いで話したのだが、途中で新見が唇を嚙んでいることに気づいた。警察官僚への仕返しで罠に嵌《は》められた――それではまるで「おまえのせいで俺たちはクビになった」と新見を責めていることになる。

「そもそも脱税王に金を借りた俺が、一番悪いんだけどな」

そうではないと伝えるために、あえて声に出して笑った。

「いえ、そんな」

新見は途中で口籠った。やはり責任を感じてしまったか。しばらく話しかけづらい空気のまま二人で歩いた。

アスファルトに出た途端、車輪の音がいっそう耳障りなものに変わった。前を歩く通行人の何人かが、訝《いぶか》しげな目で振り返る。

「正義、そのキャリーケース、ちょっと貸してくれ」

持ち上げると、案の定、タイヤのゴムが片方だけ外れ、プラスティックが剝き出しになっている。「タイヤ交換だけで八千円はするな」石橋は思わず呟いた。何年も前の修理の値段だから、今はもっと高いかもしれない。

「そのバッグ、バシさんが昔使ってたものと同じですね」

新見はよく覚えていた。

「これは俺が買ったものだ。編集部をやめてフットボール雑誌を手伝うことになった時、もう使わないからって瓦間にやったんだ」

ハートマンという、アメカジ好きだった石橋が昔から憧れていたブランドだ。記者になって五年目、瓦間と一緒に行ったロサンゼルス出張で、これと同じキャリーケースを買った。そのバッグが壊れ、新しいものに買い直したのが十年と少し前、結局、二代目のこのバッグはほとんど使うことなく、石橋は記者をやめた。

「瓦間さんはタイムズにいた頃はナイロンのキャリーケースでしたよね」

「バッグなんて物が入れば十分だって、俺が最初にこのバッグを買った時も『旅行カバンにそんな大金出すのか』と呆れてたよ。俺がやると言った時も全然喜んでなくて、迷惑みたいな顔をされた」

「使ってたんだから本音は嬉しかったんじゃないですか」

「だとしたらもう少し大事に使ってほしいけどな。こういうバッグはちゃんと手入れをすればもっと味が出る」

経年変化でヌメ革がいい感じで飴色になっているが、ワックスも塗っていないため、表面の革が乾燥している。シミもまだらにできている。少し磨いてやるか。クリーナーで根気よく拭いていけば、シミも薄くなるだろう。

もっとも瓦間がこのバッグを使っていたことは、この日の伊礼の話を聞いていっそう嬉しく思った。

伊礼の話が事実なら、瓦間は成田空港で、待ち伏せしていた警官を撒いた……見るとパイピングが破け、革に傷がついている。ヤツのことだからこのキャリーケースをぶん回して、警官に数発、お見舞いしたかもしれない。

23

刑事部屋に行くと井上遙奈がいた。昨日は泣いていた彼女が、気丈な表情で椅子に腰掛けている。涼子に気づき、黙礼した。

「井上さん、隠していたことがあるって本当ですか」

涼子は川野巡査から聞いたことを質問する。

「はい」小声だったがはっきりした返事だった。

「他にも盗まれたものがあるって、それってどこから盗まれたのですか」

「絵です」

「もしかしてあの絵?」

すでに事情を聞いている川野が、「係長が見つけたポップアートの額縁の中からだそうです」と言った。

捜索の時、涼子も胸騒ぎがして確認した。

「あの絵になにが入っていたんですか」

「それは……私はちゃんと見てないので」彼女は口籠った。

「誰が見たんですか」

「一緒に住んでいた元彼です」

そう言われたことで古い2DKのアパートに住んでいたことに合点がいった。昨年から縫製の専門学校に行っている彼女は、ミシンを置き、授業で出された課題をこなすためにあの部屋に住んでいたと説明していたが、アパートに引っ越してきたのは五年も前だ。独身女性なら狭くとも綺麗で安全なマンションを選ぶだろうとずっと引っかかっていた。

「その彼はいつまで住んでいたんですか？」

「去年の夏までです。喧嘩して出てってもらったんですけど」

「その人が見たんですね。なんだと言ってましたか」

「認知届だと言ってました」

「なんですって？」

なぜそんなものが絵に隠されていたのか。前の住人の所有物である絵を彼女が持っていたことすら、事情が呑み込めない。

だが説明を受けて理解した。前の住人である朱聖梛は次の居住者が欲しがれば使ってほしい、要らない場合は処分費を敷金から引いてくれと管理会社に伝え、テレビ、冷蔵庫など家電や家具を部屋に残して出ていったそうだ。絵もそうだし、押し入れの衣装簞笥《だんす》も母からもらったものではなく、その時からあったものだと井上遥奈は話した。

「その認知届、元彼はなんて書いてあったと言ってましたか」

「成岡遼一とか言ってましたけど、本当かどうか分かりません」

「成岡遼一って、あの政治家の？」

大声で聞き返したことに刑事部屋の全員が自分を見た。

「本当かどうかは分かりません。彼は適当なことを言う人なので」

芸能人ならまだ分からなくはないが、冗談で国会議員の名前を出すことはないだろう。そうでないとすれば単なる同姓同名か。

気味が悪くて認知届の中は見なかったという彼女だが、そこに書かれていた子供の名前は覚えていた。

「けんせい、です」

「どうして子供の名前は覚えているんですか」

「元彼と同じ名前だったので、彼の本名は憲法に政治の『憲政《のりまさ》』ですけど、友達も私も『けんせい』と呼んでたんで」

聞きながら身震いしそうになった。瓦間が朱聖椰の子だと言っていたジャンシェンも漢字は「建生」だ。となると、その子は政治家、成岡遼一の子供ということになる。

「井上さんはそれを見てどう思いましたか」

「気持ち悪いと思いました」

「その後も認知届は絵の裏に隠していたんですよね。どうしてそのまま保管してたんですか」

「それは……」

口籠る。報告書では彼女は不審者が自宅に侵入したと三課の望月たちに聞かされ、先に一人だけ室内に入って盗まれたものがないか確認している。その時、出てくるまで五分近くかかった。

「井上さん、人に入られたと警察官から聞いて、真っ先に絵を確認されたんじゃないですか」

「真っ先ではないですけど」そう答えて少し間を空けてから「すみません。その通りです」と認めた。

「そのこと、どうして言わなかったんですか」

「それは……」

また言い淀んだ。

「正直に話してください。あなたを責めたりはしませんから」

彼女はぼそぼそとした声で話し始める。

「私たちが絵の中にその紙があることに気づいたのは、引っ越して三年くらい経ってからなんです」

「一昨年《おととし》ってこと?」

「はい」

「どうして気づいたの？」

「二年前の十二月頃、私が留守の時に男の人が訪ねてきて、前の住人が残した絵があるはずだって聞かれたんです」

「男って成岡遼一議員ですか」

彼女は「違うと思います」と曖昧《あいまい》に否定した。

「あなたが応対したのではないんですね」

「私は昼間は仕事して、彼はフリーターというか無職だったんで」

「もしかして、その男が……」涼子はそう言いながら資料の中からアパートの防犯カメラの画像を探していたが、先に井上遙奈から「あの写真の男の人です」と言った。

「でもあなたは男とは会ってないんですよね」

「彼がおっさんなのに長髪で気取ってた、と言ってましたから」

「それだけでは断定できないでしょう」

瓦間は中年だが、髪型が年齢に不釣り合いという感じではない。

「私はそう思ったんです、写真を見せられた時に」彼女が泣きそうに顔を歪《ゆが》めたので、涼子は「ごめんなさい。その男が会いに来た時のことを話してください」と促した。

「はい。元彼は最初、面倒くさくて、どこにあるか分からないと断ったんです。最初から返せと言ったわけではなくて、絵を見せてくれと言ったみたいですけど、私たちの間で、あの絵、本物なんじゃないかってことになって。一カ月くらいして男がまた来た時、彼が『もう処分した』と嘘をつきました」

「それで気になって、中を覗いたってことですね。そうしたら認知届が出てきてびっくりしたと」

「そうです」

「彼氏はなんて言ってました？」

「気味が悪いと言ってました」

「それなのに捨てなかったんですか？」

男が脅しにでも使えると思ったのか。それなら男が持ち出すはずだ。

「元彼は認知届は捨てて、絵は売ろうぜと言ったんですけど、もし盗難届が出てて、犯罪者になったら困るから、私はそうはしませんでした。その後、喧嘩して元彼は出ていったので押し入れにしまいっぱなしにしてて、私も忘れてました」

だが今度はそれほど大事なものをどうして朱聖梛が置いていったのかが疑問だった。しかも、欲しければ使ってほしいと朱聖梛は言い残している。

いや瓦間だ。瓦間が絵の中に隠したのだ。おそらく朱聖梛という女性はそのことを知らなかった？　役所に提出されなかったのは、彼女が認知を必要としなかったからとも考えられる。その気持ちは涼子も分からなくはない。認知されれば養育費はもらえるし、子供を安心して育てられる。だが今度は子供を奪われる危険性が出てくる。

そこでもやもやしていた疑問の断片が繋がった。自分が置きっぱなしにした認知届を取り返すために瓦間は侵入した。そして警備部が探しているのもその認知届だ。政治家、成岡遼一が中国人女性との間に子供がいることを証明する書類……。瓦間が特定秘密保護法違反と言ったのも、この問題なら該当する。

井上遙奈には新たに盗難届を出してもらった。自分が罪に問われるのではないかと心配していたが「あなたは前の家主からもらったのだから心配は要りません」と説明すると、不安な表情が少し晴れた。

新たな盗難届を手に、瓦間を取調室に呼んだ。

「瓦間さん。あなたが持ち出したものが判明したわよ。衆議院議員、成岡遼一氏の認知届ね。朱聖椰さんとの子供、建生って書いてあったそうね。絵に隠してたんだって」

瓦間は黙って聞いていた。否定しないことがこの男には肯定を意味すると、この一週間の取り調べで承知している。

「その絵を見せてくれと言ったのに彼女は出さなかった。今回、キャミソールを隠したのは、彼女へのお仕置きのつもり？」

瓦間は微《かす》かに視線を逸《そ》らしたがなにも言わなかった。腹が立つが今はそんなことはどうでもいい。

「あの認知届ってあなたが書いたの？」

「俺が書くんだったら自分の名前を書く」腹の立つ言い方だったが、否定だ。

「アパートから盗んで成岡に金をせびろうとしたの」

「人に金をもらうほど困ってない」

この手の質問にはムキになって応じる。また否定。ただし「あなたが書かせたのか聞いてるの」と問い質《ただ》すと、黙った。肯定と受け取れた。

「それを暴露するために盗んだんでしょ。やっぱり金目当てなんじゃないの」

もう一度挑発したが、今度は「そんなことするか」と言った。

「あなた、あのアパートを最初に訪ねてから二年近く経ってるよね。まだあの絵の中に残ってるって確信はあったの？」

「さあな」これもある意味否定か。さすがにしょっちゅう忍び込んで確認していない限りは、確信は得られないだろう。

そこから先、瓦間の口は堅くなった。尋問を続けたが、否定だけ答えるという法則も当て嵌《は》まらなくなった。涼子は大きく息を吐き「あなたがどこに隠したか答えないと警備部が先に見つけちゃうわよ」と口にした。言ってから自分でもなにを言ってるのかと悔やむ。これでは警察の一員ではなく、瓦間の味方をしているようだ。

「見つけられるなら見つけてみろ。俺は警察には話さん」

「あなた、今、盗み出したことを認めたわね」

そう言ったものの、その後はまた無言だった。

結局、この日調書に書き足したのは、紛失したのは前住人の認知届の可能性があること、そしてそのことについて瓦間が「見つけられるなら見つけてみろ」と言っただけにして、成岡遼一の名前を書くのは控えた。

24

——成岡先生。

——おや、あなたもいらしてたんですか。

——先日はありがとうございました。刷り上がったので早速お持ちしました。

——ずいぶん大きく扱っていただいたんですね。

——ちょっと写真はやり過ぎでしたね。すみません。

——構いませんよ。そちらも本を売らなくてはいけないのでしょうから大変ですね。

新見たちは小林が撮影した動画を確認した。

「ここまでの表情はインタビューした時と同じです」健太郎が言う。新見も「健太郎がわざわざ来てくれたことを喜んでるな」と感想を述べた。余裕があり、明るい。表情は爽やかなイケメンらしく親しみがある。成岡遼一の良さが随所に現れていた。

――成岡先生、瓦間慎也って知ってますか。

「僕がここで瓦間さんの名前を出した時も表情はまるで変わりませんでしたね。聞こえてなかったのかな」

新見を見ながら言う。健太郎がそう発しても成岡は〈ありがとう。大石さんをお願いしますね〉と支持者に握手して、投票を呼びかけていた。

「いや、聞こえてるよ。俺には成岡遼一が頷いたように見えた」

あの時、新見にはそう見えた。今も自信はないが、微《かす》かに頷いたように見える。

――あなた、困るよ。取材は前回終えたはずだ。

そこで秘書が出てきたので、健太郎は焦った。動画ではそのあたりから車に乗り込もうとする成岡の足取りが速くなった。

――瓦間さんが逮捕されたこと、ご存じですか。

健太郎の言葉に表情が硬くなった。返事もない。だがまだ選挙や国会審議で思い通りに進まなかった時に見せる表情だ。思わぬことを口にされ、感情が乱れたようには到底見えない。

——瓦間さんと聖梛さんがお付き合いされていたのもご存じですよね。

ここで健太郎が予定外の名前を声にした。反応がないことに焦り、思わず口走ってしまったと健太郎は反省していた。

——おい、記者を離せ。

画面から秘書の叫ぶ声が流れる。

「ここだ、ここをよく見ろ」

それまでとは明らかに表情が違っている。困惑している、いや気分を害したと言ってもいいほど、眉間が寄り、目つきが変わったように見えた。それまでの親近感はない。爽やかなイケメンでもない。

車に乗った顔を、小林は接近して撮っていた。

——成岡先生、聞いてるんです。朱聖梛さん、知ってますよね。

そこから先、聞こえてくるのは健太郎の叫び声だけだった。

日曜の夜七時、新見は東急田園都市線に乗り、用賀《ようが》で降りた。環八方向へと進む。隣には小林がいる。この道を彼と二人で歩くのはこれで三度目になる。

車が行き交う環状八号線が見えてきた。信号を横断する。この信号から二十メートルほど瀬田交差点に向かった場所で新見は車に轢《ひ》かれそうになった。

牛久保の家に行くぞと言うと、小林は無口になった。

心配した健太郎から「僕が行きますよ」と言われたが、新見は「健太郎には警察の方を任せる」と言い、小林に「行くぞ」と伝えた。仕事で失った自信は、仕事でしか取り返すことはできない。

しばらく歩き、左折して細い通りに入る。目の前に煉瓦《れんが》色の中層マンションが見えてきた。

最初にこのマンションに来た時、二階の部屋がオープンルームとして販売に出ていて、八千万円もしていた。牛久保の部屋は五階の東南角部屋だから、一億円以上はするのだろう。

最初はまだ残っているであろうローンを牛久保はどうやって払っていくのか、同情もした。今はそのようなものは微塵《みじん》もない。

――おまえと瓦間と言ったら、あれしかないだろう。

――俺が金を借りた少し前、俺たちは警視庁のキャリア課長の不倫問題を書いて警察とトラブってただろ。

耳の奥で、伊礼と石橋の言葉が交互に聞こえてきた。それは長い年月をかけてようやくかさぶたになった新見の心の傷を無慈悲に剝がされたような痛みだった。

まさか二人がやめた事件の原因に、あのことが繫がってくるとは思いもしなかった。二課長の不倫を摑んできたのは瓦間だ。瓦間とカメラマンの二人が、二課長と女性警官が会っていたバーを張り込み、熱愛現場を撮影した。

瓦間がそのネタに目の色を変えて臨《のぞ》んだのは、新見が関係している。

その数カ月前、新見は警察が結婚詐欺で逮捕した男を釈放した事件を取材した。

——捜査上のミスはない。

いかにもキャリアらしい若い二課長が平然と言ったのを、新見はそのままデスクに伝えた。その時点では課長がそこまで言うのなら、今回は男性の金銭要求はあったが、結婚詐欺として立件するまでには至らなかったのだろうとデスクから言われ、取材を中止した。ところが翌週、二課長は新聞記者に「女性の虚偽《きょぎ》申告を一方的に信用して男性の逮捕に至った。女性への金銭要求もなかった」と捜査ミスを認めた。

——新見、なに生ぬるい取材してんだ！

記事が出た翌日に、新見は瓦間に激怒された。以後、瓦間はしばらく口を利いてもくれなかった。それがある日、石橋からこう伝えられた。

——にい坊、あの後、瓦間がどうしたと思う。警視庁に電話をして、どうして嘘をついた、警察は新聞記者と談合してんのか、と猛抗議してたぞ。

そう聞かされたからこそ、瓦間が澤田という二課長の不倫スキャンダルを書いた時、新見は胸がすくほど気分が良かった。

しかし、それが石橋が一千万円を借りたという週刊時報の記事となって返ってきた。新見がミスしていなければ、二人の先輩はやめずに済んだのではないか……。

インターホンを押すと牛久保の妻から「ゴルフに行ってます」と言われた。

「またゴルフか。待つしかないな」

「いい気なものですね」小林も呆れていた。

「じゃあ小林は裏に回ってくれ」

「はい」

新見はエントランスから離れ、花壇の隅に身を隠した。住人に見られたらいっそう不自然で、警察に通報されるかもしれないが、それでもエントランスに立っていては、タクシーで帰ってくるであろう牛久保に引き返される可能性がある。

四時間が経過した。前回のゴルフも深夜帰りだったが、今回もそうとは限らない。もしや居留守を使われたか。それならどこかで仮眠を取って、朝の出がけを捕まえるしかない。

そこに個人タクシーの灯火が見えた。エントランスの前で停車する。中からポロシャツにスラックス、眼鏡をかけた牛久保が出てきた。あの時道路に投げ出されたスポーツバッグを持っている。前回同様、キャリーバッグは送ったのだろう。

新見は携帯電話を取り出し〈帰ってきたぞ〉と小林にショートメッセージを送った。

牛久保が車を降りたタイミングで、新見は花壇の陰から出て、エントランスに動いた。しばらく忍び足だったが、車が立ち去ったタイミングで急いだ。足音に気づいた牛久保が振り返って足を速める。オートロックの中に入られたら終わりだ。彼がロックを解除する鍵を差し込んだところで、「牛久保さん、またゴルフなんてずいぶん余裕がおありですね」と手を伸ばして半袖から出た腕を摑んだ。「もしかして再就職先の相談でもされてるんですか」

「なんですか、新見さん、うちには来ないって言ってたじゃないか」

「約束しましたよ。だけどそれは我々に協力してくれるって約束してくれたからですよ」

「協力したじゃないか。私はルール違反になることも覚悟であなたの頼みを聞いた」

ルール違反ではなく法律違反だ。それも作為があったとなると、新見は利用されただけになる。

「あなた、瓦間慎也はこの五年間、国外に出ていないと言っていましたよね。瓦間慎也は海外に行ってたはずですよ」

エントランスのダウンライトで、牛久保の表情が歪《ゆが》んだのを新見は見逃さなかった。

「私の調査ではそうだったんだ」

「適当なことを言わないでくださいよ。外務省のデータベースはデタラメではないはずです。そしてあなたもそんなミスはしない」

新見は語気を強めた。「目を逸《そ》らさないでこっちを見てください」

どうして嘘をついた。顔を近づけようとしたところで、牛久保の表情が変わった。あの夜、環八の反対側の歩道から見た血迷った表情が脳裏を過《よぎ》った。

牛久保はいきなり提げていたスポーツバッグを両手で持ち、唸り声を上げて新見を押してきた。新見も数歩下がっただけで踏ん張ったが、牛久保は馬鹿力だった。新見はバランスを崩し、尻もちをつく。その勢いで地面に頭をぶつけた。

「待ってくれ、牛久保さん」

そう叫んで立ち上がろうとしたが、目が眩《くら》んで起き上がることができない。

牛久保は外へ逃げていく。だが細身の男が前に飛び出してきて、両手を広げて制した。

小林だった。


「私が話したことは本当だ。あなたたちが探していた瓦間という男は二〇一二年の九月に日本に帰国した。女性もその日だ。女性が離日したのは翌二〇一三年の九月だ。息子の名前も言った通りだ」

マンションのエントランスで牛久保はそう言ったが、信用できなかった。新見は小林がコンビニで買ってきたロックアイスを、瘤《こぶ》ができた後頭部に袋ごと当てて冷やしている。

「子供の名前は『ジャンシェン』ですか。年齢も言った通りで合ってますか」

「本当だ」

「だけどあなたは嘘をついた。瓦間慎也が国外に出ていたことをどう説明されますか。少なくとも八月十六日までは外国にいたはずです」

伊礼の秘書はアメリカと言った。鵜呑みにしたわけではないが、目の前の小役人よりは信用できる。

「それは本当に知らない、事実だとしたら私は勘違いしただけだ。誰だって間違える」

「あの状況でミスなんてしないでしょう」

法律違反の情報漏洩なのだ。慎重に見るだろう。

嘘をつくにしても、瓦間が釈放されればバレることなのだ。そうなれば新見が怒り、自分の立場が危うくなるのも牛久保は分かっているはずだ。どうしてそのようなことをしたのか。

「岩倉があなたにそう言えと命じたのですね」

考えられることを口にした。

「ど、どうして岩倉先生が出てくるんだ」

狼狽していた。だが当たりと確信するほどでもない。

「あなたはこのことを岩倉に相談したんですね。そういえば僕が瓦間の渡航記録を聞いた時、一瞬、言葉が詰まりましたね。朱聖椰がアメリカにいることも、あなたは知ってたんじゃないですか」

「そんなこと知らない」

「ねえ、牛久保さん。もうここまでバレたのだから、もっと自分の立場を考えて正直に話した方がいいですよ。いったい岩倉の目的はなんですか」

「先生は関係ない」

「あなたが岩倉に相談したのは事実でしょ。そこまで否定するなら携帯電話を見せてください。履歴に入っているでしょうから」

手を出した。咄嗟《とっさ》に牛久保は引きつった顔になり、床に置いた自分のスポーツバッグを取ろうとした。

「電話はバッグの中にあるんですね。出さないのであれば、力ずくで奪わせてもらいます」

牛久保が摑んでいたバッグの取っ手を、新見も手を伸ばして握り、引っ張った。

「小林手伝え」

「はい」

小林が反対方向から牛久保の体を押さえようとした。

「電話をしてきたのが岩倉だと認めたら、強引なことをしなくて済みます。話してください」引っ張りながら諭す。だが牛久保はバッグを離さない。

「岩倉先生じゃない。先生は今、療養中で電話にも出られない」

「本人は出られなくても、秘書に掛けさせることはできるでしょう」

「違う」

「あなたも往生際が悪いな。じゃあ、携帯を見せてもらいます」

スポーツバッグを奪い取った。ファスナーを開けたが、一瞬で牛久保に奪い返されてしまう。牛久保は胸に抱えてその場で屈んだ。

「牛久保さん、あなたのこと、すべて書きますよ」

新見は立った姿勢で脅しをかけた。足下で牛久保がバッグを隠すようにして蹲《うずくま》っている。

「命じたのは先生じゃない。先生じゃないんだ」

「誰なんですか」

「警察だよ」

「警察って、警察の誰ですか」

「知らないよ。警察って名乗る人物から、記者の取材があったら瓦間慎也に最近の渡航記録はないと言ってください、と言われたんだ。名乗ってもいない。ただ先生の言付けだと言っただけだ」

「だからその先生が岩倉なんでしょ」

「違う。岩倉先生じゃない」

「この期《ご》に及んでまだ嘘をつくんですか」

「もう好きに書いてくれ。どうせ私は外務省には残れなくなるんだ、もうどうなったっていい」

自棄《やけ》になった牛久保の叫び声が響いた。


マンションのロビーにある来客用のソファーの前で、新見はそこに座る牛久保が落ち着きを取り戻すのを待った。牛久保は一時狂乱状態に陥ったが、ここで帰すわけにはいかず、彼に鍵を出させてオートロックを潜ってから、すでに三十分以上は経っている。

さすがに彼の携帯電話を無理やり見ることはできなかった。それでもこうして話すのを待っているのは、瓦間が国外に出ていないと伝えるよう命じた警察官が誰なのか、それを聞き出したいからだ。

住人が通れば怪しまれることも警戒したが、日曜深夜とあって誰一人帰ってこない。午前零時を過ぎた。通りを数本挟んで走る環状八号線の騒音も完全に遮断され、建物全体が眠りに落ちていた。

「非通知でかけてきた。だから本当に名前は分からないんだ」

牛久保が震える声でようやく言葉を発した。

「非通知なのにどうして警察だと信用したんですか」

「警察だと言えばそう思うだろ」

「あなたたち官僚が、たかが警察だと名乗っただけで言うことを聞くわけがないでしょ。相手はなんて名乗っていましたか？　役職は？」

何度聞いても「名前は言ってない」と言い張る。

「ではその電話はどうしてかかってきたんですか。あなたが岩倉に相談したからでしょ？岩倉が病気だというのなら秘書ですか」

頑《かたく》なに答えず、牛久保はまた貝になった。

警察とは言っても、その電話がかかってきた経緯について口を割らないのは、絶対に名前を出せない人物なのだ。これ以上粘っても難しいだろうと判断し、「分かりました。きょうのところは引き揚げます」と言った。

憔悴《しょうすい》しきっているのか、そう言ったところで牛久保は安堵の表情さえ見せなかった。

「また来ますからね。話せるように頭を整理しておいてください」

脅し文句を残しておく。牛久保はまともに新見の顔さえ見ようとせず、魂を失っているように感じられた。

マンションを出ると胸ポケットから携帯電話を出した。

「健太郎か、悪いな、二度、電話をもらってたみたいだ」

花壇の陰に身を潜めていた時にマナーモードにし、バイブも消していたため気づかなかった。

「牛久保を捕まえてこの前、嘘をついたことを追及してたんだ」

警察と言ったが、名前は答えなかったと伝えると、健太郎は〈だとしたら警察官ではなく警察官僚でしょうね〉と言う。〈警察官僚なら、命じたのは岩倉しか考えられませんよ〉

「俺もそう思ったけど、決めつけるのは尚早だ。警察に顔がきく政治家はいくらでもいる」

自分を戒めるように言った。

健太郎からは、彼がこの日に取材した内容を伝えられた。

〈警視庁のデカに聞いて、瓦間さんの取調官が分かりました。ヤサも摑んでます〉

「そうか、一日でよくやった」

成田空港で瓦間が振り切ったとしたら、おそらく相手は公安か警備部だ。そこに直当てしたいところだが、聞いたところで連中が認めるわけがないと、瓦間を逮捕した目黒署の取調官に絞って調べさせた。

〈ですけど目黒署、なんだか内輪もめしているみたいですよ。担当の女係長が独り相撲《ずもう》を

して、皆からそっぽを向かれてるって〉

「何をしたんだ」

〈その女係長の指示通りに捜査したせいで瓦間さんの下着泥棒の容疑が晴れて、ただの住居侵入だけになったそうです〉

「本当か」

〈ですけどまた新たな窃盗容疑も出てきたそうです。その係長が下手ばかり打つんで、検察もカンカンだって〉

下着でなかったと聞き、ほっとする気持ちもあったが、また新たな窃盗容疑が出てきたというし、下着泥棒の容疑を警察自らが晴らしたという点も気にかかる。

「勾留期間はあと四日だよな」

〈延長されなければですけどね〉

瓦間が釈放されれば本人に聞くこともできる。だが窃盗容疑が出てきたのなら、起訴され収監される可能性だってある。

「警察はいつまで内密にするつもりかな」

〈起訴したら表に出さざるをえないですけど、ここまで来たらぎりぎりまで隠すんじゃないですかね。メディアが書かない限りは〉

「そのメディアが問題だわな」

〈きょうも週刊時報から、編集長のところに連絡があったようです〉

「次の号に載せるって言ってたか」

〈そこまでは言ってませんが、瓦間さんが退社後もうちの誌面に関わっていたかという確認だったそうですから、そうするつもりじゃないですかね〉

「成岡遼一のことは？」と口にしたが、知っていたところで時報が言うわけがない。「まあ、仄《ほの》めかすこともないわな」

〈僕らも、まだ編集長にすら報告していないわけですから〉

いずれ伝えなくてはいけないと思っている。だが伝えるのは書けるまでの根拠が出てからでいい。噂が漏れることも許されないほど、相手は大物議員だ。

〈でも時報は締め切りまで、まだ時間がありますから〉

「それまでに下着泥棒は間違いだったと知ってくれたらいいけどな」

〈週刊タイムズの元記者が逮捕〉は出るだろう。それでも成岡遼一のことは自分たちが書きたい。

「係長というその女刑事を当たろう。俺も行かせてくれ」

〈もちろんですよ。朝六時、目黒駅待ち合わせにしましょうか〉

「小林もここにいるから連れていくけどいいか」

この日、牛久保に話が聞けたのも小林が阻止したおかげだ。ここまで来たら最後まで小林も付き合わせてやりたい。

〈いいですよ。じゃあ三人で行きましょう〉

電話を切ってから小林に言う。

「小林、あと六時間もないけど一旦家に帰れ」

「いえ、ファミレスでも探して時間潰します」

「それなら俺も付き合うよ。目黒に出て寝床になりそうな場所を探そう。ネットカフェくらいはあるだろ」

見つけたところで頭が混乱していてとても仮眠が取れそうにないが、とりあえず横になって、所轄の女刑事になにを質問するか、頭を一度整理したかった。

25

涼子は家を出るのがギリギリになった。大樹が着替えている途中、「行きたくない」とぐずり始めたからだ。昨日子供同士で喧嘩になって、保育士から大樹が悪いと叱られたらしい。

「大樹が正しいのは分かった。ママが先生にちゃんと話してあげるから」

言ってから、擁護するだけでは大樹の教育によくないと「大樹もお友達と仲良くしようと思わないとダメだよ」と注意しておく。「うん」と返事をし、めそめそしていた大樹はやっと行く気になった。

通りまで出ると男が立っていた。

「長谷川係長ですね」

薄茶の色が入った眼鏡をかけている。

「週刊時報の長崎《ながさき》と申します。瓦間慎也さんのことをお聞きしたいと思いまして」

「取材なら副署長を通して」

所轄での広報担当は副署長なので、そう伝える。携帯電話を出して時間を確認した。もう午前七時半を回っている。

「元週刊タイムズの瓦間慎也さんが住居侵入で逮捕されたそうですね。長谷川さんが調べていると聞きました」

無視するが、記者はまったく引く気配がない。

「下着泥棒だそうですね」

記者はすぐ隣に来た。どう答えようか迷った。下着泥棒の容疑は晴れたと言えば、なぜまだ拘束しているのか説明する必要がある。

「それが下着泥棒ではなくて、いたずらに変わったとか」

薄茶の色の入ったレンズの奥で男が瞳を緩めた。彼は涼子の失態も知っていた。手を繋いで歩く大樹の指に力が入り、怖がっているのが伝わる。

「さらに再び、別の窃盗容疑が出たそうですね」

記者は続けざまにそう言った。さすがに無視できず男の目を見遣った。記者は微《かす》かに笑っている。この記者、昨日、井上遙奈が来署したことも知っているのか。

怒鳴って追い返そうとしたが、目を下げると大樹が今にも泣き出しそうなので堪《こら》えた。

こうなったらタクシーで行くしかない。ちょうど空車が来たので手を挙げて停め、乗り込もうとした。

「待ってください。我々は瓦間慎也さんと朱聖梛さん、それと成岡遼一衆議院議員の三角関係も聞いています」

記者が体を屈めて言う。

「運転手さん、行ってください」

ドアを閉めさせてから、涼子は保育所の場所を告げた。


タクシーに乗ったのは失敗だった。

途中渋滞していたせいで、保育所に着いたのは八時を十分も回っていた。この時間に署に着いておきたかった。

大樹を抱きかかえ、駆け足で雑居ビルの二階にある保育所への階段を上がろうとする。

そこで「長谷川係長」と聞こえた。ここまで記者に追いかけられたか。今度こそ堪忍袋の緒が切れかけたが、振り返るとさきほどとは別の記者が、今度は三人立っていた。

「週刊タイムズの新見といいます」一人が言うと、隣の男が「同じく古谷と言います」と名乗り、もう一人は「小林です」と言った。三人は名刺を出そうとしたが、涼子は「急いでいるのよ」と受け取らなかった。

「瓦間さんのことで質問に来ました」

「あんたたちタイムズでしょ？　だったらうちの副署長が連絡してんじゃないの」

編集部には捜査員も行かせている。

「それが今はまったく話してくれなくなったんです」

新見という男が言った。

「本当に時間がないのよ」

階段を上がろうと足を踏み出した。手が引っ張られる。大樹が「やっぱり行きたくない」とまたぐずり始めたのだ。涼子は階段の途中で止まり「どうしたのよ。さっきママと約束したじゃない」と言って聞かせる。「だって行きたくないんだもん」大樹は泣きだした。

「僕らは瓦間さんがあのアパートに侵入した理由を知ってます」

子供が泣いているというのに、階段の下から彼らは話しかけてくる。

「成岡遼一議員が関係しているみたいですね」

「うるさいわね。それならさっき他の週刊誌も言ってたわよ」

声のボリュームが上がった。ますます大樹が泣き喚く。

「週刊時報はそこまで知ってましたか。官舎の前にいたんで、我々はこちらに回ったんですが」

「私たちにはどっちがなにを知ろうが関係ないのよ。捜査の邪魔をしないでくれる」

「今回の事件は我々にも関係あります。瓦間さんは我々の元同僚ですから」

「上に聞きなさいって言ってるの、あんたたち耳がないの？」

泣いたままの大樹を抱えた。このままでは涼子も遅刻してしまう。きょうは九時から瓦間の取り調べをすると課長に伝えている。署までは徒歩で二十分。車は当てにできない。

「長谷川さんしか知らないことがきっとあると思って来たんです」新見が言った。

「そんなものないわよ」

「今回の件、岩倉元大臣が絡んでますよね」

「知らないわよ」

「岩倉の下には警察官僚もいますね」

今度こそ聞き過ごすことはできなかった。女を見下げる澤田の冷たい目が浮かぶ。

「あなたたち、どうしてそんなことを言うの」

階段を昇ろうと上げた右足を元に戻し、息子を抱きかかえたまま、彼らの方に踵《きびす》を返す。

「瓦間さんは成田空港で、警備部の刑事に任意同行を求められたそうです。その後、瓦間さんがどこに向かい、どのように警察を撒《ま》いたのかも僕らは知っています。瓦間さんには十七日に帰国して二十日午前に自宅に警察が来るまで空白の時間が二日余りあるんです。十八日の午前は女性のアパートに侵入しましたが、翌十九日は丸一日不明です。そのことを含めて長谷川さんと情報交換がしたくてここに来ました」

「情報交換ってなにをするって言うのよ」

「長谷川さんも瓦間さんの取り調べで困っていると聞いています。署内に味方がいないとも」

こんなことまで誰かが漏らしている。黙っていると新見が穏やかな顔を作った。

「僕らは長谷川さんにとっても有意義な話を持ってきたつもりです」

しばらく考えた。上司の渋い顔が浮かんだが、すぐに打ち消した。

「分かった。ちょっと上の保育所と話してくるから、ここで待っててくれる」

目黒川近くにある公園はまだ八時台とあって人はいなかった。

大樹を無理やり預けるのは可哀そうだと、保育所には「あとでもう一度来ますから」と言い、公園に一緒に連れてきた。

今は小林という一番若い記者が、保育所から借りてきたサッカーボールを蹴り、大樹と遊んでくれている。小林は子供をあやすのが上手なのか、大樹はさっきまでべそをかいていたのも忘れて、声を弾ませてボールを追いかけている。署には遅れる旨だけを伝えた。

「朱聖梛に会いに行っていた瓦間は、空港で警察を振り切って伊礼辰巳のところに逃げ込んだってこと？　そしてそこから脱出したの？」

「そうです。ここだけの話でお願いしますが、伊礼辰巳の部屋に瓦間さんのキャリーケースがありましたから」

「当然、中は調べたんでしょ？」

「着替えしか入ってませんでした。伊礼からはなにもないと言われましたので、抜き取られたのかもしれませんが」

「そこでどうして警察官僚が出てくるのよ」

空港でのことは、涼子は澤田から聞いているが、この男たちが警察官僚だと決めた理由が知りたい。澤田が成田まで出向くとは思えないし、もし行ったとしても、自分からキャリアだとは名乗らない。

彼らはある人間に瓦間の渡航調査を頼んだそうだ。その人物に、瓦間の最近の渡航記録は伏せるよう命じる電話がかかってきた。その人物が昨夜、電話をしてきたのは警察だと吐いたらしい。ただしそれ以上は言わなかったという。

「僕は昨夜の段階では、その人物が警察官僚とまでは断定できませんでした。でも今朝まで頭を整理していると、伊礼辰巳から、今回の件、十年前の瓦間さんともう一人の先輩記者が金を借りた事件が絡んでいると言われたのを思い出したんです」

「話が全然見えてこないわ。あなたの先輩が伊礼辰巳から金を借りた事件に、警察官僚なんて出てこないでしょうに」

「それが関係してたんですよ。あの件、伊礼辰巳の瓦間さんたちへの仕返しだったんです。でもそれは脱税の件だけではありません。警察官僚の不倫を書いた件も絡んでいたんです」

「不倫って、もしかしてあの……」

自分が思っていた以上の大声が出た。まさかこんなところで、澤田と秋穂の不倫記事の話を聞くとは思いもしなかった。

その後は新見の説明を聞いていた。不倫記事が関わっていると黙示したのは伊礼辰巳のようだ。おそらく瓦間もそのことを知っていて、それで間を取り持ったと思われる岩倉と現民自党幹事長の榊原について調べた。伊礼辰巳は二人の政治家について自分から遠のいていった遺恨を持ち出し、「恩を忘れるような人間にまつりごとをやる資格はない」と激怒していたそうだ。

「あなたたちが思ってるそのキャリア官僚は岩倉と同郷で、可愛がられていたという噂はあるから、岩倉との関係は納得できるわ。それに被疑者には岩倉を脅迫していたという疑いもある。もっとも本人は脅しには無反応で、私が取材と言い直したら黙っていたわ」

「本当に岩倉を脅したんですかね。岩倉は病気で療養中という話もあります」

新見が言った。脅しを取材と言い換えた時、瓦間の反応は変わった。ただし取材相手が岩倉だと本人の口から言ったわけではない。

「それなら彼に聞いてよ」涼子は突っぱねた。

「長谷川さんは岩倉が庇護《ひご》している警察官僚も知ってるんですね」

再び新見が聞いてくる。

「警察内では結構な有名人だからね」

不倫相手が自分の親友とは言わなかった。そもそも秋穂は自分のことをそう思っているかどうかも定かでない。

「だけど、そこにどうして榊原が出てくるのかが私には解せないけど」岩倉は分かるが、榊原と澤田は繋がらない。

「成岡遼一が絡んでくるからじゃないですか」

古谷という記者が答えた。「成岡遼一は榊原派のホープです。そして瓦間さんと成岡遼一は一人の女性、朱聖梛を挟んで因縁関係にあります。立候補しなければ、瓦間さんは今も朱聖梛と幸せな家庭を築いていたわけですから」

　その推理はあまりに短絡的すぎないかと疑問を感じたが、涼子は口を差し挟むことなく聞いていた。

「ちなみに十年前の記事が警察官僚の不倫の意趣《いしゅ》返しだと言ったのは、瓦間さんと一緒にうちをやめた石橋という記者です」

「その人がお金を借りた記者ね」

「はい、石橋さんは、瓦間さんもそのことを承知の上で、伊礼と仕事をしていたと話していました」

「でも彼はゴシップ誌の記者だったんでしょ」

「ゴシップ誌ではコラムを書いていただけです。その記事の大半は伊礼がネタ元、いえ、瓦間さんと伊礼辰巳は持ちつ持たれつの対等関係だったから、瓦間さんも伊礼にネタを提供していたと思います」

　ぼやけていた事件の輪郭が薄っすらと見えてきた。その提供したネタというのが朱聖梛と成岡のことなのか？　瓦間は米国で朱聖梛の証言、もしくは成岡と朱聖梛の事実婚を証明する書類、手紙、写真といった類を手に入れた。それを知った榊原が澤田に連絡を入れ、澤田は警備部の部下に瓦間が搭乗した飛行機を調べさせた。成田で待ち伏せしたものの瓦間に逃げられた……。

その瓦間には、もう一つ手に入れたい証拠品があった。それが井上遥奈の部屋にあった成岡遼一の認知届――。

「つまり今回の瓦間さんの行動は、成岡遼一に対してと、岩倉、榊原に関してという、二つの個人的な問題が起因しています」

新見が言った。問題というより恨みだろう。警備部がそれを極秘に阻止しようとしていたのなら、瓦間だけを責められない。少なくとも空港で同行を求めた件に関してはマスコミには説明がつかず、警察の暴挙だと非難されてもやむをえない。それこそ瓦間が語ったように「特定秘密保護法違反」だとでも言わない限りは――。

「こちらは知ってる情報を話しました。今度は長谷川さんお願いします」

古谷が涼子に言った。

「あなたたちが言ったように、瓦間は下着泥棒ではないわ」

キャミソールを、洗濯機の裏に隠しただけだと説明した。

「でも新たな窃盗の疑いが出てきたんですよね」新見が言った。

「それが認知届よ。成岡遼一と朱聖梛、そして息子の名前が書かれていたらしい」

朱聖梛が残した絵の中にあったことも話した。

「直筆ですか」

「分からない。でも直筆でなければ意味はないし、瓦間が危険を冒してまで取りに行く必要はないでしょ」

「瓦間さんはそのことを認めてるんですか」

「認めてはいないけど、私はそうだと思ってる。あの男、絶対に違うことだけははっきりと否定するから」

「その時の反応は否定ではなかったんですね」

「下着泥棒は『人格を疑われることは断じてせん』だった。でも瓦間に『認知届はあなたが書いたんじゃないの』と聞いたら『俺が書くんだったら自分の名前を書く』だったし、私が『アパートから盗んで成岡に金をせびろうとしたの』と挑発した時は『人に金をもらうほど困ってない』とムキになったわ」

「どちらも人格云々《うんぬん》と似たようなもんじゃないんですか」と古谷が口を挟む。

「あとの二つは関わったことを明確に否定してるわけではないわ」

否定する気ならあの男は「書いてない」「せびっていない」と答えるはずだ。

「認知届を盗んだことは認めてるってことですか」と新見が質問してきた。

「そもそも素直に『はい』という男じゃないからね」

完全に認めたのは朱聖梛があのアパートに住んでいたことと、彼女に息子がいたことだけ。瓦間は自分の子ではないと言ったが、誰の子かは口を割らなかった。

「瓦間さんらしいですね」新見が言うと、古谷が「認知するのって書類だけでいいんでしたっけ?」と話を変えた。

「それは私も調べたわ。父親の戸籍、届け印、身分証明書が必要よ。でもアパートの女性によるとそれらはなかったという話よ」

「朱聖梛って帰化してるわけじゃないから、日本の書類に書いても意味はないんじゃないですか」

「そんなことはないわ。外国籍の女性でも認められる。それには母親のパスポートや出生証明書が必要だけど」

「子供はどこで生まれたんでしたっけ」古谷が新見を見ると、「俺はロンドンだと聞いてる」と答える。

「イギリスの出生証明書もなかったんですよね」古谷が聞いてきた。

「なかった。だから法的にはなにも有効ではない」

「それじゃあ成岡遼一がサインしたところで意味はないじゃないですか」

「でも誠意にはなるんじゃないかしら」

言ってから「誠意とは違うわね」と打ち消した。「自分の意思で認知したいのであれば、直接彼女に会って、役所に提出すればいいだけだもの。最初から誰かに無理やり書かされたんじゃ意味はない」

「書かされたってまさか」新見が言った。

「瓦間しか考えられないわ。だから朱聖梛はそんなの要らないって拒否したんじゃないかしら」

認知どころか、養育費だって払っていない。成岡一族の御曹司《おんぞうし》であるのに。出馬前は大学教授としてそれなりの給与を稼いでいたというのに。

「彼女に要らないと言われたけど、瓦間さんは捨てずに取っておいた、朱聖梛に内緒で絵の中に隠したのも理解できますね。瓦間さんはてっきり朱聖梛がその絵も持っていったと思っていたんでしょう。絵を置いていったことはしばらく経ってから聞いた」

新見の推測に涼子も同調した。それが瓦間が取り返しに行った一昨年なのだろう。問題は奪い取った認知届を瓦間がどこに隠したかだ。

そう聞くと、「やはり伊礼辰巳のところじゃないですかね」と古谷が言った。「あそこなら警察も手が出せないですから」

「僕も今回初めて行きましたけど、まるで要塞みたいでした」新見が続けた。

警察から守れる場所があるとしたらそこだろう。瓦間は八月十八日に井上遥奈の自宅に侵入し、二十日朝に捕まった。彼らが話すように十九日の行動は摑めていない。伊礼辰巳に匿《かくま》ってもらうのがもっとも安全である。

それならそこに身を隠していれば良かったはず。自宅に戻れば捕まることが分かっていたのに、どうして二十日の朝に自宅にいたのか？

瓦間が発した言葉をもう一度振り返った。

――あんたの言う通りだ。あのアパートに聖梛は住んでいた。

――俺は住んでたわけではない。住んでいたのは彼女とジャンシェンだけだ。

――聖梛の子だ。

その後こうも言った。

――あんたらが汚いことをするからだ。

その文句を聞いたのは、空港での任意同行を振り切ったことについて聞いた時だ。だがそれだけで「汚いこと」とまで言うか。

さらに思い返した。印象に残っているのは、任意同行を求めた佐久間たち捜査員に「理由を述べよ」と台詞《せりふ》回しのようなことを言ったこと。「人格を疑われることは断じてせん」もあまり聞かない否認の言葉遣いだ。プライドが高いのは分かる。あそこまで古風な言いまわしをする必要があるのか。なにかメッセージが込められているのではないか。

――俺はボンバーではフリーで仕事をしている。特派として所属したことがあるのは週刊タイムズだけだ。俺が記者だと言ったら、あんたらが「どこに所属してた」と聞いてきたから、そう答えただけだ。

その言葉にも、彼の記者としてのプライドや気の強さが滲み出ている。

「あら、大樹くん」

子供連れの母親が来た。何度か公園で見かけたことがある一つ年下の男の子だ。涼子は黙礼した。男性二人と話しているのを訝《いぶか》しんでいるだろうが、母親は頭を下げただけで距離を取った。

大樹が「ようすけくんもサッカーに入んなよ」と仲間に入れた。その子も加わろうとする。

「大樹くんに悪いでしょ」

母親が注意したが、小林という記者が「大丈夫です、ようすけ君、一緒にやろう」と誘った。小林がドリブルを始めて、大樹がいつものように「待て、待て」と追いかける。友達も入った。小林はわざととは気づかれないよう、上手にミスをして大樹にボールを奪われた。「大樹くん、こっち」そう言った友達に大樹はつま先で蹴り上げる。ボールが逸《そ》れて涼子たちの方に転がってきた。

古谷が出ていって蹴り返したが力が入りすぎて、右に逸れていく。

「ごめん、ごめん」

ボールは公園の端まで転がり、柵に当たった。草むらに入ったのか、二人の子供が「ボールどっかいっちゃった」と口をへの字に曲げている。小林が「大丈夫だよ。隠れているだけだから」と木の裏から手で拾ってきた。「良かったね、ようすけくん」大樹が言うと、彼も笑っていた。友達と仲良くするよう注意したが、親が心配しなくても大樹にはちゃんと友達がいる。

そこでもう一つ印象に残っていた瓦間の台詞が浮かんだ。この言葉にも惑わされた――。

「ねえ、さっき言った元同僚の人？　きょうはあなたたちの仕事は手伝っていないの？」

「石橋さんですか。あの人は海老名で家具工房をやっているので毎日は出られないんです」

「そこじゃないの」

涼子は声を上げた。

「なにがそこなんですか」

古谷は聞き返してきたが、新見は理解したようだ。

「そうか、あそこか。今すぐ行きましょう」

新見が一番にベンチから立ち上がった。

26

工房で仕事をしていた石橋に〈今から行きますので出かけないでください〉と新見から電話があったのは、午前十時前だった。出かけられるわけがないじゃないか、仕事が山積みなのに……石橋がそう言おうとした時にはすでに切られていた。

一時間もしないうちにタクシーが到着した。新見、古谷、小林たちタイムズ記者の三人の他に、髪を後ろでまとめた女性がいた。

「バシさん、こちらは目黒署の刑事さんです」

「刑事がなんの用だよ」

石橋が聞き返したのに、女刑事は「あなた、普段この工房で何時から何時まで仕事をしてるの」と一方的に質問してくる。

「きょうは六時からやってるけど、いつもは八時くらいかな」失礼な女だと不快に思いながら答えた。

「夜は？」

「深夜までやることもあれば、八時くらいで切り上げる日もある」

「八月十八日の午後から十九日にかけてなにをしてました？」

「瓦間さんが捕まった前日と前々日の午後です。僕がここに来たのは二十一日の火曜ですからその二、三日前になります。土日だから休みですか」

隣から新見が補足した。新見までが切羽詰まった顔をしている。

「いいや、先週の土日なら、お盆明けで仕事が溜まってたから三人で仕事をしてた。それがどうしたんだよ、正義」

聞いたのに、すぐさま女刑事に「どこで」と問われる。

シャッターが開きっぱなしになっている工房に目をやった。和夫と恵も何が起きたのかと、仕事を中断して出てきていた。

「今みたいに開けっ放しで仕事をしてるんですか」

「エアコンの効きが悪いんでな。ここならいい風が吹くから俺は天気のいい日は外だ」

「だったら瓦間さんが来たら分かるじゃないですか」

古谷の言葉で、彼らがここへ来た理由に察しがついた。

「どうして瓦間がうちに来るんだ」

「隠したんですよ」

「隠したってなにをだよ」

「それを探しに私たちは来たんです」

女刑事が口を出した。

「バシさんの家に行くには、必ずこの工房の前を通らなきゃいけないんですよね」

「いや裏からも出入りできる」

そう言って今度は自宅のある方向を指差した。大きな楠《くすのき》がある。その向こうに平屋建ての住宅が見え、奥には丸太を使った柵がある。それほど高い柵ではないので簡単に乗り越えて、隣の一軒家の駐車場から裏道へ抜けられる。

「バシさん、お願いします。部屋を調べさせてください」

　新見から言われた。刑事からも強い目で訴えられた。「分かった」石橋は小走りで家に向かう。四人が後ろをついてきた。

　ノブを回して扉を開けた。

「鍵はかけてないんですか」

「盗まれるものなんてなにもないからな」

「ますます侵入し放題じゃないですか」

　古谷の声がした。ブーツの紐を解《ほど》き、蹴るようにして脱ぎ捨てた。

「探してもいいですか」

「ああ、見られて困るものはない。もしあっても見なかったことにしてくれ」

　ヘアヌードが掲載された週刊タイムズがあるくらいだ。冗談を混ぜたつもりだったが、誰も笑わなかった。

　女刑事は居間の押し入れを開けて言う。

「瓦間は女性宅でも押し入れの中にあった古い箪笥《たんす》を探ってるのよ。同じところに隠してある可能性はあるわ。まず押し入れを見ましょう。手伝って」と、小林を呼んだ。

　石橋は箪笥を押し入れにしまったりはしない。上段には布団が入り、下段は掃除機やストーブなどがしまってある。

新見は台所を、古谷は居間のテレビ台やその裏側、本棚などを探っている。あまりいい気分ではなかったが、瓦間が忍び込むのは考えられなくもなかった。

練馬の頃はしょっちゅう泊まりに来た。石橋が帰ってくるより先に上がり込んでいたこともある。海老名の工房にも千佳が亡くなった後に線香を上げに来た。

女刑事は箪笥と言った。家具は居間にあるライティングビューロー、それと寝室にワードローブと、日本の箪笥にあたるチェストがある。

「箪笥と言うならこっちだ」

石橋は寝室に入り、チェストの一番上の引き出しを引っ張り出した。ここには普段着を入れている。洗濯したものを上から置いて、上から着ていくので、下は着ていない服ばかりだ。

手を突っ込む。服の一番下に紙があった。

「あったぞ」

叫んだ時には四人が集まっていた。

認知届だ。成岡遼一と達筆な字で氏名が記されている。建生——認知する子供の名前だ。記入日は二〇一三年九月一日と記されている。朱聖梛が帰国したのは十月一日だから、ちょうど一カ月前になる。

住所、本籍も書かれている。横から覗き込んだ新見が「成岡のものです」と言った。ただし母親の名前は未記入だった。

「これですよ。瓦間さんは女性宅からこれを盗ったんです」

古谷が言った。

「瓦間さんが絵の裏に隠したんです。母親の名前も住所も未記入ということは、朱聖椰から要らないと断られたんだと思います」

新見が石橋の後ろから覗くように認知届を見てそう説明した。

「瓦間はこれを成岡遼一に書かせたということか」

信じられないが、押しの強い瓦間の性格ならやりかねない。

そこで玄関の扉が開いた。体躯《たいく》のいい男が四人、土足のまま入ってきた。

「なんだ、あんたらは」

石橋は声を上げた。四人ともスーツ姿だ。

「澤田警視正、まさか私をつけてたんですか」

女刑事が言った。この男たちも警察なのか。警視正と呼んだから真ん中の眼鏡をかけた男は相当な大物だ。

「あんた、やっぱり、あの時の」

新見も叫んだ。石橋もタイムズの誌面で見た隠し撮り写真の記憶が薄っすらと甦《よみがえ》った。瓦間が不倫を暴いたキャリアだ。

だが澤田は石橋にも新見にも目をくれることなく、顎を突き出して部下に命じた。前に出てきた柔道でもやっていそうな丸刈りの刑事に、石橋は認知届を不覚にも奪われてしまった。

「返せ」取り返そうとするが、相手もガタイがよくて手が届かない。認知届は澤田と呼ばれた男の手に渡った。

「これだけか」

澤田は長谷川という女刑事に聞いた。

「警視正が探していたのはこれでしょ」

二人は睨《にら》み合っていた。

石橋は自分の家に彼らが土足で入ってきたのが許せなかった。

「あんたら令状があるのか。なかったら帰れ」

目の前の丸刈りの刑事を押し込む。アメフト時代を思い出した。「手伝ってくれ」そう言うと、新見と古谷、それに小林という記者も刑事たちにぶつかっていった。

「公務執行妨害にするぞ」

刑事の一人が叫んだが、「するならしてみろ。おまえらのやってることを暴いてやる」と叫び、力を入れる。刑事たちを数秒のうちに外まで押し出した。

27

刑事たちが去った後、新見は部下たちと工房を出た。

「ごめんなさい、私のせいだわ」

目黒署の長谷川涼子係長は反省していた。

「私が海老名に行くと上司に伝えてしまったの。瓦間さんの取り調べがあったので、なにも言わずにここに来るわけにはいかなくて」

「場所まで言わなくても良かったじゃないですか」

「よせ、健太郎。瓦間さんが持ち出したことに変わりないんだ。警察に捜査されても仕方がない」

「やつらは窃盗刑事ではないんですよ。警備部なんですよ」

そのことは長谷川が認めていた。

「もしかしたら俺じたいがマークされていた可能性はあるよな」

石橋がそう言ったことで全員が我に返った。長谷川の話では、警備部は伊礼の病院で瓦間に撒《ま》かれた後、瓦間が立ち寄りそうな場所をチェックしていた。だから目黒のアパートに侵入したことを摑んだのだ。かつての相棒である石橋の工房にも目をつけていたと考えられる。石橋だけでなく、新見たちも見張られていたかもしれない。

長谷川は警備の一人に向けて「警視正」と呼んだ。もう十年以上も前のことだったにもかかわらず、瞬時に思い出した。新見に「捜査上のミスはない」と嘘をついた二課長。そしてそのことをきっかけに、タイムズは不倫記事を載せた……。

牛久保に嘘をつくよう命じたのはやはりあのキャリアなのだろう。自分たちが推測していたことがすべて繫がった。

「瓦間さんが持ち出したものが、成岡遼一や民自党幹部にとってどうしても表沙汰にしたくないものだというのはこれでよく分かった。このことを正義たちが記事に出来ればいいんだけど」

「必ずしますよ、バシさん。ただ認知届を取られた以上、次の号ですぐにとはいかなくなりましたが」

「シアトルまで行き、朱聖梛を探すしかないですかね」

「だけど健太郎、そのインタビューが実現するとしたら、それは朱聖梛本人が認知を望んでいればだよな。瓦間さんの勝手な行動なら彼女は同意しないだろう」

「それなら瓦間さんが出てきてから語らせるとか」

「そうだな。でも」新見は長谷川を見た。

「不起訴になることを期待しているの？　それだけは私からはなんとも言えないわ」

「略式起訴程度で済んだとしても、女性のアパートに侵入した瓦間さんのコメントを読者が信頼できるかって問題は生じますよね、編集長だって掲載に慎重になるだろうし」

健太郎が言うと、小林が「どうして瓦間さんは不法侵入なんて手に出たんでしょうね」と呟いた。

それがなによりも判然としないことだった。取り返したければもう一度女性を説得する手もあった。瓦間が行って怪しまれるのであれば、自分たちタイムズを頼ってもいい。瓦間はすでに小林を頼って、岩倉と榊原の過去記事をもらっている。

やはり朱聖梛を探すことから始めなくてはならないのか。成岡にもう一度ぶつけることも考えたが、証拠を失った以上、彼は認めないだろう。

新見は隣を歩く石橋を見た。刑事を追い払った後も眉間に皺を寄せ、難しい顔をしていた。

「いずれにせよ、瓦間さんがバシさんを頼りにしていたのは間違いなかったですね」

逮捕された瓦間が「友を待つ」と言ったと聞き、真っ先に石橋の工房に来た自分の判断は正しかった。長谷川刑事もその言葉を思い出し、石橋の元に隠してあるのではないかと浮かんだそうだ。

「俺がもっと早く気づいていれば……それにあいつらが入って来た時、すぐポケットにしまえば良かった」

石橋が右の手のひらに左手で作った拳を強く打ち込んだ。悔しさと後悔の混じった鈍い音だった。新見も警察が入ってきた時、身を挺《てい》してでも守るべきだった。それが痛恨だ。

「すみません。我々はここで失礼します。バシさん」

ここに残ってもいいアイデアが浮かぶわけではない。新見は部下とともに一旦、退散することにした。

「正義、力になれず申し訳ない」

「私はもう少し残って、石橋さんに話を聞かせてもらいます」

そう言った長谷川を残し、新見たち三人で工房を出た。


昨夜はほとんど眠っていないせいか、会社のある最寄り駅に戻ってきた時には気力も体力も尽きかけていた。階段を上がるのさえしんどい。

エレベーターで編集部のあるフロアに到着した。中に入るとすぐに、編集長から「新見、さっきまた週刊時報から電話があったぞ」と伝えられる。

「瓦間さんのことでしょ。もう無理ですよ。逮捕されたことは全部知られてます」

それだけじゃない。彼らは長谷川刑事に「我々は瓦間慎也さんと朱聖椰さん、それと成岡遼一衆議院議員の三角関係も聞いています」と言っている。隠し子のことも書かれるだろう。

新見の席の内線電話が鳴っていた。「また時報じゃないのか。新見と話したがってたからな」と編集長が顔を歪《ゆが》める。

出る気にはなれず、「小林、もし俺を指名してきたら、俺はいないと言ってくれ」と頼んだ。

「分かりました」彼はそう答えてから、「週刊タイムズ編集部です」と電話に出た。

小林の様子が変だった。

「本当ですか」

「どうしたんだ、小林」

「はい、今から行きます」

小林が受話器を置いた。週刊時報の記者が会社まで押し寄せてきたのかと思った。

「新見さんも一緒に来てください」

「なにがあったんだ」

小林の説明に健太郎が仰天した時には、新見は走り出していた。

エレベーターで一階に降りる。受付の前では、グレーのスーツを着こなした男性が、背筋を伸ばした姿勢で後ろ向きに立っていた。

足音に気づいたのか男はやおら振り返り、新見たちに向かって会釈した。

28

所轄に連絡することもなく涼子は工房に残った。この日の瓦間の取り調べは中止だ。瓦間の勾留が延長されることはないのだ。成岡遼一の認知届を奪い取ったことで、警備部はこれ以上瓦間の身柄を拘束しておく必要はなくなった。今頃、目黒署の課長も起訴するか、それとも略式起訴で切り上げるか本庁と相談していることだろう。

工房の外に置かれた木製のベンチに座りながら石橋から話を聞く。石橋によると外国の雑誌に載っていた教会の長椅子をイメージして、ここで働く女性従業員が作ったそうだ。明るめの色の材木も使っているため、屋外に置いてもよく似合う。

西側には富士山が一望できた。手前には相模川が流れ、丹沢《たんざわ》山系が広く横たわっていた。澤田にまんまと利用され心は曇っているのに、この日は雲ひとつない夏晴れで、山の稜線《りょうせん》は子供の絵本に出てくるほど青空に浮き出ていた。こんな場所で大樹を育てられたら、活発な男の子に成長してくれるだろう。

「俺にはやっぱりヤツが信じられないよ。瓦間が成岡に認知届を書かせたのは理解できなくもない。額縁に入れたのを朱聖梛が気づかずに、次の住人にあげてしまったのなら、それを奪い返そうとしたことも納得できる。だがそれを成岡に突きつけてどうする。ましてや岩倉や榊原に渡そうとするなんてもってのほかだ。成岡には大臣になる資格はないと言いたいのか。そんなことをして誰が喜ぶ」

　石橋が真剣な表情で言葉を吐き出した。

「一度一緒になった彼女を失ったから、瓦間さんは相当恨んでるんじゃないですか」

　朱聖梛だけではない。成岡との間にできた子供も瓦間は自分の子として育てようと決意していただろうから、奪われたのは家族そのものだ。

　石橋からは瓦間と朱聖梛の関係を改めて聞いた。

　二人一緒にいるのを見たのはアメフト部での最後のゲームとなった日の一回だけだそうだ。男子学生の間では有名だった彼女だが、石橋が口を利いたのもその一度きり。初対面だというのに彼女は人懐こく、石橋に遠慮ない口調で話しかけてきたそうだ。その時に撮った写真をスマートフォンから見せてもらった。自分の二十二歳の頃とは比べものにならないほど、大人びた女性に見えた。

　瓦間が週刊誌記者になったのも彼女が関わっていて、「伊礼辰巳だろうが図々しく近寄っていける瓦間が、この世でもっとも頭が上がらないのが彼女だよ」と話した。

「成岡遼一とはどこで知り合ったんでしょうか」

「朱聖梛は大学生のシンポジウムにも参加していたから、そういう場所だったんじゃないのか」

「学生運動に参加してたの？　彼の叔父は成岡勝彦ですよ」

「そこまでは分からない」

「それなら瓦間さんは？　デモに参加したのは知ってるけど」

「あいつはそういう会議みたいのには出ないいんじゃないかな」

「どうして」

「瓦間が持っていたのは社会への不満や怒りだ。シンポジウムになんか出たって、自分ではなにも社会を変えられない。それが分かっていたからこそ、あいつは週刊誌の記者になった。あんたたちは笑うかもしれないけど、警察や政治家が隠す不正を暴いてやろうと、俺たちは正義感を持って取材していた」

そう言ってから「そういう男だから大学時代、俺の方が先にあいつをアメフト部に誘ったんだ」と口にした。正義感とアメフト部の関係が涼子には結びつかない。

「瓦間さんって運動神経良かったの？」

「良かったよ。だけど俺が認めたのは闘志であり、怒りなんだよ。ふてるような怒りじゃダメだ。本当に表に出して怒り、それを維持していく。そういった感情を表に出すことも、アスリートとしての才能の一つだ」

「スポーツなんだから冷静な方がいいんじゃないの」

「他はそうでもフットボールは違うんだよ。怒りがなければ、恐怖に負けてしまう。その怒りを記者になっても持ち続け、いつでも暴れ出せる状態にしていたからこそ、瓦間は権力に立ち向かっていけた。相手が大物で、権力を笠に着る人間であればあるほど、意気込んで仕事をしてた。あいつは人間を追いかける週刊誌の仕事が大好きだったんだ」

タイムズをやめた後も、伊礼辰巳から情報を集め、ジャーナリストとしての仕事を続けていたと聞いた。だが石橋も言うように、涼子にもそこから先が釈然としない。瓦間がしようとしていたことは、ジャーナリズムでもなければ、「人間を追いかける」と石橋が言った週刊誌の仕事でもない。ただの脅迫だ。

そもそもなんのために米国に行ったのか。瓦間に聞きたいところだが、石橋に預けた認知届を澤田に奪われたことを知れば、涼子をいっそう出来の悪い刑事と見下し、まともに答えないだろう。

シャッターの開いた工房の中から、作業していたエプロン姿の女性が出てきて、石橋に声を掛けた。

「勲さん、こっち終わりましたから、ライティングビューローも私がやりましょうか」

「大丈夫だよ。俺も手が空くし」

石橋の仕事の邪魔をしては申し訳ないと涼子は辞去しようと思った。

「私はもう失礼します。家具を作らなきゃいけないいんですものね」

「いや、俺がやってるのは修理だよ。古い家具の修理だから面倒だけどな」

どう面倒なのか聞こうとしたが、聞いたところで理解できないとやめた。官舎は、井上遙奈のアパートと同じくらい質素だし、そもそもここで作っているような家具とは一生縁がないだろう。

「大丈夫ですよ、勲さん、この図面通りにやればいいんですよね。私でもできますから」

「それだったら頼もうかな、俺は今、複雑な作業をする気力がないんで」

「図面なんてあるんですか」

涼子が質問すると、「普通は作らないけど、今回はちょっと厄介な修理の依頼なんだ」と石橋は言った。

そこで突然、石橋の目つきが変わった。両目を寄せて、視線は宙を泳いでいる。

唐突に立ち上がり、自宅のある楠《くすのき》の方向に歩き始めた。

「どうしたんですか、石橋さん」

涼子も後ろをついていく。尋ねたところで彼は口を利かない。

「石橋さん」

次に聞いた時、彼は駆けだした。体を揺らして走る大きな背中から声が聞こえた。

「瓦間はうちの工房を熟知している」

「どういうことですか」

「俺の家の中もだ。家具も全部だ」

鍵もかけていない扉を開け、靴紐を急いで解《ほど》いて、三和土《たたき》にブーツを脱ぎ捨てる。涼子もパンプスを脱いで室内に入った。

29

部屋に入った石橋が真っ先に向かったのが、原稿を書く時に使っていたライティングビューローだった。

今、恵が修理すると言ったものと同じ、父が作った天板を収納できる西洋独特の家具である。

この家具は、すでに細工がされている。

机になる天板を開ける。中は左右ともに外側が棚になり、その両隣は本が立てられるようなブックスタンドになっている。真ん中は二十センチほどの小さな引き出しが三段ついている。

「どういうことですか。そこに瓦間さんがなにかを隠しているってことですか」

「まだなんとも言えない」そう言って引き出しの三段目を弄《いじ》る。

「この引き出しの上の二段は普通に開くが、一番下は真鍮《しんちゅう》のつまみを引っ張ったところで開かない。これがロックだ」

つまみを回すと、鍵が外れる音がした。石橋は次に横板の底についている一ミリ程度の細かい溝に爪をかけた。

「まさか横から開ける仕組みになってるんですか」

「うちの親父の考えた隠し棚だ」

今回隠し扉を作ってほしいと注文を受けた客の図面も、父が作ったこの引き出しが基になっている。

しばらく開けていないとあって、石橋の太くて常に爪を切り揃えた指では、溝にひっかからずうまく引き出せない。それでも指の節で叩き、軽く衝撃を与えてから試すと、引き出しは真横に動いた。

「開いたわ」長谷川刑事が声をあげたが、歓びは続かなかった。中にはなにも入っていなかった。思い違いか。いや、そんなはずはない。

――バシの親父さん、すごいな。こんな加工ができるんだな。

夏休みの旅行をキャンセルして練馬の工房に寝泊まりしていた時、瓦間に自宅にある家具の仕掛けを全部見せた。

――まるで忍者屋敷みたいじゃねえか。

滅多なことでは驚かない瓦間が、見せるたびに目を白黒させていた。いちいち感動してくれるのが嬉しくなり、あの時は父のへそくりから一万円を拝借して、二人で飲みに行った。確か一万円札を見つけたのはこの机からではなかった。

寝室のチェストに向かう。

「それってさっき探した洋服箪笥《だんす》じゃない。それにも仕掛けがあるの」

「ああ、こっちの方が広い」

一番上に瓦間は、成岡遼一が書いた認知届を隠した。だが石橋が開いたのは最下段の引き出しだ。

ここには両親が取っていた石橋の子供の頃のアルバムや卒業証書、工具の説明書などを入れているが、もう何年も開けていない。前回開けた時は滑りが悪くて途中で止まってしまった。石橋は少し上下に揺らしてから、隙間を浮かせて引っぱった。一回で開いた。勢いあまってチェストの上に載せていた週刊タイムズのバックナンバーが何冊も、引き出しの中に落ちる。

「たぶん、ここだ」

職人としての勘でしかないが、湿気で膨張していた木材が、ごく最近に開け閉めしたことで滑りが良くなっている。それは確実に感触になって手に伝わってきた。

「中のものが邪魔だ。出すのを手伝ってくれ」

「はい」

二人で入っていたアルバムや工具の説明書などすべてを外に出す。窓の外から聞こえる蟬の鳴き声だけが、際立って聞こえた。

引き出しを空にした。広さほど入っていないのは、他の引き出しより、上げ底になっているからだ。底板の上に通帳や現金などを隠せるほどの空間を作り、さらに中板を載せる作りになっている。大昔は中板の両サイドに板を外しやすいように短くて細い糸がついていた。瓦間に見せた時点で、紐は切れてなくなっていた。

石橋は中板に両手をそっと張り付かせ、ゆっくりと前後に揺らした。両サイドに作った浅い溝によって引っかかっていた中板の片側がズレて下に落ちた。中には長らく使っていない貯金通帳や銀行カードがあった。その上に見慣れない白い紙が四つ折りになって置いてある。

紙を取った。全部で三枚だった。

「これだ」

一枚目を開く。頭に「親愛なる友人へ」という書き出しで、英文で打たれている。eメールの写しのようだ。

「これを瓦間さんは預けたの？」

長谷川が聞いてくるが、石橋は夢中で英文に目を通した。

「なんて書いてあるの」

「成岡遼一のことだ。彼に女がいて、その女性、朱聖榔との間に子供がいることが書いてある。二人は二〇〇五年八月から二〇〇七年三月までロンドンで、live togetherと書いてあるから、同棲生活を送っていたということだな。成岡遼一は同年三月に日本に帰国し、その半年後の九月十五日に子供が生まれた。彼女は二〇一三年の十月から、シアトルに移住し、女性の自立支援、少数民族や移民の安全を補助するNPO法人を設立したとも書いてある。DNA云々《うんぬん》ともあるから、成岡遼一の実の子だと調べたということだな」

久々の英文だったが、すんなり読めた。それは大学時代のコーチ、ジョン・カーライルのような比喩を使っていない単純な文章だったこともある。ネイティヴの英文ではない気がする。

「瓦間さんが調べた報告書なのかしら」

「違う。瓦間が英語で文章を書く必要などないだろ」

「誰が誰に書いたの」

「まったく想像もつかん」

二枚目を見る。同じくメールをコピーしたものだった。

「声に出して読んでよ」長谷川に催促されたため、石橋は訳を声に出した。

「サハリンのガス発電工事についてとタイトルにある。『日本企業の参入について極東局と州知事の双方から了解を得た。支援金の最終調整が必要なため、ミスター・イワクラをコルサコフに呼ぶように』とある。イワクラって岩倉省仁だろ。コルサコフというのは俺の記憶ではサハリンの町だ。これは新見たちが探していた岩倉省仁の関連を証明するメールじゃないのか。支援金の最終調整とは、こういうケースでは大概が賄賂の上乗せの要求だ。日本のゼネコンからのキックバックをもっと渡せと言ってるんじゃないのか」

「だけど問題は、誰が誰に送ったメールかってことよね」

「このページにも、送信者の名前も宛名もない」

英文はまだ先があったが、途中からはもういいと、石橋は最後の一枚をめくった。

三枚目も政治に関する長文メールだった。首脳会談を実施するためには、と一行目に書かれ、そこからその手順のようなものが記されている。「ホワイトハウス」という語句があった。

「ホワイトハウスの極東局が全面支援したことで、クレムリンは首脳会談の実現に向け真剣に考えるだろうと書いてある。また極東局だな」

「でも今度はホワイトハウスなんでしょ」

「ここでのホワイトハウスはアメリカじゃない。ロシアの政府庁舎もホワイトハウスと呼ばれている」

「つまりこれは」

「どうやらこのメールは、日露首脳会談を実現させるため、仲介者が日本の誰かに宛てたものだ。その見返りとなっているのが二枚目にあるシベリア開発の支援金なんだろう」

さらに石橋は訳した内容を読み続けた。メールの最後にようやく人の名前を見つけた。我が社はタカヒロ・サカキバラのモスクワ訪問を歓迎する――。

「これは榊原幹事長に宛てたものだ。それに最後に差出人の名前もあるぞ」

「誰なの？」

「ニコライ・カバーリンとある」

「ロシアっぽい名前ね。政治家かしら」

「会社名らしきものも書いてあるけど、俺には読めない」

「どれ、私にも見せて」彼女が覗きこんでくる。だが彼女も「なんなの、これ」と黙った。

読めないのはアルファベットにはない文字だったからだ。

ДаДа

30

涼子が目黒署に戻ると、刑事課長が座っていた。報告はしなかった。課長も後ろめたいのか、目も合わせてこない。

澤田たち警備部の刑事が認知届を取り返したのだから、この課長は自分の仕事はしたと内心喜んでいる。だが澤田は納得していないはずだ。

——これだけか。

認知届だということを確認した時、澤田は疑った目を涼子に向けていた。澤田にとって認知届は探していたものではなかったのだろう。

「長谷川くん」

課長から呼ばれた。「検察から被疑者を明日にもパイするよう連絡があった」

「略式ですか」

今の状況ではそれ以上はないだろうと思って聞いた。

「不起訴だ」

警察の一員なのに安堵してしまった。これも澤田たちが誰の命令で動いていたかすべてを知ったから。瓦間にも罪はある、だがそれ以上に大きな罪を犯した者がいる……。

自席に戻ったところで、携帯に新見から電話がかかってきた。涼子は席を立ち、廊下に出てから電話に出た。

〈ありがとうございます。これで来週号のトップが二本立てでいけます〉

箪笥《たんす》の隠し底を開けて三枚のメールのコピーを取り出した石橋は、「あの刑事連中に奪われたら大変だ」とすぐさま携帯カメラで撮影して、新見に送った。

石橋から「あんたはこれをどうする。コピーでいいなら渡すけど」と聞かれた。涼子はそれを預かり、バッグの中にしまっている。

〈瓦間さんに会ったら言付けをお願いできませんか〉

新見はメッセージを伝えてきた。

「分かったわ」

頭に記憶して電話を切った。

「佐久間、瓦間を呼んでくれない」

部屋に戻り、中にいた部下の刑事に命じる。

「まだなにか調べるんですか。もう時間の無駄ですよ」

「最後にひと言話しておきたいだけよ。あんだけ好き勝手されたんだから」

佐久間も認知届を警備部に奪われた件を知っているのかもしれない。「そうですね」と少し憐れむ目を向けてきた。

「長引かせないから、あなたは付き合わなくてもいいわ」

しばらく時間を置いてから一人で取調室に入った。瓦間は椅子にふんぞり返るように座っていた。髭も髪もずいぶん伸びた。

「検察は不起訴にするらしいわよ。女性の家に入って、服を隠すイタズラまでしたのにね」

認知届を警備部に取られたことは言わないでおく。瓦間にとっても、もう一つのものと比較すればそれほど重要ではない。

「やっと自由になれるのか」

両手を力いっぱい斜め上に伸ばし、背伸びしてからそう言った。

「自分から捕まるように仕向けといてよく言うわよ」

「好きに言ってくれ」

瓦間はニヤリと笑った。彼の法則はきょうは一致している。

「ご迷惑をおかけしましたくらい言ってもいいんじゃないの？　この一週間、あなたにこんなに振り回されたんだから」

任意捜査も入れたら八日だ。この男のせいで涼子は目黒署から外されるだろう。刑事でいられなくなるかもしれない。

「迷惑かけた」

本当に言うとは予想しておらず、涼子は言葉に詰まってしまう。

「なんだよ。言えというから言ったんじゃねえか」

最後まで不遜《ふそん》だったが、少し気は晴れた。

「あなた、釈放される前に髭くらい剃ってさっぱりした方がいいんじゃない」

「俺は似合ってると思ってんだけどな」

無精髭が伸びた顎を手のひらで撫でて口角を上げた。このニヒルさにも慣れてきた。

「そんな汚い顔じゃ、好きだった女に嫌われるわよ」

今度は涼子が笑みを浮かべ、そして続けた。

「新見さんっていうあなたの後輩から伝言を預かったわ。明日の飛行機で朱聖梛さんが日本に来るそうよ」

取り調べにもまったく応《こた》えていなかった瓦間が、その時だけは顔を硬直させ、瞬《まばた》きしていた。

だがそれも一瞬だった。

「いよいよ来ることになったか」

そう独りごちてから、口の周りの皺を広げた。

31

テレビ画面では多数の報道陣が追いかけていた。

〈成岡議員、隠し子がいたという報道は本当ですか〉

〈中国籍の女性と、十三年前にロンドンで事実婚の生活をされていたのも事実ですよね〉

〈女性は中国政府から要注意人物と認定されているようですが、そうした女性と内縁関係があったことをどうご説明になりますか〉

テレビレポーターが次から次へと質問した。

成岡遼一は口を真一文字に結び、厳しい顔で委員会室に入る。

これから彼が所属する外務委員会が開かれる。委員である成岡遼一が、中国籍の女性との間に息子がいたことが判明したのだから、メディアが騒ぐのは当然だ。委員会も紛糾するだろう。

成岡遼一の知られたくない過去
元内縁の妻は中国籍の活動家、隠し子は10歳

新見の目の前にライバル週刊時報の今週号がある。

トップ四ページにわたって、二人の出会いからの経緯が詳細に書かれていた。


成岡遼一が大学生の時、首都圏の複数の大学が参加した国際交流のシンポジウムにSという留学生がいた。Sは成岡氏が民自党の重鎮《じゆうちん》で、親米派と言われていた成岡勝彦の甥《おい》だということを知り近寄ってきたそうだ。

「あなたの叔父さんは普段は中国のことを敵国のように批判する反中派であるのに、どうして天安門《てんあんもん》事件で中国人民解放軍が無差別発砲や多数の市民を装甲車で轢《ひ》き殺したこ

とに抗議しないの」

その場にいた他の学生は引いてしまったほどSの抗議は迫力のあるものだった。そのような出会いだったというのに成岡議員はSに惹かれ、その後、急速に親しくなった。こともあろうに彼女が主宰するグループに入り、中国大使館前でのデモにも参加しているのだ。デモ参加は一度だけだが、二人の仲はやがて恋人関係へと進展していく。

卒業後、二人はそれぞれの道へと歩んだ。成岡議員はコロンビア大学に留学し、帰国後母校の講師、准教授になっていく。

Sは香港に戻り、香港の中国返還に反対する運動のグループに入った。そこで二度、警察に勾留され、二〇〇四年からはロンドンに移住した。

二〇〇五年、成岡議員は英国ケンブリッジ大学に講師として招かれた。それをきっかけに約一年半、二人はロンドンで同棲生活を送っている。息子はその時に生まれた。だが生まれる半年ほど前、成岡議員は日本の大学から教授として招聘され、帰国することになる。Sがロンドンで男児を出産した時には二人の関係は終わっていた……。

さすが週刊時報だと感心してしまうほど、彼らは新見たちがこの一週間で知ったことを念入りに調べていた。内容も概《おおむ》ね当たっている。

以前から情報を入手し、水面下で取材に入っていたのだろう。成岡遼一が次の内閣改造で大臣になったタイミングでこのスクープを出すつもりだったのかもしれない。そして他誌や新聞、テレビに追随させて辞任に追い込む。週刊誌がよくやる手法だ。

記事には成岡遼一とSとの共通の友人である元週刊誌記者がそのことを探っていて、警察に住居侵入罪で逮捕されたが、不起訴になったことも書かれていた。その男は脱税で逮捕歴のある政界の黒幕から資金提供されたことで週刊タイムズをクビになった曰くつきの人物であるとも。

記事には最後にこう書いてある。

本誌は成岡事務所に質問状を提出したが、期日までに回答はなかった――と。

「新見さん、差し替え、原稿送りました」

「早いな健太郎。さっそく読ませてもらうよ」

パソコンを開く。四日後に発売となるタイムズの次号の原稿だ。健太郎は昨夜のうちに一度仕上げたが、新見は差し替えを命じた。

成岡遼一議員が激白

彼女と子供のこと、すべて話します

〈私が今回、週刊時報に報じられた中国籍の女性と二〇〇五年から一年八カ月の間、同棲していたこと、彼女の子供の父親が自分であるのは事実です〉

書き出しがライバル雑誌のスクープを認める内容になっている。健太郎に書き直させたのはまずこの部分だ。健太郎はなかなか納得しなかったし、編集長からもどうして敵に塩を送る必要があるんだと猛反対された。

タイムズの編集部にやってきた成岡遼一に、うちの記事が出るまで時報の取材に答えないでほしいと頼んだ手前、この言葉は入れるべきだと思った。この部分に関しては先行取材し、先に発売日を迎えた時報のスクープであって、タイムズは後追いでしかない。

記事は健太郎の質問に対し、成岡遼一が答える形式になっていた。朱聖梛との馴れ初めも答えていた。ただし彼女と息子に配慮し、週刊時報同様に実名は控えている。

二人は時報に書いてあるように大学時代の国際交流のシンポジウムで知り合った。

天安門事件後に朱聖梛が叔父、成岡勝彦を批判したのは事実だったが、最初に朱聖梛から言われたのは、叔父の別の発言だった。

――アジア諸国の独立発展のためになることも日本軍はした。

その発言は国会で野党から抗議を受け、成岡勝彦はその後、発言を撤回している。

朱聖梛は「戦争によって日本人も中国人も他のアジア人も多くを失った。戦争が良かったなんて発言をされたら、遺族はやりきれないわよ」と突っかかってきたそうだ。

叔父に対する抗議に、成岡遼一は自分は無関係とは言わなかった。

〈私は自分がそういう考えを持つ一家の元で育ったことは否定しませんでした。だけど私は今、文学を専攻している。専攻は日本文学だが、世界各国のものを数多く繙読《はんどく》している。だからあなたが言う世界の人の心を政治活動から知るのではなく、文学から解読したい、彼女にはそう話しました〉

それでも朱聖梛は納得しなかったようだ。

〈彼女からは本当に言葉を書くに至った背景を自分の目で見て体験してみないことには、著者が本当に言いたかったことは読み取れないと言われたのです。その言葉にこれまでやってきたことは、自分は知っているのだという自己満足でしかないと気づかされ、私は彼女が参加しているデモを体験し、彼女と、その時は他の友人も一緒でしたが、中国、台湾、ベトナム、ラオス、カンボジアを旅行しました。大学四年のことです〉

誌面には朱聖梛との当時の距離感も書いている。

〈当時の私と彼女とは、恋人同士と呼べる関係ではなかったかもしれませんが、私にとっては誰にも代えがたい大切な存在でした。だから卒業後、香港に帰った彼女を何度も訪ねましたし、彼女も私の留学先であるニューヨークやサンフランシスコに遊びに来ました。お互いが忙しい時は、移動の日程を調整し、飛行機の中継地で落ち合ったこともあります。彼女の存在じたいが私の生活のエネルギーでした〉

二〇〇五年にケンブリッジ大で講師を務めることになり、彼女が住むロンドンに行った。

〈私たちはそれが自然だったかのように、一緒に暮らすようになりました〉

だが自分たちに子供がいたことは、〈知らなかった〉と語っている。

〈本当に知らなかったのですか？〉

ゲラでは健太郎の確認の質問が入っている。

〈妊娠していることすら、私は気づきませんでした。二〇〇七年三月、私は日本の大学から教授として戻ってこないかと要請され、帰国することになりました。彼女はロンドンに残ると言い、離れることになったのです。その直前に、些細なことで喧嘩をしてしまい、二人ともしばらく距離を置いた方がいいという考えで一致しました。もともと、彼女は言いたいことは包み隠さず口にしてしまう性格でしたし、私も結構きついことを言いましたから〉

〈その後に連絡は？〉

〈その年の十一月、彼女の誕生日に私からメールを送り、彼女も返事をくれました。その時には息子を出産していたはずですが、そのことは書いてなかったので、私は、彼女が母親になっているとは想像もしていませんでした〉

〈子供の存在は最近まで知らなかったと〉

〈それは、違います。彼女からは二〇一二年の夏頃、日本で暮らすことになったと連絡を受けました。大学時代から私も知る共通の友人の誘いを受けたと。私はその友人が新しい恋人になったのだろうと、『それは良かった。いつか三人で会えるのを楽しみにしている』と今思えばデリカシーのないメールを送りました。ですから会うことはありませんでした。彼女と会いたかったのは事実ですが、その友人に悪いという気持ちと、私自身、叔父の容態が悪化し、後継者として選挙に出馬するよう、家族や叔父の後援者から頼まれていた時期と重なり、多忙だったことも関係しています。

それまでの私には政治家になる意思はなく、最初はお断りしたのですが、叔父の家族や後援者を考えると悩みました。また学生時代に、彼女から言われた「本当に言葉を書くに至った背景を自分の目で見て体験してみないことには、著者が本当に言いたかったことは読み取れない」という言葉を思い出したのも、出馬を受けた理由です。過去のことは分かりませんが、政治家になれば我が国が関係する世界については、自分も少なからず関わっていくことになるわけですから。

当選してから数週間経った時です。彼女の恋人になった友人が議員会館にやってきて、彼女に私との間にできた子供がいることを告げられました〉

〈その時はどう思いましたか〉

〈正直驚きました。でもそれ以前に、彼女が子供の父親について、私になにを求めている

のかを知りたかった〉

〈父親なのですから、どう思おうが認知すると名乗り出るべきだったのではないですか〉

〈そうかもしれません。でも本当に私を父親として必要としているなら、彼女から言ってくるだろうとその時は思いました〉

〈それで認知は断ったのですか〉

〈断ったわけではありませんが、言い出さなかったのだから同じですね。あの時は初めて選挙を経験して、たくさんの人が自分のために戦ってくれたことを痛切に感じ、このことが公になれば党や後援者に迷惑がかかる、そんな逃げる気持ちが私の中にあったのは事実です。それでも友人から「彼女は強い女だから父親は必要ないと言っているが、本音は違う。遼一が自分から名乗り出るのを求めている」と言われ、彼が持ってきた認知届にサインをしました〉

〈それをその友人が届けたのですか〉

〈それも私が直接届けるべきでしたね。ですけどしばらくして友人がまたやってきてこう言いました。「彼女は受け取らなかった。だけど遼一の気持ちは分かった。ありがとうと言ってた」と。少し救われた気持ちになりました〉

〈今はどうですか。自分の行動に悔いはありませんか〉

〈父親として責任を持つべきだったと反省しています。ですから今回、私の方から連絡を取って、彼女を日本に呼びました。そして息子の存在を知っていたのに、一度も会いに行かなかったこと、養育費を払っていなかったことを謝罪しました。息子には『私が父親だ』と名乗りました。彼女が米国での生活を望んでいるため、一緒に生活することは今はありませんが、二人が私の家族であるのは事実ですし、今後はできるかぎりの支援をしていくつもりです〉

そこで原稿を締めてもいいほどの出来だったが、健太郎は〈最後になにかありますか〉と聞いている。〈これだけは付け加えさせてください〉と話を続けた。

〈今回の騒動を受けて、私は民自党を離党します。それは彼女との交際や息子の存在が明るみに出たことが理由ではありません。私自身、二人の存在はこれからも政治家を続けていく上での心の支えであり、彼女とロンドンで生活したこと、息子ができたことを誇りに思っています。ではなぜ議員辞職ではなく、離党を選んだか。

彼女の元には私が国会議員に立候補する前から、身辺調査が入り、息子のＤＮＡを調べるなど私との血縁を調べ回っていた者がいたそうです。それは某国の情報会社だったのですが、その諜報員がその後、米国に亡命しました。

その男は米国の情報会社に匿《かくま》われたそうですが、諜報員時代のことが現地で少しずつ漏れ始めたそうです。その情報の一つに、私と彼女の身辺調査を情報会社に命じた人間が、私を政治の世界に強く誘ってくれた民自党の代議士だったことが判明したのです。そうした人の弱みを探るような行動は私の政治理念、いえ私の生き方に反します。

もっとも今の話は、私が直接、その政治家に問うたわけではありませんので、実名は控えますが〉

インタビューはそこで終わっていた。

「よく書けてるじゃないか、健太郎。昨日のより断然、良くなった」

「書いていて新見さんの言う通りだと思いました。いろいろ文句言ってすみません」

最後の部分、健太郎は〈この政治家が誰なのか、教えてください〉と迫り、〈この人物が榊原幹事長ではないですか。幹事長は成岡さんを引っ張り出したのはいいが、将来、成岡さんの人気が自分を上回った時に弱みを握っておくため、調べさせていたのではないですか〉と自分の質問を文字に起こした。そして〈成岡氏は否定はしなかった〉と地の文で締めていた。新見はその部分を「蛇足だからカットしよう」と言ったのだった。

朱聖梛との関係を知った上で立候補させたのだから榊原である可能性は高いだろう。発見されたメールにも榊原の名前はあった。

だが榊原、もしくは民自党の出方によっては、成岡遼一は反論を受け、名誉棄損で訴えられるかもしれないのだ。成岡がさも名前を出したような原稿にして、彼だけを攻撃の的にするわけにはいかない。

「これだけで発売してたら、読者はモヤモヤし、週刊時報は次のスクープチャンスが来たぞと手を叩いて喜んでただろうけどな」

「まさか新見さんがもう一人、『書き』を頼んでいるとは思いませんでしたよ。どうして最初に言ってくれなかったんですか。そうしたらすぐに引き下がったのに」

週刊タイムズではこの号で、もう一つ大きなネタを用意している。

「小林、そっちの状況はどうだ」

「さっき電話をしましたが、まもなく送ると言ってました」

「さすが瓦間さんですね。もう書き終えたんですかね」

健太郎も驚いている。執筆に苦労しているようなら健太郎に手伝いに行かせようと思っていたが、根っからの雑誌記者である瓦間にはその心配も杞憂《きゆう》だった。

「おっ、いい見出しを思いついた。この事件、『ダダゲート事件』って名付けようじゃないか」

週刊誌の見出しは少々大袈裟な方がライバル誌や新聞テレビが後追いせざるを得なくなる。現役の与党幹事長が、民間とはいえ、ロシアの情報会社に調査を依頼していたのだから、国益に反する大事件である。

「いいですね。榊原とダダ社の名前が入ったメールも載せるわけですし、これで明日からダダゲートでテレビも新聞も騒ぎだしますよ」

健太郎が賛成し、小林は「それじゃ僕はウォーターゲートからメールゲート、ロシアゲートまでゲートとつく事件をまとめておきます」と早速調べに入った。

「新見さんはあまり見出しをつけるセンスはないと思ってましたけど、今回は感服です」

健太郎から言われてしまう。確かに自分は得意ではない。デスクに座って人の原稿をチェックして見出しを考えるより、現場の方が合っている。

「これくらい俺にもさせてくれ。今回はこんな大きなネタが二本あるのに両方とも俺は『書き』をやってないんだから」

もっともダダゲート事件で、本来は「書き」の仕事である本人への直当てをした。昨夜、赤坂の割烹に客の振りをして忍び込んだのだ。

廊下をうろつき、ターゲットがトイレに向かったのを確認して、久々にあの手を使った。

「幹事長」

そう言って呼び止め、最初は右のポケットから成岡遼一と朱聖梛について調べたメールを出した。

「なんですか、これは。よく知りませんね」

温和な榊原の表情が一瞬強張《こわば》ったが、薄く笑みを浮かべて否定された。

次に左のポケットから岩倉とサハリン州知事との会談のメールを見せた。

「知らない」

まだ余裕があった。新見はズボンのポケットから最後の一枚、日露会談のメールを出した。

「ここに幹事長のお名前が書かれていますね」

そう言ってから声に出して読んだ。

「親愛なる友へ。そちらからの希望を直接、大統領府に伝えた……コルサコフでの会合が成功したことはお互いにとって素晴らしく有意義な一日だった……ホワイトハウスの極東局が全面支援したこともあり、クレムリンは首脳会談の実現に向け真剣に考えるだろう……我が社はタカヒロ・サカキバラのモスクワ訪問を歓迎する。ダダ社、ニコライ・カバーリン」

榊原はメールを一瞥《いちべつ》した。瞳孔《どうこう》が萎《しぼ》んだように反応した。

「このカバーリンというダダ社の幹部は、今は米国の情報会社の一員になっているようですね。岩倉元外務大臣から紹介されたので、ロシアにいる間は持ちつ持たれつだと安心して使ったのでしょうが、米国に亡命したのは、榊原幹事長も計算違いだったのではないですか」

「………」

「元タイムズの瓦間慎也は、幹事長に宛てたメールしか手に入れられなかったと言っていますが、カバーリン氏は幹事長が送ったメールも保有していることでしょう。日本の与党幹事長がロシアの情報機関とこのような密接な関係を築いていたんです。うちによって表面化すれば、日米のマスコミがカバーリン氏の元を訪れ、早晩すべてのやり取りが明らかになるでしょう」

我々メディアもあなたを許しませんよ、そう伝えるつもりで顔を見て告げた。榊原の顔面は蒼白となっていた。

「SPを呼べ」

声を震わせ榊原は叫んでいた。

榊原に直当てしたのが昨日八月二十九日、その前日の二十八日に瓦間は釈放になった。その日、午前中に会議があった新見は、迎えに行くことはできず、石橋に頼んだ。瓦間とは夕方、成田空港の近くで数年ぶりに再会した。瓦間はまるでこの間、なにもなかったかのように「おお、にい坊も来たのか」と目尻に皺を寄せ、遠慮のない表情で近寄ってきた……。

もう一度、机の上に置かれた発売されたばかりのライバル誌・週刊時報の今週号を開く。

グラビアページで、彼らは成岡遼一、朱聖梛、建生の三人のスクープ写真も締め切りギリギリで突っ込んできた。場所は成田空港近くの造成地。周りは森で覆われている。

白いミニバンの前で、成岡遼一と髪の長い女性と小学校高学年くらいの息子が立つ。朱聖梛と建生の二人は私人ということで目線が入っている。

三人の外側には、さらに三人の男が同じく目線付きで写っている。

成岡遼一の横には髪が長めの、白シャツに濃い色のジーンズ姿の男。その隣には大柄で山男風の男、そして朱聖梛と建生の外側に立っているのが新見だ。

掲載するのは成岡と朱聖梛、建生の三人で十分であり、瓦間、石橋、新見はトリミングしても良かったはずだ。それなのに週刊時報はそのまま掲載してきた。切れば写真が不自然になることもあるが、それは再会をセッティングした週刊タイムズに対する敵からの讃称のようなものだと新見は思っている。

32

目黒署の前で待っていると、白シャツにウォッシュ加工されたジーンズを穿《は》いた瓦間がボストンバッグを持って出てきた。

髭こそ剃っていたが、髪は伸び、シャツは皺だらけ。瓦間はきちんとした服装より、これくらい着崩した方が似合っている。

「女刑事に『友が待ってる』と言われたけど、バシだったのかよ」

最初の言葉がこれかよ、と石橋は呆れて聞いていた。

「もしや成岡遼一が待ってると思ったか。だとしたら一緒に時報の記者も引きつれてる

さ」

「時報ならそれくらいやるだろうな」

「時間がない。成岡遼一が正義に伝えた時間では、きょうの二時到着の便だ。もう二時間しかない」

「タクシーで行けば間に合うだろうけど、髪を切る時間はないな。まったく警察の連中、釈放と言ってから手続きやらなんやらで時間をかけやがって。まったくイライラしたぜ」

「馬鹿言うな。人の家に不法侵入して、無罪にしてもらったんだ。温情だと思って警察に感謝しろ」

空車のタクシーを停めて乗った。「成田まで」と伝えると、運転手は「さっき通った時、事故渋滞が出てたので時間がかかるかもしれませんよ」と言う。

「動かないようでしたら、一度降りてまた高速で行ってください」そう言うと、「ほれ、これが着替えだ。せめてその汗くさい服だけでも着替えろ」と手にした紙袋を渡した。

白のボタンダウン、生デニム、ベルト、靴下、あとはトランクスまで入っている。最初はユニクロに入り、考え直してラルフローレンにした。結構な出費だったが、借りの一部

を返すと思えば高くは感じなかった。

「靴はちゃんとウエストンを履いてんだな」履き込んで味が出たローファーを見ながら言った。昔から瓦間が好きだったブランドだ。

「こんなに長くかかるならスニーカーにしときゃ良かったと後悔したけどな」

「靴も買おうとしたけど、おまえのことだから洒落た靴を履いて出頭したんだろうと、買う直前でやめたんだ。余計な金を使わずに済んだわ」

「買ってくれりゃ、喜んで受け取ったのによ」

そう軽口を叩いて、瓦間は下着ごと着古したジーンズを脱いだ。運転手の目がバックミラー越しに見えたが、瓦間は気にせずに脱いだ服を丸めてボストンバッグに入れる。

「今回は俺も正義もさんざん振り回された。昔からおまえの悪い癖だ。人を勝手に巻き込むな」

おかげで家具修理もすべて恵にやらせてしまった。

「バシだって久しぶりに週刊誌記者らしい仕事をして良かっただろ」

膝を曲げた両足を買ってきた生デニムに突っ込む瓦間にまったく反省の色はない。

「あの隠し底に隠すとはな。あんな昔のこと、よく覚えていたな」

「忘れるわけねえだろ。バシの親父さんの職人技に仰天したんだから」

目を輝かせた。この目で父や和夫の父親の製作現場をじっと見ていた。だから父たちもこいつを受け入れた。

「だけど隠すならライティングビューローの方だろ。つまみでロックを外して、横から開ける仕掛けを教えた時、瓦間はこれなら泥棒も気づかないって感心してたじゃないか」

「俺もそうしようと思ったけど、ちょっと入らねえかと躊躇《ちゅうちょ》したんだ」

それで正解だ。なにせ同じ方式の仕掛けを石橋は図面に描いて製作しようとしていたのだ。図面は自宅に置きっぱなしにしていた日もあったから、警察に不法侵入されれば発見されていた危険性があった。

「だけどあのチェストの下の引き出し、何年も開けてなかったからガタが来てただろ」

「開けるのも閉めるのも苦労したよ。バシがやってたのを思い出して、少し浮かしてから勢いよく閉めた。その勢いで積んであった週刊タイムズが落ちたんだ。家具屋になってもお前はまだジャーナリストなんだなと嬉しくなったよ」

「別にジャーナリストだから読んでるわけじゃないけどな」

瓦間にしたって毎週欠かさず読んでいたはずだ。自分たちにとってはそれくらい大事な週刊誌だ。

「それにしてもよくあのメールを手に入れたな」

「聖棚と建生、それと遼一に関する大事な秘密だからな」

「それだけじゃないだろ。おまえの人生も大きく左右させた相手だったからだろ」

「ああ、俺たちにとっても宿敵だ」

やはり瓦間は自分たちがやめさせられた件に、榊原が嚙んでいたことを知っていた。

「榊原がダダ社を使って成岡遼一のことを調べていたなんてよく摑んだな。伊礼からの情報か」

「榊原についてはそうだが、ダダ社に関しては、アメリカに移住して間もなくして聖梛が連絡してきたんだ。日本に来る直前、ロンドン時代に自分と建生について調べ回っていた人物がいた。その男がアメリカに亡命したって。聖梛はアメリカで人権派の政治家や弁護士と付き合いがあるから、その手の情報は入ってくる」

「それが榊原の指示だということが分かったのか」

「時間をかけて調べていくうちにダダ社と榊原の関係が分かってきた。そうなると成岡遼一と聖梛について調べたのも榊原の指示だろうと思い始めた」

「それで本人にぶつけたんだな。いつだ」

「今年になってからだ。ゴールデンウィークが終わった後くらいだったな」

瓦間が接触したのは過去の権力者である岩倉ではないかと思っていたが、今、もっとも力を持っている榊原だった。静岡での集会で榊原と会ったが、新見が週刊タイムズと名乗っても平然と受け答えしていたことで完全に騙された。それでも新見は、秘書の「例の」という囁《ささや》きを聞き、榊原は急に態度を硬化させたと話していた。

「榊原の反応はどうだった？」

「まるで相手にされなかった。追い込むまでの証拠も、こっちにはなかったしな」

「証拠を摑むためにカバーリンという男に会いにワシントンまで行ったわけか」

「ああ、段取りに三カ月もかかったわ」

「どうやってあのメールを出させた？」

「いろいろ手を尽くして交渉したよ。最終的にはカバーリンを匿《かくま》う情報会社が出すように命じた。どんなことでも交換条件次第というのは、この数年間で嫌というほど学んだからな」

　おそらく伊礼辰巳から入手した、榊原や岩倉など政権内部に関わる情報を利用したのだろう。なにを出したのか中身が気になったが、もはや取材者ではない自分が聞くことではないと、それ以上は突っ込まずに話を変えた。

「俺も正義も、てっきりおまえが成岡遼一のスキャンダルを暴こうとしてるのかと勘違いしてたよ。なにせ『親しき仲にもスキャンダル』がおまえの口癖だったしな」

　狭い座席で足を組んで靴下を穿《は》き替えようとしていた瓦間に言う。

「親しいかどうかより、俺はなにが正しいかを基準に仕事をしてきたつもりだ。榊原が聖梛や建生のことまで調べて、遼一を利用していることが許せなかったんだ」

「それだけじゃないだろ。成岡遼一が自分から朱聖梛に連絡するのを待ってたんだろ？

だから友を待つなんてメッセージを送ったんだろ?」

返事はなかったが、顔にはうっすらと笑みが浮かんだ。その顔を眺めながら石橋は記者時代の昔話を持ち出した。

「不倫した歌舞伎《かぶき》役者が『自分で女房に話すから、それまで書くのを待ってくれ』と頼んできた時も、瓦間は珍しく大目に見たものな」

この男は昔から男が女のことで真剣になると、途端に判断力が甘くなる。それがこの男の人間らしさと褒めてやりたいところだが、そのせいで仕事も失ってしまったのだから欠点でもある。

足を組み替えて反対側の靴下を穿いた瓦間が鼻を鳴らした。

「おまえはなんも分かってねえな」

「なんだよ、違うっていうのかよ?」

「確かに『友を待つ』とは言ったが、俺の友は一人とは限らねえぞ」

俺もそこに入っていると言いたいのか。石橋は照れ臭くなって聞き流した。そこで血走った目をした後輩の顔が浮かび「それ、二人じゃねえよな?」と確認する。

「ああ、あいつのことを忘れるもんか」

舌なめずりした瓦間は、最後にベルトを生デニムのループに通していく。剣先は引っ張らずに、五つある穴の真ん中で留まった。買う時は迷ったが、サイズはちょうど良かった。

「だったらおまえから言ってやれよ。あいつだって寂しく思ってる」

「そんなの面と向かって言えるか」

まぁ、そうだろう。石橋だって会社をクビになって迷惑をかけた詫びが、ちゃんとできたわけではない。

運転手がバックミラーを見て言った。

「お客さん、さっきまで事故渋滞の表示が出てたんですけど、消えてるから一時間くらいで行けそうです」

「そうですか」石橋はそう返してから「なんとか、間に合いそうだな」と瓦間の肩に手を置いた。

「ああ、大事な再会だからな」

朱聖梛とは二週間前に会っているはずなのにやっぱり嬉しそうだった。

33

「確かに私は今回、署に連絡せずに身勝手な行動を取り、警察にご迷惑をかけました。いかなる処分も甘んじてお受けします」

警務部に呼ばれた涼子はそう言った。

言いたいことは山ほどあった。涼子が署に報告せずに勝手な行動を取ったのは事実である。

石橋の自宅にある古い簞笥《たんす》の底から出てきたメールについても、涼子は報告していない。

涼子の聴取を担当した女性監察官の席にはきょう九月三日に発売になったばかりの週刊タイムズの最新号が置かれている。

トップ記事は成岡議員の元恋人と息子についての告白。朝から情報番組で取り上げられていたが、政界に与える衝撃という点では二つ目のスクープ記事の方が大きい。〈榊原幹事長と露諜報機関とのダダゲート事件が発覚〉とタイトルが打たれ、まさしく瓦間が口にした「特定秘密保護法違反」が適用されても不思議のない内容だった。

与党も野党も今は、上を下への大騒ぎだ。時効となる案件とはいえ、幹事長が首脳会談の実現に、ロシアの公共事業のキックバックを利用したのだ。米露両政府から弱みを握られた榊原は、もはや首相になる野望は潰《つい》えたも同然だった。

「あなたのことは本庁の捜査三課、目黒署の刑事課からも、警察官としての規範に反するものだという報告が入っています」

女性の監察官が表情を変えることなく言った。涼子より何歳かは年上である彼女とは、本庁時代に何度か顔を合わせていたが、監察官であるとは思わなかった。

「私からはとくに異議はありません」

「あなたには、元夫だと名乗る添田裕史氏からも、苦情の電話がありました」

さすがにそのことは認めるわけにはいかなかった。

「それは事実ではありません。養育費を払わない彼と子供との面会を拒否したことで、私を誹謗中傷する電話をしているんです」

子供まで奪われたらたまったものではないと真剣に訴える。女性の監察官からは「そのことはすでに我々も調べていますから安心してください」と言われた。

「今回の件で、我々は捜査三課長の中山行永《ゆきなが》警視正、望月晃《あきら》巡査部長、目黒署の刑事課長、篠田俊男《しのだとしお》警部も内部罰則を犯した疑いで監察に入っています。もちろん、彼らに命じた警備部対策官、澤田直文警視正も同様です」

初めて澤田の名前が出た。

「あなたは目黒署から動くことになります」

自分も同罪にされた――。

「ですがお子さんが新しい保育所に移らないように配慮します。私にも小さな子供がいるのであなたが大変なのは分かっているつもりです」

「いえ……」

別に転居しても大丈夫ですと言いかけたがやめた。庁舎は変わりたくなかった。もう少ししっかりとした保育所は探すつもりだが、人見知りの大樹のことを考えれば、一から友達を作らなくてはならないような引っ越しはしたくない。

「私は刑事から離れるのでしょうか」

そうなるのだろうと思って尋ねた。これだけ組織に背いたのだ。警察というのはそういう組織である。

女性監察官は首を左右に振った。

「あなたには警視庁生活安全部生活課に異動していただきます。女性犯罪は増え続ける一方ですから」

「子供・女性安全対策室でしょうか」

性犯罪の取り締まりを専門にし、「さくらポリス」とも言われている。

「細かい配置は生安部長が決めます。他にも生安部には痴漢やストーカーなどの重要な事案を扱う係が多数あります。どこの係を任されるにせよ、あなたは主任としてチームを牽引してください」

「私が主任ですか？」

「三課でもやっていたではないですか」

「そうですけど」

今回は懲罰も含まれていると覚悟していただけに、驚きで言葉を継げない。監察官は淡々とした口調で先を続けた。

「あなたは被害女性の気持ちになって捜査できる捜査員です。今までやってきたことを今後も続けていけば部下は自ずとついてくるでしょう」

「はい」

「ただし本来、辞令は人事一課の担当であり、私たち監察が伝える立場ではありません。今のは私の独り言だと胸にしまい、人事一課から告げられるまでは知らぬ顔をしてください」

監察官の目がそこで優しいそれに変わった。涼子は苛《さいな》まれていた孤独感からようやく解放された気がした。

34

瓦間が釈放された八月二十八日の午後三時、空港から数キロ離れた成田市と印旛《いんば》郡との境目付近にある、藪で覆われた森の中に新見は隠れていた。

隣には石橋が大きな体を屈め、同じように身を隠している。

「正義、距離は大丈夫か」

「はい、瓦間さんはばっちり写ってます」

森から出た造成地は夏の日差しが照りつけ、白土が光っている。そこに瓦間一人がポケットに手を突っ込んで突っ立っている。何度かポケットから携帯電話を出して時間を確認する。

「正義、見てみろ」

石橋に肩を叩かれ、瓦間の立つさらに向こう側を指された。瓦間の先に土が盛られていて、その先にも木が生い茂っている。藪の中から望遠カメラが出ているのを発見した。人影が動く。二人いる。

「週刊時報ですね」

カメラマンは初めて見たが、記者は顔見知りだ。長崎というたくさんのスクープを書いたエース記者の一人である。長谷川刑事の自宅でも目撃した。

「ヤツら、どこから聞きつけたんだろうな」

「情報網があっちこっちにあるんでしょうね。成岡遼一の件に関しては向こうの方が先を行ってるんですよ」

今週号に突っ込む気なのだろう。しばらく会話もせずに待った。静寂の中に遠くから車の排気音が聞こえてきた。白いタクシーが姿を見せる。

タクシーは瓦間が立つ場所で停止した。中から小学校高学年くらいの男の子と、小柄でスマートな体つきの女性が出てきた。長くて黒い髪に西日が当たり、輝いていた。

あれが朱聖梛か。石橋から見せてもらった写真は学生時代の二十五年も前のものだから、さすがに年齢は感じた。だが額を斜めに横切った前髪がそのまま肩まで真っすぐ伸び、魅力的な女性に見えた。

男の子も父親似でイケメンだ。

「ジャンシェン、よく来たな」

はっきりと聞こえたわけではないが瓦間は口を動かし、男の子に向かって手を掲げる。

瓦間より少し小柄な男の子はハイタッチしようとしたが、瓦間はその手をさらに上げた。

男の子は空振りする寸前で手を止め、今度はジャンプして手を合わせた。二人の手がピタリと重なった。タクシーから出てきた時は緊張していた男の子だが、今は笑っている。

その姿を朱聖梛は腕を組んで見守っていた。写真もそうだったが、彼女は腕を組む癖があるようだ。

またエンジン音がする。見覚えのある白いミニバンだった。ハイブリッド車なのでタクシーより物静かだ。

「来たぞ、正義」

「大丈夫です。準備はできてます」

カラー面に載せる写真なのだ。本来ならカメラマンを連れてきたかったが、せっかくの再会を騒々しくしたくないと自分で写真を撮ることにした。こういう記事は隠し撮り感が出た方がいいので、少しくらいボヤけてもいい。

ワゴンが停まり、後部座席に瓦間が近づいていく。窓は開いていた。成岡遼一の整った顔が見えた。そこに朱聖梛が近づき話しかける。子供だけが蚊帳の外で後ろで止まっていた。無理もない。彼は実の父親と初めて対面するのだ。

そこで瓦間が建生を呼んで、後ろから押すようにして車に近づけた。成岡が車窓から上半身を出して手を伸ばす。二人は遠慮がちに握手した。

「もう少しこっちを向いてほしいんですけどね」

ファインダーから成岡の横顔は見えるが、朱聖梛は長い髪が邪魔して顔がはっきりと写らない。

「大丈夫だ、向こうの時報からはもっと見えてないから」

石橋が言ったのでレンズから目を外して確認してみる。カメラマンが苛つきながら左右に場所を移動する。時報の場所からは瓦間が邪魔になって成岡遼一も見えていなそうだ。瓦間が自由に撮らせないようにしているのだろう。

「なんだ、瓦間さんも気づいてたんですね」

「当たり前だよ。あいつの方が近くにいるんだから」

もしかしたら先に瓦間が気づいて、石橋に合図を送ったのか。この二人ならそれもありうる。

「もう意地悪は終わりにするみたいだぞ」

スライドドアが開き、成岡遼一が車外に出てきた。

「最初から出てくればいいのに」

新見はシャッターボタンを連写した。

そこで瓦間が、新見のカメラに向かって手招きしだした。

「正義、こっちに来いってよ」

「僕らも行っていいんですか」

朱聖梛の来日を教えてくれたのは成岡遼一だが「内緒ですよ」と言われている。

石橋はすでに足元にまとわりつく木のつるを退けるように、腿《もも》を上げて先を進んでいった。新見も手で藪を払って後ろに続く。

成岡が自分たちに気づいた。「おや、そんなところに隠れてたんですか」と爽やかな笑顔で言う。朱聖梛は目を大きく瞠《みは》って石橋に声を掛けた。

「ヘイ、バシじゃないの？　ロングタイム・ノー・シー。相変わらずビッグマンね」

大学以来の再会だというのに、親しみのある声に石橋はどう返していいか困惑している様子だ。彼女は気にせず、両手を広げて石橋とハグする。

朱聖梛は新見に顔を向けた。視線が合った。

はじめまして、と挨拶しようと思った。名刺を出すべきかまで考えたくらいだ。しかし彼女にそんな畏《かしこ》まったものは必要なかった。

「あなたがニイ坊ね。シンヤが言っていた通り、なかなかのハンサム君だね」

三十七歳になってそんなことを言われるとは思わなかった。

「ナイス・トゥー・ミート・ユー」

そう言ってハグされた。知らない女性にされたことのない新見は、肌が付かないように気をつけて、顔を近づけた。

「ハウ・ドゥ・ユー・ドゥ」

顔が離れた段階で、新見も英語で答える。

自分から英語で話してきたくせに「日本なんだから日本語でいいわよ」と言う。「すみません」新見は謝った。

その後も今はなにをやっているのか聞かれ、正直に週刊タイムズで働いていますと答えたのだが、調子は狂いっぱなしだった。それは初対面なのに彼女がずっと友達口調で喋ってくるせいだ。彼女の愛くるしい顔に、いつしか新見の緊張も解けてきた。

その間、成岡は、はにかむ息子を気遣っていた。「学校は楽しい?」「スポーツはなにかやってるの?」おそらく息子と離れて暮らしている父親が言うようなことを英語で聞いていた。建生は「ヤー」「バスケットと陸上のハイジャンプをやってる」と答えていた。

「では記念撮影と行こうか」

瓦間が急に言いだした。

新見は自分が撮影するのだろうと、肩にかけていたカメラを手にした。しかし瓦間は「カメラマンはあっちにいるからいいよ」と週刊時報のカメラマンが立っている方向を指差し、「お〜い、頼むぞ」と手を振った。

成岡を真ん中に朱聖梛と建生が右隣に、左隣に瓦間が立った。石橋が瓦間の外側に歩いたので、新見は建生の隣に立った。

週刊時報の二人は呆然としていた。だが記者がカメラマンに耳打ちし、藪から出てきたカメラマンがレンズに手を添えた。

カメラマンはシャッターを切り続けた。

「今度はシンヤとバシとマサヨシの三人で撮ったら？　あなたたちも久々の再会なんでしょ」

朱聖梛が突拍子もないことを言いだした。彼女は撮影しているのが週刊タイムズのカメラマンだと思い込んでいるようだ。

説明しようとしたが、瓦間が「それもいいな」と言い真ん中に立って、「今度は三人で頼むわ」と図々しく言った。仕方なく新見は瓦間の隣へと移動した。さすがに時報の記者も呆れている。

両腕を広げた瓦間が体重をかけてきた。肩を組むというよりは爪で摑まれているように感じる。陽が昇るまで飲みまくった朝、よくこうやって先輩を担いで家まで送ったのを思い出す。

「瓦間さん、時報のカメラマンに頼むんですから、ちゃんと立ってくださいよ」

時報の記者に片手拝みをして謝罪した。カメラマンは構え直したから撮ってくれるようだ。

「にい坊、悪かったな」

小さな声がした。横目で見たが、瓦間はなにもなかったように顔いっぱいに皺を広げてカメラを向いている。空耳だったか？

「俺ももう一度、三人で仕事をしたかったんだ」

今度はそよ風にでも乗ってきたように新見の耳の中に入ってきた。

顔を向けようとしたが、肩を摑まれていた手が頰まで動き、無理やり前を向かされる。

「さぁ、記念写真だ。二人ともいい顔しろよ」

カメラマンがシャッターを押した時には、心に長く刺さっていた棘《とげ》は抜け、森の奥へと消えていった。

（この作品は、二〇一八年七月、東京創元社から刊行された同名単行本に、著者が加筆修正を施したものです。本書はフィクションであり、登場する人物、および団体名等は、実在するものといっさい関係ありません）

解説――「記者魂」を描く、本城《ほんじょう》作品の原点にして真骨頂

フリーライター　篠原知存《しのはらともあり》

やはり、本城雅人《ほんじょうまさと》にハズレなし。というのが、読み終えての感想だ。何を読んでも夢中にさせてくれる。リーダブルな文章にするするっと引き込まれ、すぐ登場人物に感情移入してしまって、熱いドラマに心を揺さぶられる。さりげなく埋め込まれているミステリー要素も絶妙で、何度も「えっ、そうだったの！」。書けないけれど、今回も……。

読み終えたらそっと本を閉じて、みなさんそれぞれの心に浮かぶ残像をじっくり嚙みしめてもらえばいいのだが、なるべく邪魔にならないように蛇足《だそく》を加えてみたい。本書のモチーフになっている記者稼業のことだ。

ファンのみなさんはご存知の通り、本城さんは作家デビューする前、産経《さんけい》新聞社が発行するスポーツ紙「サンケイスポーツ」で二十年以上記者をしていた。いまフリーランスの私も、平成が終わるまで産経新聞と系列夕刊紙の大阪《おおさか》新聞（廃刊）で三十数年、記者をしていた。なので一時期は同僚だったことになる。とはいっても、本城さんはほとんど東京で仕事をされていて、大阪勤務の長かった私は一度もお会いする機会はなかったし、同じ

釜の飯というのはおこがましいかもしれない。ただ、記者という職業については、共有できるものが少しはあると思う。

本城さんのデビュー作は、メジャーリーグを舞台にした『ノーバディノウズ』。在職中に書いたこの作品は松本清張《まつもとせいちょう》賞の候補作となり、後に第一回サムライジャパン野球文学賞を受賞した。記者が東洋系スター選手の秘密を追うという物語には、サンスポの記者としてメジャーリーグを取材した体験が存分に生かされていたはずだ。独立してデビュー後は現在に至るまで、どんどん作品の幅を広げている。『スカウト・デイズ』『オールマイティ』などスポーツを題材にした物語の数々、球界再編を描く『球界消滅』、さらには警察小説、音楽小説……何を読んでも面白いのは最初に書いた通りだが、数ある作品のなかでも『トリダシ』『ミッドナイト・ジャーナル』『傍流の記者』など新聞社や新聞記者をモチーフにした「記者もの」がやはり私好み。本城作品の原点にして真骨頂、と勝手に思っていたりする。

おそらくは、本城さん自身が取材現場で体験した感情や目にした風景の細部が、かたちを変えて、作品を構成する要素として埋め込まれている。それが自分の記憶とシンクロして、実際に体験しているかのようなリアリティーで迫ってくる。元記者としては、「わかるわかる！」とか、「うんうん、そうだよなぁ」とか、頷《うなず》きまくることになる。

本書の主人公たちは、新聞ではなくて雑誌の記者ではあるが、ニュースを追い、社会に対して言葉を投げかけることを生業《なりわい》にしているのは同じ。説明のために少しだけ内容を振り返っておこう。週刊誌「週刊タイムズ」の元記者である瓦間《かわらま》が、住居侵入罪で逮捕されるところから、物語は幕を開ける。下着泥棒を疑われた瓦間は「俺は人格を疑われることは断じてせん」と否定。ただ、容疑が明らかな住居侵入に関しては黙秘を貫く。刑事に何か言え、と言われて答えた言葉が、タイトルにもなっている「友を待つ」。

いきなり横道にそれるが、本城さんはローリング・ストーンズの「友を待つ」（Waiting On A Friend、１９８１年）という曲とＰＶが好きで、そこから本書をイメージしたそうだ。ＰＶの映像は、人待ち顔のミック・ジャガーがニューヨークの街角に立って歌い始めるところからスタート。そこへキース・リチャーズがやってくる。出会った二人は一緒に歩き出して、小さな飲み屋に入っていく。店の中にはバンドのメンバーがいて、ラストは全員がマイクと楽器を持って曲を奏でる。街からステージへ、という流れがいい。ユーチューブで公開されているので、一度見てから本書を読み返していただいてもいいかもしれない。

話を戻す。瓦間は十年前に不祥事を起こして退社していて、会社の顔に泥を塗った厄介者というレッテルを貼られている。編集部としては、いまさら元記者と名乗られるのは迷惑でしかない。だが、新人時代に薫陶《くんとう》を受けた後輩記者の新見《にいみ》は首をひねる。〈瓦間さんはそんな人じゃない〉。いまは販売部数でもスクープでもライバル誌の「週刊時報」に勝てない「週刊タイムズ」だが、瓦間と石橋《いしばし》というスクープ記者コンビがいたころは、いい勝負をしていた。「史上最強」と言われた二人のもとで新見は記者としての腕を磨いたのだった。職を辞していた石橋を誘い、一緒に取材を始める新見。いったい瓦間は何をしようとしていたのか——。ストーリーについてはもう触れないが、現場から離れていたかつての名記者・石橋と、かつて「少年」呼ばわりされていた新見が、どうやって真実に近づいていくかが、物語の軸になっていく。

さて、あなたの会社の元同僚が破廉恥《はれんち》なことをして逮捕されたと聞いたら、どう反応するだろうか。きっと戸惑うはずだ。怒りが湧くかもしれない、場合によっては同情するかもしれない。それとも冷笑して黙殺するか……。これが記者の場合は、なぜだろう、なにがあったのだろう、と理由を知りたくなる。少しでも違和感を覚えたら、事実なのかどうかも疑い始める。他人事だからと突き放せず、取材してみようかという気持ちが湧いてくる。もちろん人間なので感情も動くし、友情や信頼という人間関係も仕事のモチベーションにはなるのだが、そんなものがなくても、好奇心と正義感に突き動かされてしまう、新見や石橋の行動原理は、まさに記者のそれだ。

この稼業の何が楽しいって、初めて知る事実によって、物事や人物が急に違ったものに見えてくる瞬間である。事件事故の取材や著名人のインタビューに限らない。たまたま出会った人と雑談していても、ときどきそういうことが起きる。世の中を揺るがすような大スクープにはならなくても、「そうだったのか」と素直に頷ける、聞いてよかったと感じられる、ささやかな真実。記事にしてみんなに伝えなきゃ、と思える出来事。記者に限らず、SNSやユーチューブのようなウェブメディアで情報を発信している人も、この感覚がわかるかもしれない。

リアルなのはキャラクター設定だけではない。彼らが取材する場面も、まるでノンフィクションを読んでいるような気分にさせられる。たとえば、石橋が被害者のアパート周辺で聞き込みをするシーン。彼は最初に、十軒話を聞いて成果がなければ戻るとノルマを決める。ただし、話してくれる人を十人みつけても、大概は成果なし。〈本当の勝負はそこから始まる。もう一軒だけ、もう一軒だけ、と「おまけ」をつけていく〉〈無意味だと分かっていてももう一軒だけ、あと一軒だけだと言い聞かせて次に向かう。諦めたヤツは脱落する。次第に「おまけ」が当たり前に感じられるほど感覚が麻痺《まひ》してくる〉

まさに、この通り。無駄骨ならまだいい方。怒られる覚悟もして、聞き込みにかかる。何か見なかったですか？　お邪魔してすみません！　関係者をご存知ですか？　虚《むな》しい気分に蓋《ふた》をして、一軒また一軒。私自身は当たりに恵まれた記憶はほとんどないし、すぐ諦めてしまう方だったが、〈いい記者は粘る〉というのは、まさにその通り。

あと、「おまけ」が前提なら最初から「十軒」でなく「とことんやる」と決めればいいのに、と思うかもしれないが、まずは十軒というところが「さすが、よくわかってる」と感じるところだ。最初から、この一帯全部、と思ったら萎《な》えてしまう。もしかしたら本城さん、現場で本当にそうしていたのかもしれない。

そんなふうに、臨場感抜群の取材シーンが重ねられていくので、すっかり読む手が止まらなくなったのだが、ふと頭に浮かんできた言葉がある。記者時代には一度もお目にかからなかった本城さんに、作家として活躍されるようになってからは二度ほどインタビューさせてもらっている。きっと私にとって印象深かったのだろう、頭の片隅に残っていたのは、こんなひとことだ。

「僕は会社に入って、幸運にも競争を求められる職業につけた」

世間には仕事の成果が見えにくかったり、ライバルの顔が見えない職業も多い、という話の流れで口にされた「幸運にも」。さりげなかった分だけ、きっと本気でラッキーだと思っているんだな、と感じられた。

スポーツ紙には競合他社があって、紙面を作った翌朝、各紙を読み比べたら、仕事の出来・不出来は歴然とする。勝った負けたが日常茶飯《さはんじ》事。毎日毎日、通信簿を渡されているようなもので、じつは相当に厳しいはずなのだが、本城さんは、どこかで競争を楽しんでいたのだろう。そしてきっと楽しめる人だからこそ、こういう作品が書けるのだ。

主人公たちの行動は「記者魂」という美学に貫かれている。決してくじけない心が、人を成長させていく。真っ直ぐな思いが、不器用な男たちを結びつける。『友を待つ』は、

「助けてくれ」というメッセージではない。俺と一緒に歩くなら「待ってやってもいいんだぜ」。読後の私は、そういう言葉として受け止めている。

　えー、蛇足の蛇足。本城さんはサンスポで働きはじめる前、新人記者として産経新聞浦《う》和《ら》総局に配属された。そこに一つ上の先輩として勤務していたのが、のちに退社して小説家になる星野智幸《ほしのともゆき》さん。産経出身の作家というと司馬遼太郎《しばりょうたろう》さんが有名だが、人気作家の二人が一緒に働いていた浦和総局、文芸史的にもかなり貴重かもしれない。残念ながらしっかり聞けなかったのだが、星野さんは「優しい先輩だった」とか。先輩後輩の関係が描かれている本書。もしかしたら、どこかで当時のことがモチーフに……と妄想してしまった。

友を待つ

一〇〇字書評

切り取り線

購買動機（新聞、雑誌名を記入するか、あるいは○をつけてください）

□（　　　　　　　　　　　　）の広告を見て	
□（　　　　　　　　　　　　）の書評を見て	
□ 知人のすすめで	□ タイトルに惹かれて
□ カバーが良かったから	□ 内容が面白そうだから
□ 好きな作家だから	□ 好きな分野の本だから

・最近、最も感銘を受けた作品名をお書き下さい

・あなたのお好きな作家名をお書き下さい

・その他、ご要望がありましたらお書き下さい

住所	〒				
氏名		職業		年齢	
Eメール	※携帯には配信できません	新刊情報等のメール配信を 希望する・しない			

この本の感想を、編集部までお寄せいただけたらありがたく存じます。今後の企画の参考にさせていただきます。Eメールでも結構です。

いただいた「一〇〇字書評」は、新聞・雑誌等に紹介させていただくことがあります。その場合はお礼として特製図書カードを差し上げます。

前ページの原稿用紙に書評をお書きの上、切り取り、左記までお送り下さい。宛先の住所は不要です。

なお、ご記入いただいたお名前、ご住所等は、書評紹介の事前了解、謝礼のお届けのためだけに利用し、そのほかの目的のために利用することはありません。

〒一〇一－八七〇一
祥伝社文庫編集長　清水寿明
電話　〇三（三二六五）二〇八〇

祥伝社ホームページの「ブックレビュー」からも、書き込めます。
www.shodensha.co.jp/bookreview

祥伝社文庫

友《とも》を待《ま》つ

令和 4 年 5 月 20 日　初版第 1 刷発行

著　者　本城雅人《ほんじようまさと》
発行者　辻　浩明
発行所　祥伝社《しようでんしや》
東京都千代田区神田神保町 3-3
〒 101-8701
電話　03（3265）2081（販売部）
電話　03（3265）2080（編集部）
電話　03（3265）3622（業務部）
www.shodensha.co.jp
印刷所　堀内印刷
製本所　積信堂
カバーフォーマットデザイン　芥 陽子

Printed in Japan ©2022, Masato Honjo ISBN978-4-396-34809-0 C0193

祥伝社文庫　今月の新刊

渡辺裕之
邦人救出
傭兵代理店・改

カブール陥落――連発する〝想定外〟に出遅れる日本政府。タリバンの手に渡った退避者リストを奪還するため、傭兵たちが立ち上がる！

安東能明
伏流捜査

脱法ドラッグ売人逮捕のため、生活安全特捜隊が摘発を行った。だが売人に逃げられ、マスコミも騒ぎ出す。そんな中怪しい男が浮上する！

本城雅人
友を待つ

伝説のスクープ記者が警察に勾留された。男は取調室から、かつての相棒に全てを託す。十年越しの因果が巡る、白熱の記者ミステリ。

安生　正
首都決壊
内閣府災害担当・文月祐美《ふづきゆみ》

首都を襲った記録的豪雨と巨大竜巻。そして荒川決壊が迫る――。最も悲惨な複合災害に防災専門官の一人の女性官僚が立ち上がる。

岩室　忍
初代北町奉行　米津勘兵衛
荒月《こうげつ》の盃《はい》

十万両を盗んだ大盗の頭が足を洗う証拠に、孫娘を同心の嫁に差し出すと言う。勘兵衛は、盗賊の跡目争いによる治安悪化を警戒し……。